# 변두리 로켓

가우디 프로젝트

# 가우디 프로젝트

이케이도 준
김은모 옮김

INFLUENTIAL
인 플 루 엔 셜

**• 일러두기**

본문의 주는 모두 옮긴이가 독자의 이해를 돕기 위해 붙인 것입니다.

1장

# 수수께끼의 의뢰

## 1

봄바람에 초여름 기운이 섞인 4월 하순, 소규모 공장들이 밀집해 있는 오타구 가미이케다이에 위치한 직원 200명 규모의 중소기업 쓰쿠다제작소에 의뢰가 들어왔다.

일어서서 전날 영업활동을 보고하고 있는 사람은 영업 2부 소속 에바라 하루키다. 업무 능력이 뛰어나고 인망도 있어 젊은 직원들의 중심적 존재다.

"니혼클라인에서 신규 거래 건으로 할 이야기가 있다기에 어제 다녀왔는데요. 시제품을 발주하고 싶다고 해서 이런 걸 받아왔습니다."

에바라가 설계도를 테이블 위로 죽 밀어서 넘겨주었다.

장소는 2층 회의실, 오전 회의는 영업 1부와 2부의 고정 스케줄이다. 아주 큰 회사도 아니니 번거롭게 서류를 주고받기보다 회의 석상에서 이야기를 듣고 방침을 정하는 게 직원들도 사장 쓰쿠다도 편하다.

"버터로군."

쓰쿠다는 도면을 훑어보고 옆에 앉은 야마사키 미쓰히코에게 넘겨주었다.

검은색 뿔테 안경을 가운뎃손가락으로 밀어 올리며 도면을 들여다보는 야마사키는 기술개발부 부장으로, 뼛속까지 기술자라 삼시 세끼보다 기계를 더 좋아한다. 버터란 버터플라이 밸브•의 약칭으로, 영업부 회의이긴 하지만 개발과 관련된 이야기가 많아서 야마사키 등 기술개발부원의 참석은 필수다.

"엄청 작네. 무슨 부품이야?"

야마사키가 도면에서 고개를 들고 말했다.

"모르겠습니다."

에바라가 실망스러운 답변을 꺼냈다. "뭔가 새로운 사업을 준비하는 것 같은데, 물어봐도 무슨 부품인지는 안 가르쳐주더라고요. 그저 지정된 사양에 따라 이 도면 그대로 만들어주면 된다고만……."

"뭐야, 그게?"

야마사키가 불만스러운 표정으로 퉁명스럽게 대꾸했다.

"우리를 물로 봤군."

영업 1부장 쓰노 가오루가 못마땅하다는 듯 말했다. 쓰쿠다제작소에는 소형 엔진 판매를 담당하는 영업 1부와 그 이외의 제품을 담당하는 영업 2부가 있다. 어느 회사나 그렇듯 이 둘도 서로 경쟁 관계다.

"사장님, 어떻게 하시겠어요?"

• 원판을 회전시켜 여닫는 밸브.

야마사키가 도면에서 쓰쿠다에게 시선을 돌렸다.

"무슨 부품인지 알려주지도 않고 만들라니, 기분이 썩 좋지는 않군."

말은 그렇게 했지만 중소기업이 무슨 제품인지도 모른 채 대기업이 발주한 부품을 만드는 건 사실 그리 드문 일이 아니다. 이 바닥은 원래 그렇게 돌아간다. 요컨대 니혼클라인이 보기에 쓰쿠다 제작소는 세상의 수많은 영세 중소기업과 아무 다를 바 없는 회사라는 뜻이다.

첨부된 서류에는 밸브의 사양이 자세하게 기재되어 있었다. 쓰쿠다는 사양과 설계도를 대조해보았다.

"크기도 작지만 열분해탄소•라는 소재도 걸림돌인데."

쓰쿠다는 오른손으로 턱을 쓰다듬으며 실현 가능성을 검토해보았다.

"작동 보증기간도 마음에 걸리네요."

야마사키가 덧붙여 말했다. 밸브 내부를 통과하는 유량과 압력 등 세세한 숫자와 함께 '90일'이라고 적혀 있었다. 즉, 이 밸브는 그 기간 동안 작동 불량이나 고장 없이 정확하게 작동하도록 만들어져야 한다는 뜻이다.

"좀 더 일반적인 소재라면 간단할 텐데요."

익숙지 않은 소재는 특성을 파악하기까지 시행착오가 필요하다. 게다가—.

"이만한 기술력을 요하는 일의 대가치고는 좀 적은 것 같습니다."

• 탄소를 열처리하여 만든 가볍고 내구성이 뛰어난 소재.

에바라의 상사인 영업 2부장 가라키다 아쓰시가 이익 면에서 난색을 표했다. 가라키다는 쓰쿠다제작소에서는 보기 드물게 외국계 IT기업 출신으로, 철저한 합리주의자다. 영업력은 뛰어나지만 만사를 너무 사무적으로 딱 자르는 구석이 없지 않다.

하지만 듣고 보니 확실히 미묘한 금액이기는 했다.

"선뜻 받아들였다가 개발에 애먹으면 남는 국물도 없을 것 같은데요."

가라키다의 말도 일리가 있다.

"생산을 맡긴다는 이야기는 없었나?"

쓰노가 물었다. 설령 시제품에서 적자가 나더라도 생산까지 맡겨준다면 적자를 메우고 흑자로 돌아설 수 있다. 장사는 그렇게 하는 법이다.

"물론 그럴 의향은 있다고 했습니다만……."

에바라의 말을 듣자 하니 확약을 주었다고 보기는 어려웠다.

"에바라, 자네 생각은 어때?"

쓰쿠다가 물었다. "직접 교섭해보니 느낌이 어땠어?"

지금까지 거래는 없었지만 니혼클라인은 도쿄증권거래소 1부에 상장된 대형 제조사다.

"경쟁입찰을 시키려는 건가 싶었는데 그건 아닌 것 같습니다. 저희 기술력을 인정하고 의뢰하고 싶어 하는 눈치였어요. 그런 의미에서는 받아들여도 괜찮지 않을까 싶습니다. 앞으로 다른 일로 이어질 가능성도 있으니까요."

"그건 맞습니다. 니혼클라인과 거래를 틀 끈이 생길 기회가 그렇게 흔치는 않으니까요."

평소 신랄한 가라키다도 그 부분은 인정했다. 이 거래를 돌파구 삼아 일이 늘어나면 전부 영업 2부의 실적이 되는 마당에 불만이 있을지언정 쉽게 거절할 수는 없다.

"저쪽 창구는?"

쓰쿠다가 묻자 에바라는 명함 두 개를 건네주었다. 하나는 제조부장 구사카 히로유키. 다른 하나는 제조부 기획팀 매니저 도도 다모쓰라고 적혀 있었다.

"해볼까?"

쓰쿠다의 말에 가라키다가 팔짱을 낀 채 고개를 살짝 끄덕였다. 여타 반대 의견이 없어서 수주하기로 결정됐다.

"잘 부탁드립니다."

에바라가 야마사키에게 말했다. 영업부가 수주한 물건을 실제로 만드는 건 기술개발부다.

"누구한테 맡길까요?"

야마사키가 쓰쿠다에게 물었다.

"나카자토는 어때?"

"괜찮을 것 같네요" 하고 바로 야마사키가 대답했다.

나카자토 아쓰시는 기술개발부의 성장주로 기대를 톡톡히 받고 있는 젊은 직원이다. "녀석에게도 슬슬 일을 맡겨볼 만하겠다고 생각했거든요."

"그럼 나카자토한테는 야마가 전달해. 하지만 이 조건 그대로 덥석 받아들이기는 좀 그런데. 영업 2부에서 다시 견적을 내봐.

생산을 맡는 것도 염두에 두고, 이윤은 많이 따지지 않아도 돼."

"알겠습니다"라는 가라키다의 대답으로 에바라가 물어온 니혼클라인의 수수께끼 같은 의뢰는 일단 결론이 났다.

평소와 다름없이 익숙한 광경이었다. 쓰쿠다가 나중에 돌이켜 봤을 때도 이때의 결단이 잘못됐다고는 생각지 않았고, 같은 안건이 올라와도 역시 똑같이 판단하지 않았겠느냐 싶기도 했다.

따라서 이후 쓰쿠다제작소에 일어난 예기치 못한 일들은 어떤 의미에서 피할 수 없는 필연이었는지도 모른다.

## 2

"이거야 원."

경리부장 도노무라 나오히로가 견적서를 보고 떨떠름한 표정으로 말했다.

니혼클라인에서 제시한 예산보다는 낮지만, 영업 2부에서 작성한 견적서도 도긴개긴이었다.

담당은 팀장 나카자토와 다치바나 요스케 두 명이다.

"한동안 힘들겠지만 둘 다 잘 부탁해."

쓰쿠다는 도노무라 옆에 나란히 앉은 두 사람을 격려하고 "개발 기한은 좀 빠듯하지만" 하고 덧붙였다. 개발 기한이 미뤄져도 추가 비용은 지급되지 않으므로 그때부터 적자다.

"그러게요……."

야마사키는 살짝 자신 없는 투로 대답했다.

"걱정 마세요, 사장님."

반면 나카자토는 자신 있게 단언했다.

대학을 졸업하고 대기업 연구기관에서 3년 근무한 후 쓰쿠다제작소에 입사한 나카자토는 기계공학을 전공한 기술자다. 대학원에서 박사 과정까지 밟아야만 어엿한 연구원으로 인정해주는 연구기관의 편파적인 분위기에 실망해 경력보다 실력을 우선하는 곳을 찾아 여기까지 온 만큼, 나카자토는 다른 기술자들에 비해 출세욕이 강하다. 부장 야마사키를 필두로 외골수 성향의 사람이 많은 쓰쿠다제작소의 기술자 중에서는 이질적인 존재지만, 쓰쿠다가 보기에는 '재미있는 녀석'이었다. 그런 나카자토에게는 도전적인 과제를 던져주는 편이 딱 알맞고, 그렇지 않으면 본인도 납득하지 못할 것이다.

"다만 니혼클라인이 이 견적서를 받아들일지가 문제인데요."

야마사키는 그렇게 말하며 쓰쿠다를 힐끗 보았다.

"혹시 괜찮으시다면 사장님도 같이 가보시는 편이……."

안 그래도 그럴 작정이었다. 이번 일을 계기로 니혼클라인과 거래를 터서 생산까지 맡는다면 주거래처로 성장할 가능성도 있다. 사장 쓰쿠다가 인사하러 가는 건 당연했다.

화창한 5월 어느 날 아침, 쓰쿠다 일행은 오피스 빌딩이 밀집해 있는 고탄다에 위치한 니혼클라인 본사로 향했다.

"요전번에 좋은 이야기로 저희 회사를 찾아주셔서 정말 감사드립니다."

응접실에서 쓰쿠다는 머리를 깊이 숙여 인사했다.

"별말씀을. 무리한 부탁을 드려 죄송합니다, 쓰쿠다 씨."

명함에서 본 제조부장 구사카 히로유키가 가볍게 응대했다. 훤칠한 몸은 스트라이프 양복으로 감쌌고, 화려한 노란색 넥타이와 행커치프로 멋을 부렸다. 대기업 부장답게 태도에 여유가 넘치는 한편으로 어쩐지 젠체하는 분위기가 느껴졌다.

"좀 까다로운 부품이라 기술력 있는 회사를 찾던 중에 업계 지인에게 쓰쿠다제작소 이야기를 들었거든요. 데이코쿠중공업의 로켓에 밸브 시스템을 납품했고, 그 밖에도 다방면으로 사업을 하고 계시다기에 혹시나 싶은 마음으로 연락드렸습니다."

"감사합니다. 이번 일을 기회 삼아 앞으로도 잘 부탁드립니다."

정중하게 고개를 숙인 쓰쿠다는 "그럼 본론으로 들어가서" 하며 준비한 견적서를 구사카와 옆의 도도 다모쓰에게 건네주었다.

견적서를 힐끗 훑어본 구사카의 얼굴에서 웃음이 사라졌다. 여기서부터는 겉치레 없는 진검승부다.

"저희 회사에서 검토해보니, 까다로운 소재를 다루어 시제품의 정밀도와 정확성을 보장하려면 역시 그 정도는 품을 들여야 할 것 같아서요."

"우리 예산은 아시죠?"

구사카가 새삼 물어보았다.

"물론입니다."

그 예산과 제법 차이가 난다는 것도 안다. 다만 쓰쿠다도 오랜

세월 경험을 쌓은 만큼 그게 어떤 의미에서 '후려친' 희망 예산, 즉 깎아내린 견적이라는 사실도 어렴풋이 알고 있다.

"생산을 맡겨드려도 이 금액인가요?"

아니나 다를까 구사카가 그런 말을 꺼냈다.

"생산을 염두에는 두었지만 전제로 하지는 않았습니다."

쓰쿠다는 차분히 답했다. "다만 확약해주신다면 이야기는 별개입니다만."

"잠시만요, 쓰쿠다 씨."

구사카의 태도가 갑자기 달라졌다. "우리는 생산도 맡기지 않으면서 시제품을 의뢰하지는 않습니다. 그야 당연하잖아요. 그러니 당초 제시한 예산으로 맡아주시면 안 될까요?"

구사카는 딱딱한 표정을 풀고 팔자눈썹을 만들며 억지웃음을 지었다.

그렇더라도 쉽사리 고개를 끄덕일 만한 금액은 아니었다.

쓰쿠다가 망설이고 있으니 구사카가 거듭 입을 열었다.

"우리 쪽 예산을 변경하기는 어렵습니다. 여하튼 워낙 조직이 커서 말이에요."

"아, 하지만, 그 금액으로는 좀……."

그래도 쓰쿠다가 머뭇거리자 구사카는 양손을 테이블에 짚고 말했다.

"그러니까 생산을 그쪽에 맡겨드리겠다고 하지 않습니까. 부탁드리겠습니다. 우리도 일정상 당장이라도 착수해야 해요. 도와주시면 결코 손해는 끼치지 않겠습니다. 그리고 앞으로의 일도 생각하셔야죠."

구사카가 입술을 꽉 깨물고 약간 낮은 위치에서 쓰쿠다를 올려다보았다. 그때였다.

"사장님."

옆에 앉은 가라키다가 쓰쿠다를 보며 말했다. 받아들이자는 뜻이 담긴 눈빛이었다. 가라키다 옆에서는 에바라가 옴짝달싹 않고 교섭의 향방을 지켜보고 있었다.

"대체 이건 무슨 부품입니까?"

쓰쿠다는 내친김에 물어보았다.

"뭐, 그건……."

구사카는 말꼬리를 흐렸다. "우리는 그저 이 사양과 예산으로 시제품을 만들어줄 업체를 찾고 있는 중이라서요."

쓸데없이 파고들면 거래는 없다고 으름장을 놓는 거나 마찬가지다.

"생산 시기는 언제쯤으로 생각하고 계십니까?"

쓰쿠다는 한숨을 쉬고 물었다.

"수년 내로는 시작하고 싶군요."

가라키다가 다시 이쪽을 보았다. 이번에는 조금 놀란 표정이었다. 좀 더 일찍 생산에 들어가리라고 생각했으리라. 솔직히 쓰쿠다도 그렇게 기대했다.

"여러 의미에서 큰 사업입니다."

지금까지 잠자코 있던 도도가 몸을 쑥 내밀었다. 구사카보다 열 살 넘게 어려 보였다. 30대 중반이리라. 몸집이 작고 묘하게 눈빛이 어둡다. 말은 번지르르하지만 뱃속이 뻔히 들여다보이는 구사카와 달리 도도는 속내가 전혀 보이지 않았다.

"아까 저희 부장님이 손해는 끼치지 않겠다고 하셨는데, 손해가 다 뭡니까. 저희 제품을 생산하시면 귀사의 평판도 높아지리라고 확신합니다."

무슨 부품인지도 모르는데 그걸 말이라고 하느냐고, 쓰쿠다는 속으로 투덜거렸다. 이쪽을 무시하는 처사다.

자, 어떻게 할 것인가.

뽑아온 견적서를 거둬들이고 상대의 제안을 받아들이느냐, 아니면 거절하느냐. 길게 느껴졌지만, 실제로는 고작 몇 초 정도였는지도 모른다.

"알겠습니다."

결국 쓰쿠다는 양보하기로 했다. "그 대신 생산에서 손실을 메울 수 있도록 부디 잘 부탁드립니다."

이쪽을 보고 있던 구사카의 얼굴에 만족스러운 웃음이 번졌다. 도도는 보일 듯 말 듯 엷은 미소를 지었다.

"잘 부탁드립니다, 쓰쿠다 씨."

구사카가 내민 손은 식은땀으로 축축했다.

## 3

"아무래도 거슬리네요."

그날 밤 술집에서 에바라가 그런 말을 꺼냈다. 회사에서 가까운 나가하라역 앞 상점가에 있는 저렴한 술집의 테이블석이다.

목요일 7시가 지난 시각이었지만 가게가 그리 혼잡하지 않아 차분히 이야기를 나눌 수 있었다. "뭐가" 하고 쓰쿠다가 묻자, "구사카라는 그 아저씨 말입니다"라는 대답이 돌아왔다.

"대기업의 논리인지, 그냥 제멋대로인 건지, 이러쿵저러쿵하며 우리 쪽 입장은 전혀 생각해주지 않잖아요. 하청업체라고 무시하는 기분 안 드셨어요?"

"뭐, 그렇지."

쓰쿠다도 구사카의 표정을 떠올리며 고개를 끄덕였다. "하지만 다 그런 거야."

"어차피 저희는 불면 날아가는 중소기업이니까요."

에바라는 자조적으로 말하고 손목시계를 힐끗 보았다.

이날 한잔하자고 제안한 건 쓰쿠다가 아니라 에바라다. 마노가 오랜만에 만나고 싶어 한다고 이야기했다.

마노 겐사쿠는 일찍이 쓰쿠다제작소에서 일했던 기술자다. 여러 가지 사정으로 쓰쿠다제작소를 떠나 지금은 대학 연구소에 근무한다. 이럭저럭 4년 만에 만나는 셈이니 퇴사한 지도 꽤 됐다. 어떻게 지내나 쓰쿠다도 궁금했다.

잠시 후 새끼줄로 만든 포렴을 걷고 들어오는 손님을 보고 쓰쿠다는 여어, 하며 손을 들었다.

오랜만에 보는 마노였다.

"그간 연락도 못 드려 죄송합니다. 그만둔 뒤로도 여러모로 신경써주셔서 다시 한 번 감사하다는 말씀 드리고 싶어요."

쓰쿠다와 에바라가 앉은 자리까지 똑바로 걸어온 마노는 허리를 구부려 머리를 푹 숙였다. 면바지에 재킷 차림이 잘 어울렸다.

"민망하게 뭘 그렇게 예의를 차리고 그러나."

쓰쿠다는 웃으며 자리를 권했다. 평소 친하게 지내는 사장이 물수건을 가져오자 생맥주 한 잔을 추가로 주문했다.

"그쪽 일은 좀 어때?"

쓰쿠다가 허물없이 묻자 마노는 가방에서 명함을 꺼내 쓰쿠다에게 내밀었다. 아시아의과대학 첨단의료연구소 주임연구원이라는 직함이었다.

"요전에 메일을 줬었지."

쓰쿠다는 말했다. 마노가 퇴사하고 얼마 지나지 않아서다. 재취업했다는 보고와 함께 새로운 사업의 싹이 될 만한 아이디어를 적어서 보냈다.

"그거, 검토해봤는데 우리 쪽에서는 좀 어렵지 않겠느냐는 결론이 나와서 말이야."

마노가 보낸 메일에는 전 세계에 중증 심장병으로 고생하는 환자가 수없이 많으며, 그들을 위해 인공심장을 개발해보는 것은 어떻겠느냐고 적혀 있었다.

솔직히 좋은 아이디어다 싶어 가능하면 도전해보고 싶었다.

그래서 검토해보았지만, 노하우고 뭐고 아무것도 없는 분야라 쓰쿠다제작소가 단독으로 뛰어들기에는 기술적으로 너무 어려움이 컸다.

"아니요, 그건 개의치 않으셔도 됩니다."

마노는 얼굴 앞에서 손을 내젓더니 이어서 뜻밖의 말을 꺼냈다. "하지만 사장님, 의도치 않게 그 일에 발을 들여놓으신 것 같은데요?"

"그게 무슨 소리야, 마노?"

에바라가 맥주잔을 들어 올리던 손을 멈추고 놀란 눈으로 마노를 향해 물었다.

"실은 말이죠."

마노가 진지한 표정으로 쓰쿠다를 바라보았다. "지금 니혼클라인과 업무 제휴를 하고 있는데요. 그쪽에서 내내 밸브 시스템 개발업체를 찾다가 요전에 쓰쿠다제작소에 일을 의뢰하기로 했다고 들었습니다."

쓰쿠다는 저도 모르게 고개를 들었다.

"니혼클라인하고는 오늘 아침에 이야기하고 왔는데. 혹시 그건가?"

"아마도요."

마노는 고개를 끄덕였다. "그런데 어떠셨나요? 교섭 결과 거래하기로 하셨습니까?"

쓰쿠다는 에바라와 시선을 슬쩍 교환했다.

"하기는 했지. 하지만 무슨 부품인지는 말해주지 않더군."

"안 그래도 지금 거슬린다는 이야기를 하던 중이었어."

에바라가 가시 돋친 말투로 거들었다.

"인공심장입니다."

마노가 망설임 없이 답했다. "조만간 아시게 될 테니 말씀드리자면 니혼클라인이 발주한 시제품은 저희와 공동개발 중인 최신형 인공심장의 부품일 거예요."

마노는 다시금 격식을 차려 덧붙였다.

"한번 연락을 드려야지 생각하면서도 늦장을 부려서 죄송합니다. 실은 사장님께서 인공심장은 어렵겠다는 대답을 주신 후에, 니혼클라인과 공동개발한다는 계획이 세워져서요. 전 그 팀에 들어가게 됐습니다."

"그랬구나." 쓰쿠다는 눈이 휘둥그레졌다.

마노의 이야기에 따르면 인공심장 개발팀 팀장은 아시아의과대학 심장혈관외과장 기후네 쓰네히로 교수다. 일본 최고 수준의 심장외과를 자랑하는 아시아의과대학에서 오랜 기간 심장혈관외과를 이끌어온 간판 교수라고 한다.

"기후네 교수님은 '코어하트'라는 이름의 새로운 인공심장을 개발하고 계신데요, 만약 성공하면 세계 최소에 최경량입니다. 환자의 부담이 대폭 경감되는 획기적인 인공심장이에요."

"그럼 이미 3년 넘게 개발에 매달려왔다는 거야?"

에바라가 놀라서 물었다.

경제 및 기술적인 측면에서 니혼클라인의 지원을 받으며 동물실험에서는 착실히 성과를 올리고 있는 단계지만, 밸브 시스템에 문제가 있는 것 아니냐는 소견이 나와서 재검토에 착수하기로 했다고 한다.

"당초 코어하트의 밸브 시스템은 니혼클라인과 거래하는 회사가 제조했지만, 기술적으로 어렵다는 이유로 대신할 제조업체를 찾고 있었습니다."

"그래서 우리가 뽑혔다 그건가? 뭐, 명예로운 일일지도 모르지만, 그런 것치고는 너무 짜게 굴던걸. 그런 일이라면 굳이 무슨 부품인지 숨길 필요는 없을 텐데."

에바라는 불만을 토했다.

"니혼클라인이라는 회사는 비밀주의가 판치는 곳이라서."

마노가 대답했다. "그리고 의료기기라는 말이 나오는 순간, 거부반응을 보이는 회사도 적지 않거든."

"뭐, 그럴지도 모르지."

쓰쿠다는 구태여 부정하지 않았다. 의료기기는 후생노동성•의 승인을 받을 때까지 상당한 시간이 걸린다.

"생산까지 수년이 걸린다는 니혼클라인의 이야기도 납득이 가는군."

"반대로 말하면 수년 안에 생산에 들어갈 수 있을지 없을지도 모른다는 이야기잖아요. 그것도 인공심장이니까요."

에바라는 그렇게 말하고 이어서 마노에게 물었다.

"이런 인공심장이 필요한 환자는 얼마나 돼?"

"환자의 상태에 따라 좌우되지만, 우선 심부전 환자만 따져보

• 한국의 보건복지부와 고용노동부에 해당하는 일본의 중앙관청.

자면 일본에는 약 200만 명. 미국에는 570만 명, 전 세계적으로는 2200만 명의 심부전 환자가 있다고 추정돼."

"많은 건지 적은 건지 가늠하기 어려운 숫자군."

에바라는 팔짱을 꼈다. "인공심장에도 경쟁은 존재할 테니 해외까지 시장을 확대하지 않으면 채산을 맞추기가 어려울 것 같은데. 사장님, 이거 생산에 들어가도 저희가 기대하는 만큼은 수량이 나오지 않을지도 모르겠습니다."

"그런 사정까지 감안해서 무슨 부품인지 숨긴 것인지도 모르겠군."

말이 될 법한 이야기다.

"아니요. 돈이 됩니다, 이건."

하지만 마노의 생각은 달랐다. "니혼클라인은 미국과 유럽에서 의료기기 판매에 강세를 보이는 제조사예요. 의료 사업에 대한 노하우와 경쟁력을 활용하면 충분히 채산이 맞을 겁니다."

마노가 말을 이었다. "이 인공심장이 완성되면 이익은 물론이고 세계적으로 높은 평가를 얻을 거예요. 그리고 무엇보다 우리 기업이 인공심장을 개발한다는 데 의의가 있죠. 디바이스 래그(device lag)의 해소에 일조할 수 있습니다."

"디바이스 래그? 그게 뭐야?"

에바라가 물었다.

"의료 선진국과 국내에서 사용하는 의료기기 사이의 시간적 격차를 말하는 거야. 미국이나 유럽의 기준으로 따지면 우리 의료 현장에서 사용되는 인공심장은 박물관에 들어가야 한다는 사람도 있을 정도지."

"아, 그거. 허가 심사의 벽이 높아서 그런 거 아닌가? 공무원의 보신주의 때문에."

에바라는 코에 주름을 잡았다.

"그것도 있어. 하지만 그게 전부는 아니야."

마노는 인허가를 둘러싼 복잡한 사정의 일면을 입에 담았다.

"국내 의료기기 개발은 편중돼 있어. 국내 제조사들은 측정기 같은 물건에는 강점을 보이지만, 인공심장 같은 의료기기에는 약해. 기술력이 있어도 제조할 회사가 적은 게 원인이지. 결과적으로 해외에서 개발한 의료기기에 의존할 수밖에 없는 것도 디바이스 래그를 초래하는 원인 중 하나야."

"그것도 따져보면 후생노동성의 인허가에 시간이 걸리기 때문 아닌가?" 에바라가 물었다.

"어떤 의미에서는 사실이지. 하지만 일본 기업이 겁내는 건 오히려 기업의 이미지 실추에 따른 피해일지도 모르겠어."

뜻밖의 이야기였다.

"기껏 뭔가 개발해도 사고가 단 한 건이라도 발생하면 제조사는 여론의 뭇매를 맞고, 기업 이미지에는 금이 가지. 다들 그게 무서워서 사람의 생사와 관련된 개발은 최대한 피하려고 해. 하지만 그래서야 국내 의료는 제자리걸음을 할 뿐이야."

마노는 비난 여론에 따른 피해가 두려워 대형 제조사가 의료 분야에서 손을 뗀 사례를 몇 가지 말해주었다.

"그리고 배상 문제겠지."

마노가 덧붙였다. "일본인은 뭔가 사고가 발생하면 일단 제조사 탓으로 돌리고, 더 나아가 인허가를 내준 해당 관청에도 책임 소재를 묻지. 성공 실적이 아무리 많아도 단 한 번 실패하면 사회적 평가는 땅에 떨어지고, 소송에 걸려 거액의 배상금을 지불해야 하는 상황이 올 수도 있어. 그러니 관청이고 기업이고 미온적으로 나올 만하지."

"와! 가격을 그렇게 후려친 것도 모자라 배상하라는 말까지 나오면 진짜 못 해먹겠다."

에바라는 쓰쿠다를 흘끗 보고 말했다. "역시 거절하는 편이 낫지 않을까요?"

"뭐, 이미 한배를 탔는걸."

쓰쿠다는 무릎을 탁 두드렸다. "받아들인 이상, 할 일은 제대로 해야지. 세상만사 쉬운 돈벌이는 없는 법이야."

## 4

"현안으로 남아 있던 부품은 예정대로 발주했습니다. 교수님께 심려 끼쳐드렸지만, 이제 기술적인 부분은 해결될 겁니다."

"한잔하시죠" 하며 니혼클라인의 구사카가 술병을 내밀자 몸은 여위었지만 눈에는 생기가 감도는 60세가량의 남자가 술잔을 들었다. 기름기가 도는 얼굴이 형광등 불빛을 받아 번들번들 빛났다. 아시아의과대학의 기후네 쓰네히로다.

기후네는 구사카가 따라준 청주로 입술만 축인 후 술잔을 테이블에 내려놓고 물었다.

"그럼 그 쓰쿠다 어쩌고라는 회사가 앞으로도 부품을 담당하는 건가?"

"글쎄요, 과연 어떨까요."

구사카는 잠시 뜸을 들이다가 딴청 부리듯 대답했다. "뭐, 쓰쿠다에게 맡겨도 되고, 갈아타도 되고요."

"따로 맡길 만한 곳이 있나?"

기후네의 물음에 구사카는 의미심장한 대답을 꺼냈다.

"있습니다. 좀 더 조건이 좋은 곳이."

"호오!"

기후네는 젓가락으로 안주를 집으며 시선을 들었다.

구사카가 말을 이었다.

"자신감이 대단하더군요. 그 회사는 코어하트의 부품이라는 걸 알고서도, 만에 하나의 경우가 발생하면 배상까지 하겠다고 했습니다. 비용은 다소 높아지겠지만 매력적인 제안이에요."

회사 이름을 꺼내지 않은 것은 기후네의 귀에 들어가도 의미가 없다고 여겼기 때문이리라.

"그럼 처음부터 그 회사에 부탁하면 됐을 것을, 왜 그렇게 성가신 짓을?"

기후네가 당연한 의문을 입에 담았다.

"시제품은 쓰쿠다제작소에 먼저 의뢰해버렸거든요."

구사카는 단도직입적으로 대답했다. "하지만 생산은 별개의 문제입니다."

"경우에 따라서는 시제품만 받고 잘라내겠다 그건가?"

"문제는 시간과 비용입니다, 교수님."

구사카는 가슴을 펴고 대답한 후 그렇지 않느냐고 옆에 있는 도도에게 동의를 구했다. "쓰쿠다에서 싼값에 시제품을 만들고, 생산할 때는 좀 더 유리한 업체에 발주해서 비용을 절감한다……. 그게 바로 비즈니스라는 겁니다."

아주 태연한 발언이었다.

"하지만 구사카, 코어하트의 핵심부품이야. 그런 걸 외주로 돌려도 되겠나?"

문득 걱정이 된 듯 기후네가 물었다.

"아무렴요, 전혀 걱정하실 필요 없습니다."

구사카는 다시 가슴을 폈다. "최종적으로는 저희가 특허를 취득할 테니까요."

"특허에 관해서는 찍소리도 못 하게 해놓겠습니다."

딱 잘라 말한 것은 구사카가 아니라 옆에 있던 도도였다. 하청업체를 대하는 도도의 태도는 냉철한 것과는 조금 달랐다. 굳이 말하자면 무감각에 가깝다. 그 서늘한 감촉을 느끼고 기후네는 이야기에서 한 발짝 물러섰다.

"그런가, 그럼 됐네. 개발이야 자네들 문제니 자네들 방식으로 진행하게. 내가 참견할 일이 아니었군그래."

그렇게 말하고 술병을 들어 구사카와 도도의 잔에 따라주었다. "실험 데이터가 갖춰지는 대로 임상으로 이행하도록 관계 방면에는 이야기를 해놨어. 잘 부탁하네."

"머지않아 코어하트가 세계 흉부외과학회를 선도할 겁니다."

구사카는 먼 곳을 바라보듯 아련한 눈으로 말했다. "교수님에 대한 평가도 탄탄대로에 오르겠죠. 차기 학장도 당선이 확실하겠군요. 그때는 더 많은 도움 부탁드리겠습니다, 교수님."

"자네도 참, 번갯불에 콩 볶아 먹을 사람일세. 다만……."

기분 좋게 듣고 있던 기후네가 뭔가 마음에 걸리는지 표정을 살짝 찡그렸다.

"그 전에 넘어야 할 산이 있어."

"이사회 말씀이신가요?"

구사카가 집어내자 술잔을 조용히 입으로 가져가던 기후네의 눈빛이 험악해졌다.

"이사 놈들은 의료 현장이 어떤지도 모르면서 숫자놀음만 하니까. 말이 안 통하는 작자들이야."

"참 힘드시겠습니다."

구사카는 울분을 토해내는 기후네에게 "자, 한잔 더 하시죠" 하며 위로의 술을 권했다.

## 5

"여기서 세워주세요."

쓰쿠다는 택시 운전석을 향해 말하고 안주머니에서 지갑을 꺼내면서 창밖을 올려다보았다.

장마철에 접어들었다. 밤하늘이 묵직한 구름에 뒤덮여 달도 별도 보이지 않았다.

거래처와 회식을 마치고 돌아가는 길이었다. 집으로 향하다가 마침 회사 앞을 지나치는데 3층 창문에 불빛이 보였다. 벌써 밤 10시가 넘은 시간이다.

"아직 누가 남아 있나?"

요금을 지불하고 택시에서 내린 쓰쿠다는 계단을 올라 3층으로 갔다. 기술개발부가 있는 층이다.

직원들이 퇴근해 텅 빈 3층에 직원 두 명이 아직 불을 켜고 남아 있었다. 나카자토와 다치바나였다. 작업 책상에 펼쳐놓은 설계도 주변에 휘갈겨 쓴 메모가 어지러이 널려 있었다. 그 위에 시제품 밸브 서너 개를 아무렇게나 놓아두었다.

니혼클라인의 수주를 받은 지 벌써 한 달쯤 지났다. 야마사키에게 난항 중이라는 이야기는 들었지만, 두 사람의 표정을 보아하니 쓰쿠다가 상상했던 것 이상으로 힘든 듯했다.

"둘 다 고생이 많군. 진척 상황은 좀 어때?"

쓰쿠다는 태그가 붙은 밸브를 집어들고 들여다보며 물었다.

"솔직히 말씀드리면 시원치 않습니다."

다치바나가 대답했다. 팀장 나카자토는 대답 없이 턱에 손을 댄 채 설계도를 노려보았다.

"데이터가 안정되지 않는다는 이야기는 들었는데, 원인은 알아냈어?"

쓰쿠다의 물음에 두 사람은 묵묵부답이었다.

수주는 했지만 시간이 오래 걸릴수록 쓰쿠다제작소의 채산은 악화된다. 안 그래도 생산을 맡는다는 전제 아래 적자를 무릅쓰고 의뢰를 받아들인 터라 팀장 나카자토도 분명 초조할 것이다.

"그렇게 조바심 낼 것 없어."

쓰쿠다는 그러한 기분을 헤아려 말했다. "벌이가 되는 일도 있지만, 그렇지 않은 일도 있는 법이야. 어설프게 끝내면 안 한 것만 못해."

"그건 알지만 아무리 애를 써도 요구받은 수준에 미치지 못해서요."

다치바나가 들고 있던 서류를 책상에 탁 내려놓고 조심스러운 말투로 쓰쿠다에게 물었다. "사장님, 애당초 이 설계에 문제가 있는 건 아닐까요?"

쓰쿠다도 설계도를 들여다보다가 실험 데이터의 숫자로 시선을 옮겼다.

"설계에 문제가 있다면 어디서 만들어도 애먹을 겁니다."

나카자토가 자포자기한 분위기로 말했다. 짜증이 섞인 목소리였다. "정말로 이 설계로 가야만 하는지, 변경은 안 되는지 니혼클라인에 문의해주시면 안 되겠습니까?"

뭐라고 표현할 수 없이 답답한 기분이 쓰쿠다의 가슴속에 솟구쳤다.

"설계에 문제가 있다고 100퍼센트 확신하나?"

과연 그 기분을 어떻게 표현하면 좋을지 신중하게 생각할 틈도 없이 날선 말이 튀어나갔다.

"만들 수 없다고 설계부터 의심하는 건 좀 아닌 것 같은데."

쓰쿠다는 연이어 말했다. "다른 가능성을 전부 짚어본 후에 하는 말이라면 받아들이지. 어때, 자네 입으로 말해봐, 나카자토."

나카자토는 입을 꾹 다문 채 딱딱한 표정을 지었다.

책상 맞은편에 선 다치바나는 쓰쿠다가 화를 내서 놀랐는지 꼼짝 않고 정면에 있는 나카자토만 쳐다보고 있었다.

"이거, 애당초 적자 아닙니까? 딱히 따지고 들겠다는 건 아니지만, 그쪽 요구대로 싼값에 맡았으니까 사양 정도는 재검토해봐도 되지 않을까 싶은데요."

"이봐, 그러고도 자네가 기술자야?"

쓰쿠다는 나카자토의 변명에 화가 나서 저도 모르게 언성을 높였다. "자기들이 해야 할 일도 제대로 안 해놓고 발주자를 의심하다니. 가능성을 모조리 검토해서 과학적인 근거를 가지고 지적해야 맞는 거 아니겠어? 일은 어중간하게 해놓고 상대방에게 책임을 떠넘기다니, 그래서는 상대방에게도 민폐야."

나카자토가 팔을 움직이는가 싶더니 뭔가를 책상에 탁 내팽개쳤다. 손에 들고 있던 볼펜이었다.

"그럼 당분간 시간이 더 걸리겠는데요."

나카자토의 볼멘소리가 이어졌다. "이 설계가 엉망이라는 건 조금만 검토해보면 압니다. 그런 것까지 증명하려면 시간과 돈이 아무리 있어도 모자랄 것 같습니다만."

"내가 자네한테 부탁한 건 이 밸브의 시제품이지 돈벌이가 아니야. 착각하지 마, 나카자토."

냉정하게 말하려는 의지와는 정반대로 쓰쿠다의 목소리가 분노로 떨렸다.

나카자토를 응시하는 다치바나의 얼굴이 새파랗게 질렸다. 쓰쿠다에게 쓴소리를 들은 나카자토는 불쾌한 표정으로 입을 앙다물었다.

"오늘은 이만 돌아가."

쓰쿠다는 두 사람에게서 등을 돌려 걸어가며 말했다. "머리를 식히고 다시 잘 생각해봐. 알겠지!"

3층에서 내려와 회사를 나선 쓰쿠다는 집까지 걸어서 돌아가기로 했다.

얼굴이 화끈거리는 게 술 때문인지 화가 난 탓인지 알 수 없었다. 공기가 살짝 움직여 끈적끈적한 밤기운이 목덜미를 스치고 지나가는가 싶더니 이슬비가 내리기 시작했다. 비를 맞으며 걸었다. 이 모든 것들이 쓰쿠다는 그저 울적할 따름이었다.

—괜찮으실 때 전화 부탁드립니다. 몇 시라도 상관없습니다.

밤 10시경 휴대전화에 부재중 전화와 음성메시지가 와 있었다.

집에 도착해 양말을 벗은 나카자토는 짧게 혀를 차며 시계를 올려다보았다.

자정이었다.

쓰쿠다가 화를 내고 돌아간 후, 일할 의욕이 나지 않아 다치바나와 함께 회사 근처 선술집에서 맥주 한잔을 반주 삼아 가벼운 식사를 하고 돌아온 참이었다.

전화하기에는 너무 늦은 시간 아닐까.

망설여졌지만 결국 나카자토는 통화연결음에 귀를 기울였다.

통화연결음이 세 번 울린 후 "네" 하고 짧은 대답이 들렸다.

"늦은 시간에 죄송합니다. 전화가 왔길래 연락드리는 건데요."

희미한 잡음이 들렸다. 기계가 가동되는 소리다.

"아아, 괜찮습니다. 야근이었나 보죠?"

상대는 밝은 목소리로 답하고는 물었다.

"네. 좀 골치 아픈 시제품을 맡아서요."

"그거 큰일이로군요. 뭘 만드는데요?"

시간에 여유가 있는 듯한 말투였다.

"조그마한 밸브예요."

"아, 그거 혹시 니혼클라인에서 발주한?"

"아세요?"

그 대답에 놀라 나카자토는 무심코 되물었다.

"저희도 지금 죽어라 영업을 뛰고 있는 중이거든요. 그쪽에서 만들고 있는 밸브, 여간 어려운 게 아니죠?"

그 정도까지 알고 있다니, 말투에서 느껴지는 것 이상으로 깊이 관여했다는 증거다.

전화 저편이 약간 조용해졌다가 "뭐, 힘내십시오"라는 격려의 말이 이어졌다.

"밸브 분야의 젊은 기술자들 가운데 당신의 실력은 최고 수준이라고 생각합니다. 실은 딱히 볼일이 있었던 건 아니에요. 그저 좋은 대답을 기대하고 있다는 걸 전하고 싶어서요. 이제 슬슬 대답을 들려주겠거니 하는 마음에."

그 말이 쓰쿠다에게 혼나며 납처럼 무거워졌던 마음을 따스하게 보듬어주는 것 같았다.

그리고 동시에 깨달았다. 같이 일할 거라면 이 남자라고. 지금까지 갈팡질팡하던 망설임이 확신으로 바뀌는 순간이었다.

자신의 역량을 백 퍼센트 믿어준다.

그 신뢰에 백 퍼센트의 신뢰로 보답하고 싶다.

"감사합니다."

나카자토는 휴대전화를 쥔 채 머리를 숙였다. "너무 많이 기다리게 해서 죄송합니다. 여러모로 생각해봤는데…… 앞으로 잘 부탁드립니다."

"정말입니까?"

벅찬 기쁨이 묻어나는 한마디가 귀에 와 닿았다.

"잘 생각했습니다. 고마워요. 당신과 함께라면 분명 멋지게 일할 수 있을 겁니다. 기대할게요. 어때요, 조만간 만나서 식사라도 같이하는 게?"

"감사합니다."

상대는 재빨리 언제가 좋겠느냐고 물었다.

## 6

불편한 상사, 불편한 고객, 불편한 동료. 죄다 조직에서 일하는 이상 피해갈 수 없는 통과의례 같은 것이다. 그걸 극복하는 가장 간단한 방법이 출세임을 기후네가 깨달은 건 언제였을까.

지위와 입장에 따라 시각도 사고방식도 달라진다. 그게 바로 조직이다.

지위란 시야이며 시점의 높이다.

의사도 조직의 일원인 이상, 그러한 틀에서 벗어날 수 없어서 기후네도 젊었을 때에는 나름대로 고생을 했다. 하지만 학과장이 된 지금은 다 옛 추억이다. 단 하나의 예외를 제외하고는.

그 예외는 매달 셋째 주 목요일 오전 10시에 찾아온다. 그리고 지금이 바로 그때다.

타원형 회의 테이블을 둘러싼 참석자는 합쳐서 35명. 아시아 의과대학 이사회는 세 조직을 대표하는 멤버로 구성된다. 대학과 병원, 그리고 그 둘의 상부조직인 이사회다. 물론 제일 힘이 센 곳은 대학도 병원도 아닌 이사회다.

"니혼클라인과 공동으로 개발을 추진 중인 인공심장 코어하트에 관해 보고드리겠습니다."

기후네는 발언권을 얻어 개발 진척 상황에 관해 보고를 시작했다. 기후네는 많은 참석자 가운데 아홉 명의 이사들에게 신경을 집중했다. 방금 심장혈관외과의 지출 비용에 대해 질문을 던진 사람은 대학 창업자의 후손인 고마가타 도쿠지로다. 의사 집안에서 태어났지만 의학계로 나가지 않고 공인회계사가 된 사람이다. 일종의 '돌연변이'지만 회계 지식을 무기로 대학 운영에 이러쿵저러쿵 참견하는 까다로운 적수다.

"그 인공심장이 얼마나 참신한지는 알겠습니다."

기후네의 설명을 듣고 고마가타가 다시 입을 열었다. "하지만 교수님의 모교와 달리 우리는 사립 대학입니다. 즉, 무슨 일에든 재원이 필요하고, 사업을 벌이는 이상 채산을 맞춰야 해요. 작년에 이사회에서 승인한 연구개발비를 사용하시는 건 상관없습니다. 다만 그러려면 당초 계획대로 진행하실 필요가 있을 것 같은데요. 어떠십니까?"

"개발 단계에서 기술적으로 어려운 문제가 발생했지만, 그것도 조만간 해결될 테니 앞으로는 차질 없이 진행하겠습니다."

기후네는 이마에 맺힌 땀을 손수건으로 닦으며 대답했다. 고마가타에게 울컥하는 마음이 소용돌이쳤다.

네놈이 뭘 알아. 책상에 앉아 숫자놀음만 하는 놈이.

"그런가요? 뭐, 교수님 말씀이니 틀림없겠지만, 대학 전체의 수익도 목표치를 밑돌고 있으니 인공심장 개발 외에도 유의해주실 점이 있습니다. 특히 심장혈관외과는 평균 입원일수가 작년에 비해 0.6일 늘어났고 수술 채산도 목표비중에 못 미치는 추세죠. 그러니 의사들을 독려해 환자가 퇴원하도록 적절히 유도해주셨으면 합니다. 인공심장 개발도 중요하지만, 그 전에 할 일은 제대로 하셔야 하지 않겠어요?"

이런 망할 놈이!

기후네는 조용히 주먹을 움켜쥐었지만, 겉으로는 평온한 표정을 유지한 채 고개를 살짝 끄덕였다.

당연히 돈이 되는 수술도 있고 돈이 안 되는 수술도 있다. 하지만 돈이 안 된다고 환자를 내치기라도 하라는 말인가.

이상을 말하기는 쉬워도 실현하기는 어렵다.

고마가타의 나이는 올해 예순다섯. 회계사 자격증을 따서 감사법인에 들어갔지만 제구실을 못해 부모의 부름을 받고 되돌아와 30대 중반에 이사가 됐다. 의학이고 임상이고 하나도 모르는 이런 꼴통이 30년이나 얼간이 같은 소리를 해대도 이 대학이 그런대로 돌아간 건, 오로지 현장에서 뛰는 의사들의 능력 덕분이다. 그런데도 기후네의 전임자 중에는 고마가타의 의견에 반론하다가 이사회의 방향성과 맞지 않는다는 이유로 좌천된 사람도 있다고 하니 방심하거나 빈틈을 보여서도 안 된다.

"채산을 고려해 수술 후 입원일수를 줄인다. 그렇게 아시고 철저한 관리 부탁드립니다."

고마가타가 한마디로 총괄하고 다음 의제로 넘어갔다.

갑갑했다.

점심을 먹고 오후 3시가 다 되도록 계속되는 이사회 자리에 앉아 기후네는 생각했다. 이 갑갑한 처지에서 벗어나기 위해, 그리고 이사회에 인정받기 위해 자신이 해야 하고 할 수 있는 일은 흉부외과의 세계에서 명성을 높이는 것밖에 없다.

학장이 되고 주요 이사로서 이 회의에 참석한다.

지금은 납작 엎드려 있을 때다.

기후네는 고마가타의 의기양양한 얼굴을 바라보며 속으로 중얼거렸다.

"교수님, 고생 많으셨습니다."

연구실로 돌아오자 니혼클라인의 구사카가 기다리고 있었다.

"뭐야, 자네 왔나?"

기후네가 책상에 자료를 내던지고 넥타이를 느슨하게 푸는 모습을 구사카는 어쩐지 히죽거리는 듯한 표정으로 바라보았다.

"이사회는 어땠습니까? 보아하니 또 고마가타 이사에게 꼼짝없이 당하신 것 같은데요."

"거 말조심 좀 하게."

기후네는 발끈해서 대꾸했다. "그 작자가 하는 소리는 모조리 망언이야. 알겠나? 놈은 수전노라고."

"수전노라고요……" 하며 구사카는 다시 씩 웃었다.

"그렇게 치면 남 말을 할 처지는 아니신 것 같습니다만. 게다가 교수님은 야망도 만만치 않으시니까요."

"입 다물게."

기후네는 불쾌한 표정으로 반대편 팔걸이의자에 몸을 묻고 "그런데 어쩐 일인가?" 하며 이야기를 재촉했다.

"실은 주워들은 이야기가 있는데 혹시 교수님이 모르시면 알려드리려고요. 이치무라 교수 일입니다."

"이치무라?"

기후네는 비서가 내온 차를 한 모금 마시다가 손을 멈췄다.

"인공판막 개발에 나섰다나."

"인공판막을……?"

심장 수술에 사용하는 의료기기다.

온몸을 돌고 온 혈액은 우심방에서 우심실을 통과해 폐동맥으로 나간다. 그리고 폐에서 돌아온 혈액은 좌심방에서 좌심실을 통과해 대동맥에서 온몸으로 공급된다. 좌우 심방에서 각각의 심실, 그리고 폐동맥과 대동맥으로 흘러나가는 혈액이 역류하지 않도록 문지기 역할을 하는 것이 심장판막인데, 여기에 문제가 생기면 혈액이 잘 흐르지 않는다. 이렇듯 문제가 생긴 심장판막을 대체하기 위해 사용하는 기기가 바로 인공판막이다. 왕관을 뒤집은 것같이 생긴 인공판막은 겉보기에는 구조가 단순하지만 아직 자체 기술은 없다.

"듣자 하니 후쿠이현 소재의 회사와 산학협동으로 개발에 매진 중이랍니다."

"그렇군."

무덤덤하게 대꾸했지만 기후네는 은근히 흥미가 동했다. 구사카가 말을 이었다.

"현재 사용되는 인공판막은 수입이다 보니 크기가 일본인의 심장에는 부적합할 때도 있지 않습니까. 특히나 어린이용은 수요가 제법 되겠죠. 역시 이치무라 교수의 혜안은 대단하다니까."

그제야 구사카는 자신이 실언했음을 깨닫고 작게 헛기침을 했다. 기후네 앞에서 이치무라의 칭찬은 금물이다. 하지만—.

"나쁘지 않은 사업 같은데. 아닌가?"

불쾌해할 줄 알았던 기후네가 놀랍게도 몸을 내밀어 구사카의 얼굴을 들여다보며 물었다.

"뭐, 인공판막이라면 수요가 상당하겠죠."

기후네의 속셈을 가늠하기 힘들었지만 구사카는 일단 그렇게 대답했다. "하지만 코어하트 정도의 임팩트도 혁신성도 없으니 의학계에 공헌한다는 의미에서는 교수님의 발끝에도……."

"하지만 돈은 되겠지."

기후네가 말허리를 끊었다.

"그야 뭐, 판막과 관련된 증상은 워낙 많으니까요."

구사카는 손등으로 이마를 닦았다.

기후네는 한쪽 무릎에 양손을 얹은 채 의자 등받이에 몸을 기댔다. 그의 머릿속에서 어떤 생각이 소용돌이치고 있는지 구사카는 상상도 못 하리라.

"산학협동이라고 했지? 스폰서는 어디인가?"

"사쿠라다? 분명 그런 이름의 회사였습니다. 섬유 관련 회사라고 들었는데, 스폰서도 스폰서 나름이니까요. 혹시 신경 쓰이시면 한번 알아볼까요?"

"아니, 됐네. 내가 알아보지."

기후네는 시선을 허공에 던진 채 말했다.

"그나저나 최신 실험 데이터를 가져왔습니다."

구사카가 이야기를 오늘의 본론으로 돌려 가져온 서류의 내용을 설명했지만, 기후네의 귀에는 거의 들어오지 않았다.

이치무라 녀석, 인공판막이라니 제법 쏠쏠한 곳에 눈독을 들였구나. 기후네는 적당히 맞장구를 치면서 생각에 잠겼다.

인공심장의 몇 분의 1밖에 안 되는 시간과 비용으로 개발이 가능하고, 분명 수요도 상당할 것이다. 그 인공판막 사업을 이쪽에 편입시키면 단기간에 좋은 수익원으로 자리매김할 것이다. 더 나아가 인공심장에 너무 많은 비용과 시간을 투입한다는 이사회의 비판을 피할 절호의 기회이기도 하다.

이 사업은 우리 학교에서 차지하자.

그러려면 이치무라를 설득해야겠지만…….

기후네의 입술이 교만한 웃음으로 일그러졌다.

## 7

“야마, 나카자토랑 다치바나는 좀 어때?”

쓰쿠다는 업계 사람들이 모여 파티를 여는 호텔로 향하는 길이었다. 도큐이케가미선으로 고탄다까지 나가서 야마노테선으로 갈아탔다. 유라쿠초역에서 호텔까지는 5분 거리다. 마침 회사원들이 퇴근하는 시간이라 음식점이 줄지은 가도교 아래쪽 길은 사람들로 혼잡했다.

“아직 고전하고 있는 모양이에요.”

“그렇군…….”

예상대로였다. “요전에 두 사람한테 한 소리 했는데.”

“요스케한테 들었어요. 죄송합니다.”

야마사키는 걸으면서 고개를 꾸벅 숙이더니 표정을 살짝 찡그렸다.

"무슨 일 있었어?"

쓰쿠다가 재빨리 눈치채고 물었다.

"나카자토가 그……."

쓰쿠다는 씁쓸하게 혀를 찼다.

"어차피 돈도 안 되는 일이니 뭐니 했겠지. 하지만 돈 되는 일만 하면서 살 수는 없어. 그렇게 전해줘."

"저도 타일렀지만 묘하게 자존심이 강한 구석이 있어서요. 왜 자기가 이런 일을 해야 하느냐고 불만을 품었을지도 모르겠네요. 원래부터 로켓엔진 밸브를 담당하기를 원했거든요."

"기술적으로도 정신적으로도 아직 일러."

쓰쿠다는 딱 잘라 말했다. "실력도 없이 자존심만 강한 녀석은 진짜 골치 아프다니까. 그나저나 잘 봐주고 있는 거지?"

쓰쿠다가 흘끗 보며 묻자 야마사키는 고개를 끄덕였다. 꾸물거리다가는 정말로 납기를 못 맞출 수도 있다.

"소재 면에서 머리를 좀 굴려야 할 필요가 있기는 한데, 요스케한테 지시해놨습니다. 조만간 완성되기는 할 거예요."

평소 뭐든지 솔직하게 털어놓는 야마사키치고는 잇새에 뭔가 낀 것처럼 찜찜한 말투였다. 아니나 다를까 약간 망설이며 한마디 덧붙였다. "다만 그다지 좋은 설계는 아니더군요."

"그래?" 쓰쿠다는 무심코 걸음을 멈췄다.

"아직 경험도 부족한 나카자토가 뭐라고 했는지는 모르겠습니다만, 인공심장 부품이라면 내구성을 좀 더 고려해서 설계했어야 하지 않을까 싶어요. 생체 적합성을 최우선한다는 건 알겠지만 구조적으로는 너무 취약한 감이 있습니다."

"우리 쪽에서 니혼클라인에 제안해보는 편이 나을까."

쓰쿠다가 말했지만 야마사키도 판단이 서지 않는 모양이었다.

"저도 생산을 염두에 두고 설계를 고민해보기는 했지만, 쓸데없이 제안했다가 책임을 뒤집어쓸까 봐 걱정이 돼기도 해요."

"그건 그렇지."

신바시 쪽으로 걸어가다 보니 호텔이 눈에 들어왔다.

업계 단체가 주최하는 친목 파티지만 고객층도 참석하므로 예비 거래처에 '눈도장'을 찍는 자리이기도 하다. 물론 이런 파티에서 거래까지 이어질 확률은 만에 하나에 지나지 않지만, 이번 파티에 쓰쿠다가 참석하기로 한 건 데이코쿠중공업도 고객으로 초대받았기 때문이었다.

이미 개최사가 끝난 연회장은 사람들로 붐볐다.

입구에서 음료가 든 잔을 받아 들고 협력 관계인 데이코쿠중공업의 자이젠 미치오 부장을 찾았지만 천 명 가까운 사람 가운데서 발견하기란 쉽지 않을 것 같았다.

"쓰쿠다 씨."

동업자와 서로 근황을 묻고, 알고 지내는 거래처와 인사를 나누며 한 시간쯤 보냈을 무렵 누군가 어깨를 탁 두드렸다.

돌아보자 자이젠이 화이트와인 잔을 들고 서 있었다. 제일가는 대기업인 데이코쿠중공업에서 우주항공본부 우주개발부 부장을 맡고 있는 자이젠은 쓰쿠다의 비즈니스 파트너다.

"얼마 전에 발사에 성공하셨죠. 축하드립니다."

2주일쯤 전에 데이코쿠중공업의 대형로켓이 다네가시마 우주센터에서 성공리에 발사됐다. 데이코쿠중공업 사장 도마 히데키가 추진 중인 우주사업도 착착 궤도에 오르는 인상이다.

"저희야말로 늘 힘을 보태주셔서 감사할 따름입니다. 그런데 그 건으로 긴히 드릴 말씀이 있는데요."

자이젠이 그렇게 말했을 때 뒤에서 한 남자가 나타났다.

우주항공본부 구매관리부를 총괄하는 이시자카 무네노리였다. 자재 구매관리를 담당하는 이시자카는 자이젠과 더불어 우주항공본부의 쌍두마차로, 가라키다의 말에 따르면 두 사람은 사내에서 라이벌 관계라고 한다.

"오, 쓰쿠다 씨. 자이젠도 있었네. 이런 데서 마주칠 줄이야."

이시자카는 친근하게 말을 건네며 다가왔다. 그 뒤에 남자 한 명이 따라왔다.

나이는 쓰쿠다와 비슷하니 쉰 살이 조금 넘어 보였다. 고급 양복을 차려입고 은테 안경을 썼다. 그야말로 엘리트 같은 인상의 남자다.

"아참, 소개하지."

이시자카가 남자를 쓰쿠다에게 소개했다. "이쪽은 사야마제작소의 시나 사장. 쓰쿠다 씨를 꼭 한번 소개해달라고 했는데 마침 잘됐네."

소개를 받은 시나가 쓰쿠다 앞으로 나서서 명함을 내밀었다.

행동거지가 세련되고 우아했다.

"사야마제작소의 시나라고 합니다. 소문은 익히 들었습니다. 우주과학개발기구에 계셨다면서요. 앞으로 잘 부탁드립니다."

"아아, 사야마제작소요."

쓰쿠다도 이름은 들어 알고 있었다.

사이타마현의 공업도시인 사야마시에 본사를 둔 정밀기계 제조사로, 쓰쿠다와 같은 업종이다. 분명 쓰쿠다의 아버지 시절부터 회사가 있었을 테니 지금 명함을 교환한 시나 나오유키는 2대 사장인 걸까.

"이제 사야마에는 회사가 없습니까?"

명함에 신주쿠 주소가 적혀 있는 것을 보고 쓰쿠다는 물었다.

"예전에 본사가 있던 곳은 제조 거점으로 놔두고, 본사를 도심으로 옮겼습니다. 그러는 편이 여러모로 효율적이라서요."

"시나 사장은 나사(NASA) 출신이야. 기술력이 얼마나 뛰어나다고."

이시자카가 마치 자기 일처럼 자랑스럽게 말하며 시나와 양호한 관계임을 은근슬쩍 암시했다. 그 옆에서 자이젠이 어째선지 떨떠름한 표정으로 대화를 나누는 세 사람을 지켜보았다.

"예전에 잡지에서 봤습니다."

야마사키가 흥미를 보였다. "어떤 분야의 일을 하셨어요?"

"로켓공학이요. 계산기만 두드렸죠, 뭐."

시나는 가벼운 투로 대답했지만 소위 로켓 과학자가 뭔지 아는 야마사키는 와, 하고 무심코 목소리를 높였다. "대단하시네요."

"다만 일이 너무 바쁘고 고된지라 좀 더 편하게 돈을 벌 방법은 없을까 싶더군요. 지금까지 회사를 경영해오신 아버지도 나이가 드셨으니 회사라도 해볼까 하는 마음이 싹텄어요. 그게 3년 전입니다. 회사를 경영해보니 제법 재미있더군요."

"그러려고 MBA까지 취득하다니 참 굉장해. 그렇게 해서 3년 만에 회사를 급성장시켰다니까."

이시자카는 찬사를 아끼지 않았다.

"어휴, 과찬이십니다."

시나는 웃으며 말했다. "사실 대단하게 한 건 없어요. 옛날식이었던 아버지의 경영방침을 제게 익숙한 합리주의로 바꿔보았을 뿐입니다. 오래된 회사에는 군더더기가 많으니까요."

과연 겸손일까, 자랑일까.

"저희랑 같은 업종이었을 텐데, 경영방침을 바꾸면서 제품 라인업도 바뀌었습니까?"

쓰쿠다의 물음에 "아니요, 아니요" 하고 시나는 고개를 저었다.

"예전에 취급하던 것들은 그대로 유지하는 중입니다. 거기에 더해 제 전문 분야를 살린 제품을 제조하려고요. 그래서 라이벌인 쓰쿠다제작소에 한번 인사를 드리고 싶었습니다."

"라이벌?"

쓰쿠다는 무심코 되묻고는 아까부터 딱딱한 표정을 풀지 않는 자이젠에게 고개를 돌렸다.

"쓰쿠다 씨께도 말씀드리려고 했는데, 실은 다음번부터 밸브 시스템을 경쟁입찰로 결정하게 됐어요."

자이젠의 말에 쓰쿠다는 눈살을 찌푸렸다. "밸브끼리 성능도 다를 텐데 가격 경쟁을 시키겠다고요?"

"가격뿐만 아니라 성능도 포함해서요."

자이젠 대신 시나가 대답했다.

"제가 나사에서 쌓은 경험을 꼭 데이코쿠중공업과 함께 꽃피우고 싶어서요. 저희 회사에서는 지금 나사의 밸브 시스템보다 우수한 제품을 개발하는 중입니다. 쓰쿠다 사장님도 일찍이 로켓 엔진에 관여해보셨으니 아시겠지만, 그 업계는 나날이 발전하고 있어요. 나사의 최첨단 기술로 도전하겠습니다."

"이미 결정된 사항입니까?"

쓰쿠다는 경계심을 담아 물었다.

"본부장님 독단으로요."

자이젠은 못마땅한 표정이었다. 자이젠과 이시자카의 상사 미즈하라 시게하루는 능력 있는 사람이지만, 아주 독단적이다.

"상세한 사항은 메일로 알려드릴 테니 확인해보시기 바랍니다. 이번 경쟁입찰에서 낙찰된 밸브 시스템이 다음 중기계획에 채택될 겁니다."

"향후 3년간 사용할 밸브를 그걸로 정한다고요?"

아닌 밤중에 홍두깨 같은 이야기였다.

내년부터 시작되는 중기계획에 사용될 밸브는 새로운 버전을 설계해 이미 개발에 착수했다. 만약 경쟁입찰에서 패하면 투자금도 회수하기 어렵다.

두말할 것 없이 쓰쿠다제작소의 중대 위기였다.

"큰일입니다, 사장님."

사람들과 헤어져 부랴부랴 연회장을 나서자마자 야마사키의 안색이 바뀌었다. "아까 그 시나라는 사람, 보통내기가 아니에요. 뭐니 뭐니 해도."

"나사니까."

야마사키는 창백한 얼굴로 고개를 끄덕였다.

"어쩌죠, 사장님?"

"경쟁입찰을 하겠다니 맞서서 이기는 수밖에 없겠지."

"뭐, 그야 그렇지만요."

야마사키는 비장한 표정으로 말을 이었다. "그나저나 미즈하라 본부장이 경쟁입찰을 결정했다면, 사야마제작소를 적어도 우리와 동급으로 평가했다는 뜻인데요."

시나가 과학자로서 최첨단 우주공학 기술을 접했다는 건 틀림없는 사실이다.

"상대가 나사든 뭐든 우리도 열심히 하고 있잖아. 일단 밸브 시스템을 개량하는 작업부터 완수하지. 경쟁입찰에서 이길지 말지 지금부터 걱정해본들 무슨 소용이야."

"뭐, 그것도 그렇네요……."

대답과 달리 네온 불빛이 비치는 거리를 향한 야마사키의 시선은 공허하게 흔들렸다.

"이야, 많이 기다리게 했군."

약속 시간 5분 전에 가게에 도착한 나카자토는 목소리가 들리자마자 자리에서 일어나 공손하게 머리를 숙였다. 고탄다에 있는 유서 깊은 양옥집 2층이다. 쓰쿠다제작소에서 가장 가까운 전철역은 같은 도큐이케가미선에 있는 나가하라역이다. 나카자토가 나오기 편하도록 세심하게 배려한 것이 틀림없다.

나카자토의 업무 시간에 맞춰 오후 8시에 약속을 잡았다. 저녁 식사치고는 약간 느지막한 시간이었다.

"오늘 이렇게 불러주셔서 감사합니다."

"자자, 그렇게 격식 차리지 말고 편하게 있어, 편하게. 일단은 맥주 어떤가?"

상대는 자리에 앉자마자 물어보더니, 물수건을 가져온 종업원에게 생맥주를 두 잔 주문하고 메뉴를 펼쳤다.

"뭐 못 먹는 건 있나?"

없다고 대답하자 맥주를 가져온 점원에게 몇 가지 요리를 주문하고 바로 건배했다.

"모임 같은 데 다녀오셨어요?"

상대의 태도에서 술기운이 느껴져 나카자토는 물어보았다.

"감이 좋은걸. 막 빠져나온 참이야. 좀 더 있다 가라고 어찌나 붙잡는지 원. 자네랑 약속을 잡아놓길 잘했어."

안도한 표정을 지은 상대는 이미 술기운이 올랐는데도 순식간에 맥주 한 잔을 다 비우고 한 잔 더 시켰다. 목이 말랐던 나카자토도 맥주를 들이켜고 레드와인을 주문했다. 술이 들어가자 나카자토도 긴장이 풀려 점차 말수가 많아졌다.

"그러고 보니 니혼클라인에서 의뢰한 밸브는 완성했나?"

약 한 시간쯤 지났을 무렵, 상대가 그런 이야기를 꺼냈다.

"조만간 완성하기는 할 겁니다."

나카자토는 뭔가 석연치 않은 듯한 투로 대답했다. "무슨 문제라도?" 하고 물은 상대에게 잠시 답변을 망설였다.

"글쎄요……. 어려운 건 둘째 치고 밸브에 구조적인 문제가 있는 것 같습니다."

"오호."

상대는 흥미롭다는 듯 물었다. "해결책은 있고?"

"뭐, 일단은요."

나카자토는 술김에 자신만만하게 대답했다.

"분명 그 밸브는 이런 느낌이었지."

상대는 테이블에 종이냅킨을 펼치더니 놀랍게도 볼펜으로 밸브를 정확하게 그리기 시작했다. 감탄할 만한 기억력이었다.

"대단하시네요. 아무튼 여기 부분이 취약해서 안정감이 없는 것 같아요. 예를 들어 이렇게 변경하면 괜찮을 것 같습니다."

나카자토는 그림 한 부분을 손가락으로 가리킨 후 냅킨을 뒤집어 그림으로 그려서 보여주었다.

"재미있는 발상인걸. 자네 생각인가?"

"네, 뭐."

나카자토는 거짓말을 했다. 다소 양심의 가책을 느꼈지만 눈앞의 상대에게 우수한 인재라는 인상을 심어주고 싶었다.

"그럼 이걸 설계도로 만들어서 니혼클라인에 다시 제안해보면 어떤가?"

"지금 단계에서는 그러기가 좀……."

나카자토는 말꼬리를 흐렸다. "쓸데없는 짓 하지 말고 시킨 거나 만들라는 게 회사 방침이라서요."

"설계도는 있고?"

"그렇죠, 뭐."

상대는 나카자토를 가만히 바라보며 물었다.

"그거, 내게 맡겨주면 안 되겠나?"

"맡기다니……."

아무래도 그건 안 될 일이라는 생각에 나카자토는 말문이 턱 막혔다.

"사외로 반출하기는 좀……."

"사내겠지."

상대가 바로 정정했다. "자네는 곧 우리 회사 직원이 돼. 그럼 아무 문제도 없잖나. 그리고……."

이게 핵심이라는 듯 상대는 충격적인 말을 꺼냈다.

"자네가 말해주었으니 나도 말하지. 니혼클라인의 이 밸브는 우리가 만들게 될 거야."

"정말입니까?"

"아무렴, 정말이지."

상대는 고개를 끄덕였다. "쓰쿠다제작소는 현재 자네가 담당한 시제품만 만들고 잘릴 거야."

설마.

말을 잃은 나카자토에게 상대방, 시나 나오유키는 단언했다.

"아쉽지만 자네가 아무리 노력해도 쓰쿠다제작소에서는 결실을 맺지 못해. 만약 결실을 맺는다면 우리 회사, 사야마제작소에서겠지."

## 8

"경쟁입찰이라고요?"

어젯밤 파티에서 있었던 일을 들려주자 도노무라는 풀무치처럼 길쭉한 얼굴 속의 큼지막한 눈을 껌벅거렸다.

"오늘 아침에 통지가 왔어."

쓰쿠다는 데이코쿠중공업의 자이젠이 메일에 첨부한 개요서를 테이블에 내려놓았다.

허둥지둥 읽어본 도노무라가 어두운 표정으로 누구에게라고 할 것 없이 "야단났네요" 하고 중얼거렸다.

"수주를 기대하고 로켓엔진용 밸브 시스템에 막대한 자금을 투입했으니까요. 지금 외면당했다가는 적자가 엄청날 겁니다."

그건 말하지 않아도 잘 안다.

"그러고 보니 사야마제작소라는 회사, 최근 여러 곳에서 이름이 들리더군요."

쓰노가 입을 열었다. "나사의 기술력을 홍보 전략으로 삼고 있나 보더라고요."

"실제 평판은 어때?"

"허풍은 아닌지 기술력은 괜찮은 모양입니다. 업계 평판이 제법 좋아요."

쓰노는 아주 살짝 목소리를 낮춰 덧붙였다. "아무래도 강적이 나타난 것 같은데요."

도노무라가 계약한 신용조사회사의 온라인 시스템에서 주식회사 사야마제작소의 정보를 출력해서 돌아왔다.

"창업 시기는 저희랑 비슷하네요. 연매출은 20억 엔 정도인데, 3년 전에 창업자가 물러나고 현 사장이 일선에 나선 뒤로 매출이 급증한 모양입니다."

도노무라 말대로 현재 사장이 일선에 나선 뒤부터 연매출이 두 배인 40억 엔 규모로 뛰어올랐다.

"어떻게 하면 매출 규모가 이렇게 수직 상승할 수 있는 거지?"

가라키다가 신기하다는 듯 말했다. 아무래도 이 급성장이 이해가 안 간다는 표정이었다.

"대기업과 잇달아 계약을 성사시켰다고 들었어요."

쓰노가 말했다. "시나 사장의 인맥으로 고위급과 직접 교섭한다는 이야기였습니다."

"원래부터 나사의 일본인 과학자로 유명했으니까요. 데이코쿠중공업의 상층부하고도 연줄이 있을지도 모르겠네요."

도노무라가 말했다.

"그럼 경쟁입찰이라고 해봤자 그저 형식에 불과할 수도 있겠는데."

가라키다가 다시 입을 열었다. "사야마제작소에서 납품을 받는다는 전제 아래, 체면상 우리랑 경쟁을 시키는 척하려는 걸 수도 있습니다."

설마 그럴까 싶어 쓰쿠다는 팔짱을 낀 채 생각에 잠겼다. 자이젠은 거짓말할 사람이 아니다. 사야마제작소로 결정됐다면 결정됐다고 처음부터 말하지 않았을까? 하지만 확증은 없다.

"기를 쓰고 버텨야겠군."

쓰노가 굳센 목소리로 말했다. "무슨 일이 있어도 데이코쿠중공업과의 계약을 사수해야 합니다."

고개를 끄덕인 쓰쿠다는 문득 생각난 듯 야마사키에게 말했다.

"니혼클라인에서 의뢰한 시제품이 마무리되면 나카자토와 다치바나도 데이코쿠중공업용 밸브 시스템 쪽에 배치해줘. 일손은 조금이라도 많은 편이 낫겠지."

"알겠습니다."

"니혼클라인 쪽에는 조만간 시제품이 완성될 거라고 이야기해뒀습니다."

가라키다가 말했다. "그리고 사장님과 야마사키 부장을 한 번 더 뵙고 싶다던데요. 괜찮으시겠습니까?"

"물론이지. 이왕이면 작업이 완료됐다는 보고를 겸할 수 있도록 야마와 상의해서 일정을 조정해봐."

회의가 끝나 쓰노, 가라키다, 야마사키 세 사람이 분주하게 나가고 도노무라와 쓰쿠다 둘만 남았다.

"아이고, 언제쯤이면 아무 걱정 없이 탄탄대로를 달릴 수 있을까, 도노?"

쓰쿠다의 말에 도노무라는 진심으로 불안하다는 듯 눈썹을 축 늘어뜨렸다.

"그건 도리어 제가 여쭤보고 싶은데요, 사장님. 아무튼 무슨 일이 있어도 이번 사태부터 이겨내야겠죠."

## 9

"사장님까지 오시라고 해서 죄송합니다."

구사카가 아니라, 부하직원인 도도 혼자 응접실에 들어왔다.

"아아, 이게 밸브 시제품입니까?"

도도는 테이블에 놓인 시제품을 보고 쓰쿠다가 뭐라 말하기도 전에 집어 들었다. 하지만 잠깐 훑어보고는 도로 내려놓았다.

"사내 최종 테스트가 끝나서요."

야마사키가 말했다. "요청하신 수량대로 바로 납품하겠습니다. 그리고 생산 계획에 대해 다시 한 번……."

"그것 말씀인데요."

도도가 담담한 표정으로 끼어들어 뜻밖의 말을 꺼냈다. "죄송하지만, 밸브 설계가 변경돼서 다시 제작해주셨으면 합니다."

쓰쿠다는 당황스럽기 짝이 없었다.

"그게 무슨 말씀이십니까?"

"설계를 재검증한 결과, 내구성이 좀 약한 것 같아서요. 죄송합니다만 그래서 설계를 변경했습니다."

막무가내가 따로 없었다. 입으로는 죄송하다지만, 그저 자신들의 사정을 일방적으로 통보하는 것에 불과하다.

"잠깐만요."

쓰쿠다는 따지듯이 말했다. "설계를 변경하기 전에 저희랑 먼저 상의해야 하는 것 아닙니까? 저희는 기존 설계대로 시제품을 만들었는데요."

"이건 흔히 있는 일이라서요."

도도는 반성하는 기색 하나 없이 천연덕스럽게 대답했다.

"흔히 있는 일이라니 무슨 대답이 그렇습니까!"

너무 어이가 없어서 쓰쿠다는 언성을 높였다. "저희도 시제품을 만드느라 많은 비용을 들였습니다. 그런데 애초에 쓸모없는 물건을 만드느라 그 고생을 했다는 겁니까!"

"이거야 원."

도도는 적반하장으로 진절머리가 난다는 듯한 태도를 보였다.

"저희 회사같이 큰 조직이 다양한 프로젝트를 진행하다 보면 이런 일도 생기는 법입니다."

"외람되지만 저희는 이렇게 어처구니없는 일이 처음입니다. 도도 씨, 설계가 변경됐다는 건 대체 언제 들으셨습니까?"

"아주 최근에요."

막힘없는 대답이었다.

"제조 현장에서 설계 변경은 민감한 사안입니다. 제조부에 계시니 그건 알고도 남으시겠죠. 앞으로 이런 일로 뵙는 건 사양하고 싶네요!"

이번에는 아무 대답도 없었다.

감정 없는 시선 때문인지 인간이라기보다 로봇과 마주 보는 듯한 희한한 감각에 사로잡혔을 때였다.

“요컨대 응할 수 없다, 그런 말씀이십니까?”

도도의 입에서 그런 말이 흘러나왔다.

“지금은 그것보다 먼저 하실 말씀이 있을 텐데요.”

쓰쿠다는 발끈해서 따졌다.

“일단 제작하신 시제품의 대금은 지불하겠습니다.”

그 대답이 쓰쿠다의 활활 타오르는 분노에 기름을 부었다.

“지금 돈이 문제가 아니잖습니까!”

쓰쿠다는 도도를 똑바로 노려보았다. 낙심이 큰지 야마사키는 아무 말도 없었다. 그러자 도도가 클리어파일에서 서류를 꺼내 야마사키에게 슥 내밀었다.

“새 설계도입니다.”

야마사키는 설계도를 펼쳐 말없이 들여다보았다. 도도가 말을 이었다.

“필요한 조건을 거기에 적어두었으니 잘 부탁드립니다.”

이것들이 우리를 뭐로 보고.

금액과 기한을 확인한 순간, 분노가 치솟았다.

“잠깐만요, 도도 씨.”

쓰쿠다는 분통을 터뜨렸다. “이 금액으로 어떻게 만들란 말입니까? 게다가 이 기한은 또 뭐고요. 장난치지 마십시오.”

“아, 그래요?”

도도가 딴청부리듯 대답했다. "다른 회사는 할 수 있다던데요."

"뭐라고요?"

일을 이따위로 해놓고 다른 회사에 견적까지 받았단 말인가.

"이제 됐습니다."

너무 정 떨어지는 대응에 쓰쿠다는 자리를 박차고 일어섰다.

"앞으로 그쪽과는 거래하지 않겠습니다. 구사카 씨에게 그렇게 전해주시오."

야마사키와 함께 냉큼 응접실을 뒤로했지만 도도는 만류하려는 낌새조차 없었다.

"정말 개망나니 같은 회사로군."

엘리베이터에 타자마자 욕을 내뱉은 쓰쿠다는 뭔가 곰곰이 생각에 잠긴 야마사키를 보고 "왜 그래, 야마?" 하고 물었다.

"아니요, 그냥요."

야마사키는 복잡한 표정으로 다시 입을 다물었다.

"쓰쿠다 사장님 아니세요?"

1층 로비에 내렸을 때 누군가 말을 걸었다.

"시나 사장님."

쓰쿠다가 멈춰 서자 시나는 유쾌하게 웃으며 물었다.

"왜 그러세요? 무슨 안 좋은 일이라도 있으셨어요?"

질문을 받은 순간 머릿속에 도도의 말이 되살아났다.

—다른 회사는 할 수 있다던데요.

설마 사야마제작소를 가리킨 건…….

의심을 품은 쓰쿠다 앞에서 시나는 자신만만한 웃음을 지었다.

"니혼클라인은 비용에 깐깐하거든요. 철저한 합리화 없이는 동반자 관계를 유지할 수 없습니다. 아, 실례했습니다. 이거 공자님 앞에서 문자 쓴 격이로군요. 그럼 또 뵙죠."

시나는 유쾌한 웃음을 터트리며 부하직원 두 명과 함께 엘리베이터 안으로 사라졌다.

2장

# 가우디 프로젝트

## 1

오후 3시에 아시아의과대학 회의실에서 니혼클라인과 회의가 있었다.

참석자는 총 11명. 니혼클라인에서는 구사카와 도도, 대학에서는 기후네 교수와 마키타 에이스케 부교수 및 첨단의료연구소에서 인공심장 개발에 관여하는 연구원 일곱 명이 참석했다.

한 달에 한 번 열리는 정기회의의 주요 안건은 한 달간 행해진 실험의 데이터 발표와 검토다. 그 결과를 토대로 팀의 의견과 방향성을 조율하고, 돼지와 양 등 동물실험 단계까지 와 있는 인공심장 코어하트를 임상시험 단계로 끌어올리는 것이 당면 과제다.

"저어, 한 말씀 드려도 될까요?"

검증을 한차례 마치고 니혼클라인 쪽에서 개발상의 문제점을 몇 가지 언급한 직후에 마노가 발언을 요청했다.

"요전번에 안정성에 문제가 있다고 하셨던 밸브 말씀인데요. 쓰쿠다제작소에 발주한 시제품을 퇴짜 놓으셨다면서요? 이유를 알 수 있을까요?"

코어하트의 가장 큰 이점은 작은 크기다.

몸속에 삽입하는 방식이 아니라 몸 밖에서 체내로 연결한 튜브를 통해 혈액을 순환시키는 방식의 인공심장은 크면 클수록 일상생활에 부담이 된다. 초기 인공심장은 자동차 배터리만큼이나 크고 가동음도 시끄러워서 몸에 달고 다니기도 힘들거니와 영화관이나 음악회에도 못 간다. 결과적으로 환자의 행동범위에 제약이 컸다.

반면 반짝이는 아이디어와 정밀기계 기술의 정수를 모아 만든 코어하트는 예전에 비할 바 없이 작고 가벼운 데다 뛰어난 비소음 설계가 특징이다.

하지만 이 성능을 실현하기는 결코 쉬운 일이 아니다.

일단 경량화와 내구성 두 마리 토끼를 잡기가 쉽지 않다. 더불어 의료기기이니만큼 안정된 작동은 필수다. 단 한 번의 작동 불량이 생명을 앗아갈 수도 있기 때문이다.

그리고 그중 특히 까다로운 요소가 밸브였다. 말하자면 이것은 심장판막의 역할을 수행할 핵심부품이다.

개발 초기단계에 니혼클라인은 일찌감치 밸브 자체생산을 단념하고 외주로 돌렸다. 하지만 마땅한 성과를 얻지 못해 고민하던 끝에 실적과 기술력에서 높은 평가를 받던 쓰쿠다제작소에 시제품을 의뢰했을 터였다.

까다로운 부품을 쓰쿠다제작소에 의뢰한다는 사실을 알았을 때 마노는 쓰쿠다제작소에 몸담았던 사람으로서 자부심을 느꼈다. 그런 만큼 어젯밤 늦게 에바라의 전화를 받고 얼마나 충격을 받았는지 모른다.

—니혼클라인의 시제품 제작, 우리는 관두기로 했으니까 일단 알려주려고.

설계 변경에 대응하지 못했다는 게 이유였지만 설계에 변경이 있었다는 이야기 자체가 마노는 금시초문이었다.

"아쉽지만 그 회사는 다루기가 어려워서요."

구사카가 대수롭지 않다는 듯 말했다.

"의뢰하신 시제품은 납품 단계에 있었다고 들었는데요. 상대편과 협의도 없이 갑자기 설계를 변경하는 건 좀……."

"어차피 하청업체인걸요."

도도가 훗 하고 짧게 웃음을 내뱉으며 말했다.

"계약한 대금은 지불할 거니까 아무 문제 없습니다."

"시제품만으로는 적자고 생산에 들어가야 비용을 회수할 수 있다고 들었는데요. 결국 쓰쿠다제작소는 귀사의 일방적인 사정에 휘둘린 꼴이 되고 말았군요."

"이봐, 마노. 하청은 니혼클라인 쪽 소관이니까 잔말 마."

연구소 상사인 요시다가 작은 목소리로 끼어들었다.

"그건 알지만, 느닷없이 설계를 변경하는 식으로 횡포를 부리면 의뢰를 받아줄 하청업체가 어디 있겠습니까?"

그때였다.

"일을 맡길 하청업체는 따로 있으니 걱정 마시죠."

도도가 마노에게 차가운 시선을 던지며 말했다.

"쓰쿠다제작소를 대신해 사야마제작소라는 회사에 시제품 제작과 제품 생산을 의뢰했습니다."

도도의 뒤를 이어 구사카가 입을 열었다. 마노가 아니라 기후네를 향한 말이었다. "이 회사는 나사에서 경험을 쌓은 시나 나오유키라는 사람이 이끄는 테크노크라트• 집단입니다. 기술적으로나 사회적으로나 쓰쿠다제작소보다 한 수 위라는 평가를 받고 있죠."

"그만한 회사가 받아들였는데 자네들의 발주 방식에 문제가 있었을 리 없지. 쓰쿠다 어쩌고라는 회사가 글러먹은 거야."

기후네의 그 한마디로 마노의 주장은 무력화되었다.

"이봐, 니혼클라인은 이번 프로젝트의 스폰서야. 입 함부로 놀리지 마."

회의가 끝나고 회의실을 나서는데 요시다가 마노의 팔을 붙잡고 목소리를 낮추어 야단쳤다.

"스폰서면 답니까? 저치들이 하는 짓 좀 보세요. 쓰쿠다제작소가 요 몇 달간 적자를 각오하고 시제품을 개발했는데, 일방적으로 설계를 변경하는 것도 모자라 터무니없는 조건을 제시했다니까요."

"그래서 뭐 어쩌라고? 니혼클라인은 그런 회사야. 하지만 자금력이 있지."

요시다가 뭐라 반박할 수 없는 말을 던졌다. "잘 들어. 눈총 받을 짓 하지 마. 자금을 빼버리면 어쩌려고 그래?"

마노는 입을 다물었다.

• 전문 지식이나 기술을 바탕으로 조직의 의사결정에 영향력을 행사하는 전문가.

의료기기 개발에 무엇보다 필요한 건 바로 자금이다. 프로젝트가 발족해 후생노동성의 승인을 받기까지 5년이나 10년이 걸리는 건 예사라 그동안 막대한 돈이 필요하다.

10억 엔을 웃도는 인공심장 개발자금을 대학 연구개발비로 충당하기는 힘들기에 대기업과의 제휴는 의료기기 개발에 빼놓을 수 없는 조건이었다.

"이봐, 우리 연구소에 붙어 있으려면 눈치를 좀 길러. 알겠어?"

요시다는 내뱉듯이 말하고 아무 일도 없었다는 것처럼 발걸음을 돌렸다.

그걸 말이라고 하나.

마노는 속으로 투덜거리고 기운 없이 걸음을 옮겼다. 쓰쿠다제작소에 폐를 끼쳤다는 후회와 이 조직에 대한 혐오감이 동시에 솟구쳤다. 두 감정은 속절없이 부풀어 올라 가슴속을 가득 채웠다.

미래가 보이지 않았다.

정말 이 조직에 뼈를 묻을 수 있을까. 아니, 이 조직에 그럴 만한 가치가 있을까.

잠시 후 번민하는 마노에게 전화가 걸려왔다. 호쿠리쿠의과대학의 이치무라 하야토였다.

## 2

“사장님, 저 때문에 괜한 고생을 다 하시고, 정말 죄송합니다.”

사장실 소파에 앉은 마노는 그렇게 말하며 테이블에 이마가 닿을 만큼 머리를 숙였다.

“그게 자네 잘못은 아니지.”

쓰쿠다는 마침 직원이 가져온 커피를 마노에게 권했다.

“사야마제작소 쪽에서 생산까지 맡았다는 이야기도 들었습니다. 니혼클라인에 항의는 했지만 귓등으로도 안 듣더군요.”

“정말 기가 막히는 일이야. 하청업체는 사람 취급도 안 하는 놈들이 있지. 니혼클라인도 그런 부류야.”

화가 치밀어 오른 쓰쿠다는 “정말 열 받는다니까, 안 그래?” 하고 도노무라에게 동의를 구했다.

“앞으로 그딴 회사와는 상종도 하지 말아야 합니다.”

도노무라는 그렇게 말한 후 “그건 그렇고 마노도 이번 일로 입장이 난처해지지는 않았어?” 하고 마음을 써주었다.

“아니요, 이제 연구소 내부 입지고 뭐고 관계없어서요.”

마노는 찜찜한 소리를 하더니, 등을 쭉 펴고 쓰쿠다와 도노무라를 바라보았다.

“실은 사과드리면서 한 가지 더 알려드릴 게 있어서 왔습니다. 기껏 연구소를 소개해주셨는데 이번 달을 끝으로 퇴사하게 됐습니다.”

“뭐?” 하고 쓰쿠다는 마노의 얼굴을 뚫어져라 쳐다보았다.

"그만두겠다니, 설마 짜증을 못 이겨 일단 때려치우고 보겠다는 거야?"

"아닙니다."

마노의 대답에 쓰쿠다는 더더욱 납득이 가지 않아 "그럼 뭐야?" 하고 거듭 물었다.

"예전에 함께 일했던 교수님의 제안을 받아들여 그쪽 대학으로 옮기려고요. 후쿠이현에 있는 학교인데요."

마노는 호쿠리쿠의과대학 첨단의료연구소에서 일하기로 했다고 설명했다.

"후쿠이현이라니 아주 먼 곳으로 가는군."

쓰쿠다는 아쉽다는 듯 말했다. 마노와 친하게 지냈던 직원들을 데리고 근처 술집에서 한잔하는 중이었다.

"그, 제안했다는 의사는 어떤 사람이야?"

에바라가 물었다.

"이치무라 하야토라고, 원래는 아시아의과대학에서 기후네 교수의 연구실에 있던 분이셔. 아직 마흔 살 정도로 젊지만 의사로서 실력은 굉장하지. 나를 좋게 봐주셔서 전부터 오지 않겠느냐고 하셨어. 가족들 때문에 내내 망설였는데, 이번 일을 계기로 마음을 정했어."

마노에게는 아내와 초등학교에 다니는 딸이 하나 있다.

"이야기를 끊는 것 같아서 미안한데, 그렇게 실력 좋은 의사가 왜 후쿠이에 있어?"

안 그래도 의아한 부분을 쓰노가 콕 집어서 물었다. 말투에 솔직함이 배어나 다른 뜻으로 들리지 않는 사람은 이럴 때 유리하다.

“이치무라 교수님은 원래 기후네 교수의 후계자로 일컬어졌지만, 어떤 일로 기후네 교수와 마찰이 생겼어요.”

“마찰? 뭣 때문에?”

“그게, 인공심장 때문에요.”

쓰노의 물음에 마노는 의미심장하게 대답했다. “실은 현재 개발 중인 코어하트의 핵심 아이디어는 이치무라 교수님이 내셨어요. 그런데 그걸 기후네 교수가 자기 실적으로 발표하는 바람에…….”

“요컨대 스승이 제자의 공을 가로챘다?”

쓰노가 묻자 마노는 고개를 끄덕였다.

“거기에 항의하다 내쳐졌다는 거야?”

쓰쿠다의 질문에 마노는 “아니요” 하고 고개를 저었다. “이치무라 교수님은 그릇이 큰 분이시라, 그건 어쩔 수 없다고 포기하셨어요. 하지만 그런 이야기는 소리 소문도 없이 퍼지는 법이잖아요. 아니, 그건 아니군요. 아마 병원 쪽에서 퍼뜨렸을 겁니다.”

마노는 복마전 같은 배후 사정을 풀어나갔다. “대학병원장 나가노 고이치로는 기후네 교수와 더불어 학장 후보로 거론되는 사람인데요. 아마도 나가노 진영에서 의도적으로 그 이야기를 퍼뜨린 게 아닐까 싶어요. 가만히 있으면 입장이 불리해질 테니 기후네 교수가 이치무라 교수님을 쫓아내버린 거죠.”

“병원도 암투가 이만저만 아니군. 나 같은 사람은 못 버티겠어." 쓰노가 어이없다는 듯 말했다.

"잘못한 건 기후네 교수잖아. 잘못을 바로잡으려는 사람이 아무도 없는 거야?"

정의감 강한 에바라가 발끈했다.

"그래서 대학병원이 하얀 거탑이라고 불리는 거지. 여기서는 힘 있는 자의 말이 곧 정의이자 법이야. 그게 싫으면 무슨 수를 써서라도 높이 올라가는 수밖에 없어. 다만 의학계에는 엄격한 불문율이 있거든. 그중 으뜸가는 게 바로 구제국대학•을 정점으로 하는 학회의 위계질서야. 기후네 교수는 여기 출신인 것도 모자라 흉부외과학회의 학회장이지. 반면 이치무라 교수님은 나이도 젊은 데다 규슈 지방 국립대 의과대학 출신이고. 소위 비주류지. 객관적으로 봤을 때 이치무라 교수님에게 승산은 없어. 그래서 문제 삼지 않고 물러나서 교수직을 제안한 호쿠리쿠의과대학으로 가신 거지."

"네가 왜 연구소를 그만두고 싶어 하는지 알겠다."

쓰노가 말했다. "그에 비하면 우리는 단순하달까. 위계질서에 구멍이 뻥뻥 뚫려서 바람이 숭숭 들어올 지경이라니까."

"썰렁한 소리 좀 그만해."

쓰쿠다는 쓰노의 농담에 웃은 후 표정을 다잡고 마노에게 물었다. "그런데 후쿠이에 가서 뭘 하려고?"

"이치무라 교수님이 이제 막 개발에 착수한 인공판막 분야에

• 명문 국립종합대학인 도쿄대, 교토대, 오사카대, 나고야대, 도호쿠대, 홋카이도대, 규슈대를 말한다.

힘을 보태달라고 하시더군요."

"인공판막? 뭐야 그건?"

마노는 에바라에게 간단히 설명하고 말을 이었다. "인공심장 개발도 중요하기는 하지만, 이런 의료기기 쪽이 수요는 더 있을 겁니다. 인공심장에 비하면 자금 면에서 부담도 덜하고 개발하기도 수월하지 않을까 싶고요. 덧붙여 쓰쿠다제작소에서 밸브를 만들었던 경험도 살릴 수 있을 것 같아요."

감탄하며 듣고 있던 쓰쿠다는 "이치무라라는 그 의사, 머리가 아주 잘 돌아가는군" 하고 떠오른 생각을 그대로 입에 담았다.

"머리가 잘 돌아갈뿐더러 일류 심장외과의세요."

마노는 진심으로 이치무라에게 푹 빠진 것 같았다.

"그런 사람과 같이 일한단 말이지. 그거 재미있겠는데."

쓰쿠다가 말했다. "이번 일은 유감이지만, 자네가 결단하는 계기가 되었다니 헛일은 아니었군. 힘내서 열심히 해봐, 마노."

## 3

"이야, 이치무라 선생. 요즘 어때? 잘 지내고 있나?"

휴대전화 너머 기후네의 목소리는 이렇게 전화를 하고 있다는 것 자체를 재미있어 하는 듯 들렸다.

"감사합니다. 그럭저럭 괜찮습니다."

이치무라는 그렇게 대답했다. 호쿠리쿠의과대학의 두 평 남짓

한 좁은 연구실이다. 기후네는 볼일도 없이 전화를 할 만큼 한가한 사람이 아니다. 더 나아가 쫓아낸 부하직원의 근황을 염려할 만한 배려심도 없다.

"오다가다 언뜻 들었는데, 인공판막을 개발 중이라며?"

기후네가 뜻밖의 말을 꺼냈다. 넓은 듯하면서도 좁은 업계다. 어디서 들었는지는 모르겠지만 기후네의 정보망은 놀라울 따름이었다.

"네, 뭐."

이치무라가 모호하게 대답하자 "제휴 상대는 어딘가?" 하고 기후네가 물었다. "그쪽 지방을 본거지로 한 곳이라고 들었네만."

"주식회사 사쿠라다라는 회사입니다."

이치무라는 순순히 대답했다.

"처음 들어보는군. 의료 관련인가?"

"아니요. 섬유 쪽이라고 할까요."

이치무라는 일부러 정확하게 대답하지 않았다. 기후네의 꿍꿍이도 모르는데 쓸데없는 소리로 뭔가 빌미를 주기 싫었다.

"오, 섬유."

기후네는 생각에 잠긴 듯 잠시 조용히 있다가 "돈은 있나?" 하고 늘 하는 소리를 꺼냈다.

기후네에게 의학은 산수다.

"허덕거리고 있습니다."

호쿠리쿠의과대학은 역사가 짧은 사립대학으로, 기후네가 있는 아시아의과대학과는 비교할 바가 못 된다. 사쿠라다와 제휴했다고는 하지만 정부 보조금에 기대는 등 연구개발은 늘 자금 조달과 협상의 연속이었다.

"그쪽 연구비 가지고는 뭘 하려 해도 마음대로 안 되겠지. 자네를 위해 하는 말인데 혹시 공동개발을 원한다면 우리도 긍정적으로 임하겠네. 우리랑 손잡고 연구개발에 돈을 대줄 기업을 찾아보는 게 어떻겠나? 그게 자네한테도 바람직할 텐데. 생각해보지 않겠나?"

예상치 못한 제안이라 이치무라는 말문이 막혔다.

개발비는 분명 필요하다. 하지만 기후네와 공동으로 개발하면 성과를 강탈당할 것이다.

아니, 그보다도 업적과 명성을 위해서라면 개발의 본질조차 안중에 두지 않고 막무가내로 밀어붙이는 기후네의 성격이 더 큰 문제였다. 안전성을 경시하는 성급한 진행 방식이 기후네와 결별한 가장 큰 이유다.

"감사합니다."

속내야 어떻든 이치무라는 정중하게 답했다. "하지만 적으나마 학교에서 예산이 나오고, 보조금도 있어서 어찌어찌 꾸려나갈 만합니다. 걱정해주셔서 감사합니다."

전화 저편이 다시 조용해졌다.

"그런가……. 하지만 이치무라 선생, 의료기기 개발에는 돈만 필요한 게 아니야. 뭐니 뭐니 해도 간판이 좋아야지. 돈 없는 삼류 대학과 지방 중소기업. 그런 데서 개발한 제품을 PMDA는 쉽게 인정해주지 않아. 그건 확실히 말할 수 있네. 그러니 다시 한 번 잘 생각해보게."

PMDA, 즉 의약품의료기기종합기구(Pharmaceuticals and Medical Devices Agency)는 의약품과 의료기기를 심사하는 기관이다. 일본 내 모든 의약품과 의료기기는 개발 단계부터 PMDA에게 조언이라는 명목의 지도와 평가를 받고, 최종적으로는 후생노동성이 인허가를 판단하는 시스템이 확립되어 있다.

그러나 PMDA의 담당관은 심사 전문가지 그 분야의 학자는 아니다. 그렇다 보니 PMDA 내부 소견은 학회 논문과 의견서 등에 큰 영향을 받을 때가 적지 않다. 바꿔 말하면 학회 중진인 기후네의 의견은 경우에 따라 PMDA의 소견을 좌우할 만한 무게를 지닌다는 뜻이다.

"걱정해주셔서 감사합니다."

이치무라는 신중하게 말을 골랐다. "그때는 부디 잘 부탁드리겠습니다. 다만 현재 단계에서 교수님께 폐를 끼치기는 죄송하네요. 일단 저희끼리 할 수 있는 데까지 해보고 싶습니다."

"그렇군. 다만 내가 좀 변덕스러워서 말이야. 이쪽에서 먼저 제안하기는 했지만, 내 마음이 바뀌기 전에 부탁함세."

기후네는 힘주어 말했다. "그게 자네와 나를 위한 길이야."

'자네'는 빼야 하지 않겠습니까.

속에서 올라오는 말을 삼켰다.

"명심하겠습니다."

이치무라는 정중하게 대답하고 통화를 끝냈다.

# 4

"사장님, 잠깐 괜찮으신가요?"

마노와 함께 한잔한 다음 날, 도노무라가 사장실 문을 열고 고개를 들이밀었다. 쓰쿠다는 서류에서 고개를 들고 손짓으로 소파를 권한 후 테이블 반대편 의자에 앉았다.

도노무라가 테이블에 지난달 시산표를 펼쳤다.

"적자인가."

숫자를 보고 쓰쿠다는 인상을 찌푸렸다.

"신형 밸브 개발비가 예상외로 불어나서요. 그리고 니혼클라인에서 발주한 시제품은 그것 단독으로 완전히 적자입니다. 나카자토도 다치바나도 최근 석 달간 거기에만 매달렸고요."

쓰쿠다는 작게 혀를 차고 "그건 내 실수였어" 하고 인정했다. "생산을 전제로 했다고는 하나 적자인 줄 뻔히 알면서 타협하는 게 아니었는데……."

"나카자토가 좀 마음에 걸리는데요. 제법 불만을 토로한다는 모양인데, 괜찮을까요?"

"아아, 나도 들었어."

니혼클라인과 거래를 중단하기로 결정했음을 알렸을 때 나카자토의 눈은 감정이 비치지 않는 거울 같았다. 반론 한마디 없이 분노도 짜증도 아닌, 무력감이 감도는 눈빛을 던졌다.

"주변 사람들한테 그만둘 거라고 말하고 다닌답니다."

"정말로 그만둘 생각은 아니겠지?"

쓰쿠다는 놀라서 도노무라의 고지식한 얼굴을 바라보았다.

"매사에 세게 나오는 녀석이니까요. 그냥 해보는 소리인지도 모르죠."

나카자토의 성격은 잘 알고, 잠재력도 있다고 생각한다. 필요한 건 경험이다. 그렇기에 시제품 제작을 맡긴 건데 예상치 못한 형태로 나쁜 결과가 나오고 말았다.

"이번 일은 어쩔 수 없지. 앞으로 녀석에게 맡길 만한 일이 있으면 좀 챙겨줘야지, 뭐."

쓰쿠다는 그렇게 말하고 시산표를 들여다보았다. "그것보다 문제는 실적인데."

문득 시나의 얼굴이 떠올랐다.

니혼클라인과 무슨 교섭을 했는지는 모른다. 하지만 결과적으로 니혼클라인은 사야마제작소를 선택했다. 조건은 둘째 치고 결국 쓰쿠다는 일감을 가로채여 패배한 셈이다.

아니, 니혼클라인과의 거래는 제쳐두자. 문제는 데이코쿠중공업이다. 지금까지 수주를 전제로 신형 밸브 개발에 박차를 가해왔는데 경쟁입찰이라니. 계산에 넣은 수주를 놓치면 개발비를 회수할 가망은 없다. 주력인 소형 엔진도 부진한 실정이니 쓰쿠다제작소의 실적은 단숨에 악화될 것이다.

"무슨 일이 있어도 수주해야 합니다. 과장이 아니라 사운이 걸린 문제예요."

도노무라의 목소리에도 긴장감이 감돌았다.

"알고 있어."

쓰쿠다는 팔짱을 끼고 천장을 노려보았다.

"어떻게든 활로를 찾아야 해."

그로부터 며칠 후, 후쿠이로 간 마노가 만나자고 연락을 해왔다.

## 5

가을장마 전선의 영향으로 오후 하늘은 잔뜩 흐렸다. 오전에 소리도 없이 내리던 가랑비가 그치는가 싶더니 햇살이 강해지고 습도가 높아졌다.

약속 시간인 오후 2시가 되기 조금 전에 도노무라가 작업장에 있던 쓰쿠다를 부르러 왔다.

응접실로 가자 세 사람이 기다리고 있었다.

"바쁘실 텐데 시간 내주셔서 감사합니다."

마노가 벌떡 일어나 머리 숙여 인사한 후 함께 온 두 사람을 소개했다.

"이쪽은 호쿠리쿠대학의 이치무라 하야토 교수님이십니다."

키 큰 남자가 쓰쿠다에게 명함을 내밀며 부드러운 표정으로 "이치무라입니다" 하고 말했다. 대학교수지만 학자 같은 티는 나지 않았다. 쓰쿠다도 예전에는 연구직에 있었지만, 서글서글하게 웃는 이치무라는 자신이 알고 있는 연구원들과는 달리 어쩐지 산뜻한 인상을 풍겼다.

"이쪽은 저희에게 협력해주고 계신 사쿠라다 씨입니다."

주식회사 사쿠라다는 성씨에서 따온 이름인 모양이다. 후쿠이 시내 주소가 적힌 명함에는 탑 모양의 로고가 인쇄되어 있었다.

"아아, 그건 사그라다 파밀리아입니다."

나이는 50대 후반일까. 사쿠라다 아키라는 온화하고 성격이 느긋한 후쿠이 사람답게 싹싹한 웃음을 지었다. 사그라다 파밀리아는 스페인의 유명한 성당이다. 도노무라가 왜 그걸 로고로 삼았느냐고 물어보았다.

"사쿠라다와 사그라다, 비슷하지 않나요?"

사쿠라다는 웃으며 말을 이었다. "예전에 바르셀로나에 갔을 때 이 성당을 보고서 압도당했거든요. 19세기부터 건축을 시작해 아직도 계속하고 있다는 점에 감명을 받았습니다. 참신한 아이디어를 바탕으로 한 가지 이상을 향해 부지런히 전진하는 그 모습이 바로 우리가 궁극적으로 지향하는 형태가 아닐까 싶어 로고로 삼았습니다."

"그렇군요."

쓰쿠다는 고개를 끄덕이고 다시 물었다. "그런데 사쿠라다 씨는 무슨 일을 하십니까?"

"저희는 편직물 회사입니다."

"편직물?"

사쿠라다의 대답에 쓰쿠다와 도노무라, 그리고 야마사키까지 일제히 되물었다. 그만큼 의외의 대답이었다.

"실례라면 용서해주십시오. 스웨터 같은 의류를 말씀하시는 건가요?"

도노무라가 그렇게 물어본 것도 무리는 아니다.

"아니요, 옷이나 가방을 만들지는 않습니다. 소재를 제공해요. 예를 들면 자동차 시트 소재 같은 거요. 편직물은 다양한 공업품에 사용되거든요."

사쿠라다는 그렇게 말하고 다른 명함을 한 장 더 주었다. 주식회사 사쿠라다편직이라는 이름이 인쇄되어 있었다.

"이 회사가 이를테면 모회사인데요. 주식회사 사쿠라다는 이치무라 교수님과 개발 협력을 추진하기 위해 새로이 조직한 자회사입니다. 제가 자회사의 사장을 맡고, 사쿠라다편직은 동생에게 맡겼습니다."

"심장 관련 의료기술에 관심이 있었던 사쿠라다 씨가 저한테 상의를 하러 오셨습니다. 거기서 이 일이 시작된 거죠."

의료 분야에서 뭔가 공헌하고 싶었던 사쿠라다와 창조성이 넘치는 이치무라가 손을 잡았다는 것 자체가 재미있는 일이라고 쓰쿠다는 생각했다.

"사장님, 실은 부탁이 있어서 오늘 이렇게 찾아뵀습니다."

마노가 본론을 꺼냈다. "요전에 말씀드린 대로 저는 지금 이치무라 교수님과 사쿠라다 씨와 함께 인공판막을 개발하는 중입니다. 이게 시제품인데요."

마노가 가방에서 시제품 몇 개를 꺼내서 늘어놓았다. 손에 들고 살펴보니 굵은 반지 같은 링 안쪽에 개폐되는 금속판이 달려 있었다. 섬유로 감싼 링 안쪽 틀은 스테인리스 같은 금속 재질이었다.

"의료용 특수섬유를 표면에 엮었습니다."

사쿠라다가 말했다.

"엮었다고요?"

쓰쿠다가 되물었다. "문외한이 이런 말씀을 드려서 죄송하지만, 심장판막은 돼지의 판막 같은 걸로 대용하지 않나요?"

예전에 마노가 인공심장에 관한 아이디어를 주었을 때 공부해서 얻은 지식이다.

"현재로서는 그렇습니다."

이치무라가 말을 이어받았다. "다만 생체 적합성과 혈전, 감염증 등 다양한 위험성을 고려하면 저희가 특수소재로 개발 중인 이 심장판막이 더 우수합니다. 의료용 특수섬유를 엮은 이 심장판막이 환자의 심장 속에서 작동하기 시작하면 세포가 섬유 매듭 사이로 침투해 진짜 장기의 일부처럼 적응해 나가거든요."

이치무라의 이야기에 따르면 다양한 심장질환 중 판막 문제로 고생하는 환자의 수는 일본 내에만 200만 명에 달한다고 한다.

"특히 선천적으로 심장질환을 가지고 태어난 아이들에게 현재 의료 현장에서 사용되는 인공판막은 너무 큽니다."

이치무라가 말했다. "대부분 해외에서 생산되다 보니 체구가 큰 외국인 기준에 맞춰 만들어져, 국내 환자에게는 적합하지 않은 경우도 있습니다. 하지만 국내 기업이 보유한 정밀기계 기술력이라면 분명 세계 최첨단의 인공판막을 만들 수 있을 겁니다. 아이들에게도 적합한 인공판막을 만들면 중증 심장판막증으로 괴로워하는 많은 아이들에게 꿈과 희망을 줄 수 있습니다. 고생한 만큼 큰 보람이 있는 일이라고 생각합니다."

이치무라가 쓰쿠다를 똑바로 바라보며 열변을 토했다.

그때였다.

"사장님, 이 프로젝트에 참여해주시지 않겠습니까? 부탁드립니다."

마노가 그렇게 말하며 머리를 푹 숙였다.

"잠깐만, 마노."

잠자코 듣고 있던 쓰쿠다는 오른손을 내밀어 마노를 제지했다.

"참여라니, 대체 우리 보고 어쩌라는 거야?"

"인공판막에서 혈류를 조절하는 판막엽과 그 판막엽을 지지하는 원형 틀을 만들어주셨으면 합니다."

쓰쿠다는 입을 다물고 생각에 잠겼다.

"궁금한 게 하나 있는데, 이 시제품은 어디에서 제작한 거죠?"

도노무라가 물었다. 마노는 쓰쿠다도 모르는 회사의 이름을 말했다.

"그 회사는 이제 제작을 안 하는 겁니까?"

도노무라의 거듭된 질문에 세 사람은 거북한 표정으로 말을 삼켰다.

"그 시제품은 실패작입니다."

마노가 입을 열었다. "그 인공판막을 사용하면 혈전이 생겨요. 몇 번인가 개량을 요청했지만 더 이상은 안 되겠다면서……."

"손을 뗐다?"

도노무라의 말에 마노가 고개를 끄덕였다. 쓰쿠다는 실패작이라는 시제품을 다시 들고 이리저리 살펴보았다. 옆에 앉은 야마사키가 호주머니에서 돋보기를 꺼내 진지한 표정으로 시제품을 관찰했다.

"혈전이 생기면 어떤 문제가 있나요?" 도노무라가 질문했다.

"예를 들어 혈전이 뇌혈관을 막으면 뇌경색이 발생합니다."

이치무라가 대답했다.

"하지만 마노, 만듦새가 그렇게 나빠 보이지는 않는데."

야마사키가 시제품에서 눈을 떼고 말했다. "그럭저럭 괜찮아. 제조사를 바꾸면 혈전이 생기지 않을 거라는 근거가 있어?"

"솔직히 말씀드리면 확신은 없습니다."

마노가 대답했다. "하지만 원형 틀 가공과 합금 종류, 판막엽 접속부 처리 등을 달리하면 혈전이 생기는 걸 막을 수 있을 겁니다."

"그, 손을 뗀 회사에서는 뭐라고 했는데?"

"그렇게까지는 못 하겠다고요. 중소기업도 아닌 영세에 가까운 회사였거든요."

확실히 뜬구름 잡는 듯한 이야기다. 대기업이라면 모를까 쥐꼬리만 한 이익도 감지덕지인 영세기업이 비용을 들여가며 시행착오를 거듭할 체력이 있을 리 만무하다.

"그 회사 입장에서도 어쩔 수 없는 결단이었겠지."

쓰쿠다는 그렇게 말했다.

"그렇지만 쓰쿠다제작소라면 할 수 있을 겁니다."

마노의 목소리에 열기가 깃들었다. "이 회사 밥을 먹고 컸으니 압니다. 이 기술을 완성시킬 수 있는 곳은 여기 쓰쿠다제작소뿐이에요."

하지만 쓰쿠다는 대답하지 않았다.

야마사키도 입을 다물었다.

도노무라가 눈치를 보듯 헛기침을 하더니, "경리 입장에서 묻겠는데, 가령 저희가 참여할 경우에 조건은 어떻게 됩니까?" 하고 제일 중요한 질문을 던졌다.

"이 인공판막으로 거두는 수익을 호쿠리쿠대학과 저희 회사, 그리고 쓰쿠다제작소가 균등하게 분배하는 방식으로 생각하고 있습니다."

사쿠라다가 대답했다.

"즉 제품화할 때까지는 비용을 자비로 부담해야 한다는 말씀이신가요?"

도노무라가 굳은 표정으로 물었다.

"정부 보조금도 있으니 전액 부담은 아니고요."

보조금이라 해봤자 큰돈은 아닐 것이다.

"의료기기로 승인될 때까지 얼마나 걸릴 거라 생각하십니까?"

자금 조달도 관련된 문제이니만큼 경리부장 도노무라는 무척 진지했다.

"지금까지 3년쯤 연구를 진행했습니다. 조만간 PMDA와 사전 면담을 할 예정이니, 임상시험으로 이행하기까지 1, 2년은 걸릴지도 모르겠습니다."

사쿠라다가 말했다.

"임상시험을 거쳐 후생노동성의 승인을 받기까지는요?"

"그건 해보지 않으면 모르겠네요."

사쿠라다의 대답에 도노무라의 표정이 점점 흐려졌다.

"사장님."

마노가 몸을 내밀었다. "이 인공판막을 살리려면 쓰쿠다제작소가 쌓은 밸브 시스템의 노하우가 꼭 필요합니다. 저희 프로젝트에 힘을 보태주시면 안 되겠습니까? 부탁드립니다!"

이치무라와 사쿠라다도 함께 고개를 숙였다.

"무슨 이야기인지는 알겠어."

쓰쿠다는 말했다. "아무튼 시간을 좀 주시겠습니까? 사내에서 검토해보고 다시 연락드리겠습니다."

정중하게 인사하고 물러가는 세 사람을 배웅한 후 쓰쿠다는 한숨을 푹 내쉬었다.

자, 어떻게 할 것인가.

"도노, 나중에 다들 모이라고 해. 이 제안을 어떻게 생각하는지 의견을 들어봐야겠어."

## 6

"절대 반대입니다. 논의할 가치도 없어요."

가라키다가 달려들 듯한 기세로 말했다. "목숨은 소중하죠. 의료에 있어 중요하다는 것도 잘 알고요. 하지만 사업이라는 측면에서 보면 위험성이 너무 높습니다. 만약 인공판막 때문에 의료

사고라도 발생하면 어떻게 하실 겁니까? 소송이라도 걸리면요? 거액의 배상금을 지불해야 할지도 모를뿐더러 때에 따라서는 우리 회사 신용도에도 크게 흠집이 날 겁니다."

일리 있는 말이다. 의료소송에 휘말릴 가능성이 없지 않은 이상, 무슨 사고라도 발생하면 제조자로서 책임을 추궁당할 소지가 충분하다.

"위험성이 있다는 건 알겠는데, 과연 그 정도로 심할까 싶기도 하네요."

쓰노가 마노 일행이 두고 간 인공판막 시제품을 만지작거리며 말했다. "기술적으로는 어떨까요?"

"간단해 보이지만 의외로 어렵지 않을까 싶은데요."

야마사키가 대답했다. "인공판막의 원형 틀을 구성할 합금에 대해서도 검토가 필요하고, 개폐하는 판막엽의 소재와 형태 양쪽을 최적화해서 조합하려면 애 좀 먹을 겁니다. 그러려면 테스트도 해야 하고요."

"의료용 합금이라. 솔직히 감이 전혀 안 잡히는걸."

쓰쿠다의 지적에 "그렇습니다" 하고 야마사키가 고개를 끄덕였다.

"안정성과 지속성을 확보할 수 있느냐도 문제예요. 테스트로 정답을 찾기까지 과연 얼마나 걸릴지."

"개발비는 어떻습니까?"

도노무라가 물었다.

"이런 물건이라면 대충 봐도 1억 엔은 잡아야 하지 않을까요?

아주 주도면밀하게 준비할 필요가 있을 테니까요." 야마사키가 답했다.

"그럼 최종적으로 승인받았다 치고, 인공판막은 가격이 개당 얼마 정도야?" 쓰노가 물었다.

"80에서 90만 엔 정도입니다."

도노무라는 이미 사전조사를 했다. "의료기기의 가격은 후생노동성에서 정해요. 멋대로 가격을 붙일 수 없습니다."

"그렇다면 돈이 많이 들어가도 가격을 올려서 개발비를 회수할 수는 없다는 거잖아. 그럼 더 어렵겠는데. 제조사 입장에서는 그 자체가 진입 장벽이야."

가라키다가 코에 주름을 잡았다.

"제가 한 말씀 드려도 되겠습니까?"

도노무라가 목소리를 가다듬고 말했다. "우선 이런 의료기기는 소송을 당할 위험성이 있습니다. 소송을 당해 재판에서 지기라도 하면 그때까지 얻은 이익은 순식간에 날아가 버리겠죠."

"덧붙여" 하고 도노무라는 말을 이었다. "승인 문제도 있고요. 후생노동성의 승인을 받는다지만, 실제 심사는 PMDA에서 합니다. 이 심사가 아주 까다롭다는군요. 이러쿵저러쿵 트집을 잡히는 사이에 2, 3년은 훌쩍 지나간답니다. 한편 승인 시스템이 다른 유럽 등지에서는 의료기기가 점점 발전하는데, 마침내 승인을 받아봤자 기술적으로 외국산에 많이 뒤처져 구식 제품이 될 위험성도 있습니다."

이른바 디바이스 래그다.

"하지만 긍정적인 정보도 있습니다. 최근에 의료기기 승인에 대한 태도가 바뀌어 승인이 빨라지려는 움직임이 있다고 합니다. 예전에는 얼마 안 되는 심사 담당이 의료기기보다 의약품 쪽에 집중되어 있었는데, 요즘은 심사 담당을 증원하고 의료기기 쪽에도 적극적으로 대응한다더군요."

"적극적으로 대응한다고 승인이 빨라진다는 보장은 없어."

가라키다가 그렇게 단정하고 "지금 우리가 주력해야 할 건 이런 의료기기가 아니라 밸브입니다, 밸브!" 하고 목소리를 높였다.

"현재 가장 중요한 과제는 데이코쿠중공업의 로켓엔진용 밸브를 계속 수주하는 겁니다. 만에 하나 수주하지 못하면 지금까지 퍼부은 개발자금을 어떻게 회수할 겁니까? 인공판막이라고요? 밸브야말로 회사의 중대사라고 생각합니다만."

모두 무심코 고개를 끄덕일 만큼 가라키다의 주장은 지당했다.

회의석에 침묵이 감돌았다.

"현재 형편상 우리가 맡을 일은 아니라는 건가."

쓰쿠다는 천천히 입을 열었다. "마노에게는 미안하지만 거절하도록 하지. 다들 그러면 되겠나?"

반론은 나오지 않았다.

"마노에게는 내가 연락할게."

쓰쿠다는 그 말로 짧은 회의를 마쳤다.

그날 오후 9시가 지나 마노에게 전화했다.

"그렇군요……."

전화 저편에서 마노가 들릴락 말락 가느다랗게 한숨을 쉬었다.

"미안하지만 형편상 자네들의 사업에 참여할 여유가 없어."

"하지만 사장님, 이대로 가면 프로젝트 자체가 엎어질 겁니다. 어떻게 좀 재고해주시면 안 되겠습니까?"

"밸브 시스템이라면 또 모르지만, 의료기기라는 점이 걸림돌이야."

쓰쿠다는 저녁에 회의에서 무슨 이야기가 오갔는지 알려주었다. "가라키다의 의견을 무시할 수 없어. 이 일은 우리가 짊어지기에는 너무 무거운 짐이야."

"하지만 이건 심장판막증으로 괴로워하는 사람들, 특히 어린 아이들에게 꼭 필요한 물건이에요."

마노가 비통한 목소리로 말했다. "로켓 부품도 중요하겠지만, 사회에 공헌하신다는 생각으로 도와주시면 안 되겠습니까?"

사회공헌이라.

그 고매한 말과 눈앞에 닥친 현실 사이에 패인 깊은 골이 느껴져 쓰쿠다는 가슴이 답답했다.

"할 수만 있다면 얼마든지 공헌하겠어."

쓰쿠다는 솟아오르는 자기혐오를 꾹 눌러 내렸다. "하지만 우리도 장사꾼이야. 명분만 보고 사업을 진행할 수는 없어."

"요컨대 돈이 안 된다, 그런 말씀이십니까?"

마노의 목소리에서 경멸이 살짝 묻어났다.

"쉽게 말하자면 그렇지." 쓰쿠다는 어쩔 수 없이 인정했다.

"200만 명이나 되는 환자들이 기다리고 있는데도요?"

마노가 물고 늘어졌다. "구할 수 있습니다. 손을 내밀어주면 병을 치료할 수 있다고요!"

"마노, 좀 들어봐."

마음속 곳곳에 따끔따끔하고 씁쓸한 죄책감의 비가 내리는 걸 느끼며 쓰쿠다는 단호하게 말했다. "지금 우리 회사가 최우선으로 삼아야 할 일은 따로 있어. 일단은 우리부터 살아남아야지. 자네 말처럼 어쩌면 우리한테 인공판막을 만들 기술이 있을지도 몰라. 하지만 그것만으로는 살아갈 수 없어. 회사를 꾸려나가는 건 그렇게 쉬운 일이 아니야."

꽉 움켜쥔 휴대전화가 잠잠해졌다.

"그런가요……."

잠시 후 딱딱한 목소리가 들렸다. "알겠습니다. 검토해주셔서 감사합니다."

전화가 끊기자 쓰쿠다는 휴대전화를 움켜쥔 채 깊은 한숨을 내쉬었다.

## 7

"마노가 뭐라던가요?"

거래처와의 미팅이 길어져 회사로 돌아가지 않고 지유가오카의 단골 술집에 들러 야마사키와 한잔하는 중이었다.

"뭐, 엄청 실망하더군."

쓰쿠다는 전갱이튀김을 입에 넣으며 대답했다.

"그렇겠죠."

"그런데 왜?"

표정이 심상치 않기에 쓰쿠다가 묻자, 야마사키는 "대학교 동기한테 인공판막에 대해 물어봤어요" 하고 의외의 말을 꺼냈다.

"녀석은 그 일을 맡아야 한다던데요."

쓰쿠다는 소주잔을 기울이던 손을 멈추고 야마사키를 보았다. 야마사키가 말을 이었다. "그 친구도 외과의사인데요, 상당한 수요가 예상된다는군요. 만약 적합한 인공판막이 있으면 자기도 사용할 거래요. 이런 말씀을 드리기는 좀 그렇지만……."

술잔을 바라보던 야마사키가 시선을 살짝 들었다.

"돈이 되지 않겠느냐고."

"위험성을 대가로 치러야 하잖아."

쓰쿠다의 말에 당황한 듯 야마사키의 눈동자가 흔들렸다.

"가라키다 부장의 주장이 틀렸다는 건 아니지만, 적어도 인공판막은 그 정도까지 위험하지는 않을 것 같은데요. 인공심장이라면 이야기가 다르죠. 돈도 많이 들 테고 위험성도 높으니까요. 그렇지만 인공판막은 수술도 그렇게 어렵지 않고, 우리가 가지고 있는 밸브의 노하우도 살릴 수 있어요. 만약 의료 분야에서 수익원을 만든다면 이것보다 더 나은 건 없을지도 모른다는 생각이 드네요. 그리고 또 하나."

야마사키의 눈에서 조그마한 불빛이 반짝였다. "이치무라라는 그 의사, 신의 손이라고 불린답니다."

"신의 손……."

쓰쿠다는 무심코 되뇌었다. 실력이 대단하다고 마노에게 듣기는 했다. 하지만 제삼자에게 들으니 느낌이 완전히 색달랐다. 야마사키가 말을 이었다.

"아시아의과대학의 기후네 교수는 흉부외과학회의 권위자로 이름 높습니다. 하지만 그 사람은 어디까지나 이론가일 뿐, 기후네 교수의 '지도' 아래 어려운 수술을 수없이 집도한 사람은 이치무라라는군요."

"야마, 네 친구는 누구야?"

"사에키라고, 도쿄대 의과대학에 있는 녀석입니다. 도쿄대 의학부 소속에게 이치무라 교수는 지방대학 출신의 하잘것없는 인물일 거예요. 그런데도 사에키가 한 수 위로 여기더군요. 마치 벌레라도 씹은 듯한 표정으로요. 그 사람의 실력은 진짜입니다."

"흐음……."

쓰쿠다는 술집 의자 등받이에 몸을 기댔다.

재미있다.

동시에 이 일에 맹렬히 반대했던 가라키다의 얼굴이 떠올랐다. 가라키다의 주장도 일리가 있다. 하지만 의료기기 사업의 위험성을 잘못 가늠했다면 이야기는 별개다.

자, 어떻게 할까?

"이번에 후쿠이에 갈 일이 있지 않습니까?"

고민에 빠진 쓰쿠다에게 야마사키가 슬쩍 말했다. "마이니치 철강의 공장을 견학하기로 하셨잖아요."

"그러고 보니 그 회사 공장이 후쿠이에 있었지 참."

지난주에 주거래처 중 한 곳인 마이니치철강에서 공동개발 중인 엔진의 생산 계획을 공장과 협의해달라고 요청했다.

"가시는 김에 상황을 살펴보고 오시는 건 어떨까요? 현장을 봐야 아는 일도 있습니다. 최종 결론은 그다음에 내려도 늦지 않을 거예요. 뜻밖의 사업거리가 떨어진 걸지도 모릅니다."

생각해보면 사내에서 회의는 했지만, 탁상공론에 그친 감도 있었다.

"너무 섣불렀나."

쓰쿠다는 반성하는 마음으로 말했다. "좀 더 신중하게 검토해야 했었는지도 모르겠군. 알아봐줘서 고마워, 야마."

"아니요, 저도 좀 궁금해서 물어본 게 다인데요 뭘."

야마사키가 말했다. "마노에게는 제가 전화해놓겠습니다. 괜찮으실까요?"

"응, 부탁해."

후쿠이에는 다음 주에 간다.

꺼져가던 비즈니스의 등불이 뜻밖에도 다시 타올랐다. 과학자 출신인 쓰쿠다는 미신이나 점술을 믿지 않지만, 이번 일은 쉽게는 끊어지지 않는 신비한 '인연'으로 이어져 있는 것 같은 기분이 들었다.

## 8

일주일 후 쓰쿠다는 예정대로 후쿠이현으로 떠났다. 사바에에 있는 마이니치철강의 공장에서 협의를 마치고 시내에서 하룻밤을 묵었다. 꼭 사쿠라다 씨의 공장을 봐달라는 마노의 권유에 따라 다음 날 시내에 있는 주식회사 사쿠라다를 방문했다.

"이제 와서 공장을 봐본들 무슨 소용입니까."

방문 자체에 비판적인 가라키다가 공장으로 향하는 택시 안에서 인상을 찡그리며 비아냥거렸다. "뜨개바늘을 든 아줌마들이 주르르 앉아 있는 게 고작일 텐데요."

"뭐, 그럼 또 어때."

쓰쿠다는 가라키다를 달랬다. "기왕 후쿠이까지 왔으니 마노가 무슨 일을 하는지는 보고 가야지."

하지만—.

공장이 내려다보이는 계단에 우두커니 선 가라키다는 얼떨떨한 표정이었다.

조금 높은 곳에 있는 쓰쿠다, 가라키다, 야마사키 아래로 체육관만큼 커다란 공장이 펼쳐졌다. 통로 두 줄 양쪽에 죽 늘어선 거대한 편직기가 가동음을 겹겹이 토해냈다. 쓰쿠다가 초록색으로 칠한 바닥에 내려서자 돌돌 말린 편직물을 실은 무인 카트가 앞을 지나갔다.

편직물을 적재하고 창고로 운반해 수납하는 것까지 전자동으로 이루어지는 최첨단 공장이다.

"이거 대단한데."

쓰쿠다도 지금까지 수많은 공장을 보아왔지만, 중견기업 수준에서 이렇게까지 자동화된 공장을 볼 줄은 몰랐다.

"여기는 모회사 사쿠라다편직의 공장입니다."

사쿠라다가 세 사람을 안내하며 설명했다. 사쿠라다 말로는 인공판막을 개발하는 주식회사 사쿠라다는 "폼 잡아도 소용없으니 있는 그대로 말씀드리자면, 저희는 모회사 사쿠라다편직이 벌어들인 돈으로 경영을 꾸려나가는 '적자 기업'입니다"라고 한다.

솔직하다고 할까, 거침없는 사람이다.

"이만한 설비를 갖출 정도니 자금은 윤택하겠군요."

쓰쿠다의 말에 "아니요, 전혀요"라는 대답이 돌아왔다.

"의료 분야에는 돈이 많이 들거든요. 모회사의 수입을 무한정 퍼부을 수는 없는 노릇이니까요."

최첨단 편직물 공장을 빠져나온 쓰쿠다 일행은 자재보관소를 지나 그 너머에 펼쳐진 다른 공간으로 나갔다.

"여기가 저희 전용 공간입니다."

안내받은 방에는 한층 커다란 편직기가 한 대 놓여 있었다.

"아까 본 것과는 종류가 다르군요." 야마사키가 말했다.

"뼈대가 되는 편직기는 독일에서 수입했습니다. 그걸 저희의 독자적인 노하우로 개조했어요. 노하우는 기업비밀이라 말씀드릴 수 없습니다만."

편직기에 다른 회사는 흉내 낼 수 없는 주식회사 사쿠라다의 부가가치가 담겨 있는 모양이다.

"이 기계는 내부자금으로?"

가라키다가 흥미롭다는 듯 물었다.

"당초는 내부자금으로 충당했지만, 나중에 정부 보조금이 나와서 부담액이 반으로 줄었습니다. 하지만 저희로서는 아주 큰맘 먹고 쓴 돈이에요. 일이 잘 풀릴지 말지 모르니까요."

그럼에도 구입한 건 모회사 사쿠라다편직의 경영이 순조롭기 때문이기도 하겠지만, 사쿠라다 본인의 집념도 크게 작용했을 것이다.

"지금은 멈춰 있지만 이 편직기는 이 프로젝트의 상징입니다."

사쿠라다가 부탁했다. "부디 이 편직기를 가동하게 해주십시오, 쓰쿠다 씨. 그러려면 쓰쿠다 씨의 기술이 필요합니다."

묵묵히 듣고 있던 쓰쿠다는 편직기 위에 판자가 걸려 있다는 걸 알아차렸다. 판자에는 'GAUDI'라고 적혀 있었다.

"가우디?"

"저희가 개발 중인 인공판막의 코드네임입니다."

사쿠라다는 약간 쑥스러운 표정으로 말했다. "프로젝트명은 가우디 프로젝트라고 부르고 있어요."

"가우디 프로젝트라. 좋은 이름이네요."

쓰쿠다는 그렇게 말했다. 아마도 사쿠라다 본인이 로고로 삼은 사그라다 파밀리아에서 연상한 것이리라. "하나 여쭤봐도 되겠습니까? 심장질환으로 힘들어하는 사람들을 구하겠다는 숭고한 목적을 가지고 계시다는 건 잘 알겠습니다. 하지만 아무리 그렇기로서니 본사 경영을 동생에게 맡기면서까지 이번 사업에 전념

하시는 이유는 뭡니까?"

"속죄입니다."

사쿠라다가 꺼낸 의외의 한마디에 사쿠라다는 물론 가라키다와 야마사키도 놀라 다음 말을 기다렸다.

"일이 바쁘다는 핑계로 딸아이한테 아버지 노릇을 제대로 못했죠. 여행을 간 적도 가족이 다 함께 식사한 적도 손가락에 꼽을 정도예요. 딸은 심각한 심장판막증으로 고생하다 5년 전 고작 열일곱 살의 나이로 세상을 떠나고 말았습니다. 이제 와서 이런 일을 한다고 딸이 돌아오지는 않지만 이 사업은 제 최소한의 속죄예요. 우리 딸 같은 아이를, 환자를 구할 수 있다면 제가 할 수 있는 일은 뭐든지 하겠다는 각오로 프로젝트에 임하고 있습니다. 지금 제게는 희망이 없어요, 쓰쿠다 씨."

사쿠라다는 서글픈 미소를 지었다. "있는 거라곤 결코 지워지지 않고 영원히 새겨져 있을 후회뿐이죠. 이 사업을 성공시키는 것만이 유일한 위안거리예요."

침묵한 기계 속에서 사쿠라다 아키라라는 남자의 뜨거운 감정이 아지랑이처럼 피어오르는 것 같았다. 꿈도 득실도 아니다. 이 남자를 움직이는 원동력은 죽은 딸에 대한 애정과 후회다.

가라키다가 가슴을 들썩이며 눈을 깜박이는 것조차 잊고 사쿠라다를 응시했다. 야마사키는 회색으로 통일된 편직기의 조용한 몸체에 시선을 고정한 채 움직이지 않았다.

"잘 알겠습니다. 정말 감사합니다. 많은 공부가 됐고, 사쿠라다 씨의 열정도 가슴속 깊이 스며들었습니다."

쓰쿠다는 생각을 있는 그대로 입에 담았다.

지금까지 쓰쿠다는 로켓엔진에 품은 꿈을 좇아왔다. 꿈이야말로 일의 원동력이며 인간을 강하게 만든다고 여겼다.

하지만 그것뿐만이 아니었다.

견디기 힘든 감정에 떠밀려 무작정 질주할 수밖에 없도록 몰아붙이는 동기도 있었을 줄이야.

쓰쿠다는 사쿠라다에게 닥친 불행이 가슴에 꽂히는 듯했다.

하지만 달아날 길 없는 괴로움 속에서도 사쿠라다는 죽을힘을 다해 발버둥 치며 앞으로 나아가려 한다. 어쩌면 이 남자에게 사업의 위험성은 그다지 중요한 문제가 아닐지도 모른다. 사쿠라다에게서 그만큼 위태로운 결기마저 느껴졌다.

일을 하는 의의도, 수익을 추구하는 자세도, 이 남자의 동기와는 상관없다. 이 남자는 그저 잃어버린 가족과 남겨진 자의 인생을 위해서 이 편직기가 본격적으로 가동될 날을 기다리고 있다.

"어때?

쓰쿠다는 가라키다에게 물었다. 야마사키의 의견은 물어보지 않아도 안다.

가라키다는 대답 없이 비통한 눈빛을 던졌다.

"일이란 여러 가지죠."

이윽고 가라키다가 입을 열었다. "사쿠라다 씨와 저희는 일하는 이유가 완전히 다릅니다. 사람마다 일하는 의미는 제각각이라고 할까요."

"그럴지도 모르지."

쓰쿠다가 말했다. "그래서 재미있는 거잖아. 어때, 한번 해보지 않겠어?"

중얼거리듯 불쑥 내뱉은 말에 가라키다는 반대하지 않았다. 말없는 찬성이다.

두 사람을 지켜보던 사쿠라다가 허리를 꾸벅 숙였다.

"잘 부탁드립니다."

"저희야말로요."

쓰쿠다는 사쿠라다에게 오른손을 내밀었다.

로켓에서 인체로.

쓰쿠다제작소의 새로운 도전이 시작됐다.

3장

# 라이벌의 방식

# 1

“또 불량이 나왔다고? 대체 어떻게 된 거야!”

보고를 들은 시나는 놀랐다기보다 몹시 불쾌한 표정을 지으며 개발부 매니저 쓰키시마 나오토에게 불호령을 내렸다.

니혼클라인에서 수주한 인공심장 밸브다.

“왜 그딴 거 하나 제대로 못 해!”

시나는 책상 앞에 위축된 자세로 서 있는 쓰키시마에게 다시 언성을 높였다. 니혼클라인이 기후네 교수와 인공심장을 개발 중이라는 소문을 시나에게 알려준 건 데이코쿠중공업에 근무하는 친구였다.

역시 대기업 요직에 있는 친구가 최고다. 미국 일류대학에서 함께 공부한 친구들의 네트워크는 전 세계에 퍼져 있고, 국내에서도 결속력이 강하다. 사업적으로든 사적으로든 어지간한 일은 이 네트워크로 해결 가능하다는 것이 시나의 솔직한 감상이었다.

“이딴 걸 보고랍시고 하러 왔어? 부끄럽지도 않나?”

싸늘한 시선을 받은 쓰키시마가 뭔가 말하려는 듯했지만 입술만 바르르 떨릴 뿐 목소리는 나오지 않았다. 그래도 물러가지 않고 우두커니 서 있기에 시나는 내뱉듯이 물어보았다.

"아직 할 말이 남았나?"

"저, 저기, 사장님."

그제야 목에 걸렸던 목소리가 나왔다. "몇 번이고 설계도대로 만들어봤지만 아무래도 잘 안 됩니다. 시험 삼아 변경 전 설계도대로 만들어봤는데도 마찬가지였고요. 그래서 쓰쿠다 쪽 밸브는 어떤 식이었나 궁금해서……."

"그럼 분해해봐! 니혼클라인에서 받아둔 게 있잖아."

그걸 허가받으러 왔나.

드디어 의도를 알아차린 시나는 답답해서 짜증이 난 나머지 쓰키시마가 인사하고 문 밖으로 사라지자마자 "젠장, 대체 뭘 하고 있는 거야" 하고 부글부글 끓는 감정을 폭발시켰다.

사야마제작소를 아버지에게 물려받은 지 고작 3년밖에 지나지 않았다.

인맥을 동원하며 수완을 발휘한 덕분에 실적은 호조를 보이고 있지만, 갑절로 뛴 매출 내역을 살펴보면 결국 대기업의 생산 공장, 요컨대 하청기업으로 거래처를 늘린 데 지나지 않는다. 사장이 되어 일단 중소기업에서 탈피하여 중견기업으로 발돋움한다는 목표를 세웠지만, 그 실태는 박리다매다. 덧붙여 현재 시나는 나사에서 쌓은 기술력을 살려 부가가치를 추구한다는 경영이념을 내세우고 있다. 알기 쉽게 말하자면 오로지 손만 움직이는 작업에서 머리를 쓰는 작업으로 전환하겠다는 뜻이다.

그런 의미에서 니혼클라인 상층부와의 연결고리를 통해 수주한 밸브 시스템은 사야마제작소의 앞날을 좌우할 중요한 시금석이라 해도 과언이 아니었다.

절대로 실패해서는 안 된다. 아니, 실패할 리 없다.

아버지 때부터 밸브를 제조해온 터라 노하우는 있다. 시제품 제작에 한 달이면 충분하리라 생각했는데, 막상 뚜껑을 열어보자 한 달이 지나도록 불량품만 산더미처럼 쌓이는 사태가 발생했다.

"쯧쯧!"

시나는 날카롭게 혀를 찼지만, 사실 다음 수는 이미 써놨다. 밸브 시스템에 통달한 기술자 빼돌리기다. 머지않아 기술적인 벽은 넘을 수 있을 것이다.

사무실 시계를 올려다본 시나는 윗옷을 집어 들고 공장을 나섰다. 주차장에 세워둔 차를 타고 고속도로를 달려 도쿄로 향했다.

차가 좀 막혀서 신주쿠에 있는 본사 건물 지하주차장까지 한 시간 남짓 걸렸다. 주차장을 나와 시나는 신주쿠역 서쪽 출입구에 있는 한 고층빌딩까지 걸어갔다. 목적지는 상층부에 있는 일식집이다. 안내받은 방으로 들어가자 니혼클라인의 구사카와 도도가 있었다. 시나는 불러줘서 고맙다고 입구에서 정중하게 고개 숙여 인사했다.

"아이고, 시나 선생님. 아니지, 시나 사장님. 편하게 하세요, 편하게."

구사카는 그렇게 말하며 시나에게 상석을 권했다.

"이런, 이런, 내가 좀 늦었지."

약속 시간보다 조금 늦게 아시아의과대학의 기후네 교수가 나타났다.

"교수님, 인사드리겠습니다."

시나는 기후네에게 공손히 명함을 내밀었다. "사야마제작소의 시나라고 합니다."

"아아, 자네 소문은 익히 들었네."

기후네는 명함을 오른손으로 받아들고 말했다. "나사에서 일했다면서? 기술력이 최고 수준이라던데."

"최고 수준이 아니라 최고를 지향하고 있습니다."

시나가 즉각 응수하자 "이거 실례했군" 하고 기후네는 빙긋 웃었다.

맥주가 나오자 바로 건배했다.

"오늘은 코어하트 프로젝트에 시나 사장님이 참여하신 걸 축하하고자 자리를 마련했습니다."

구사카가 인사말을 하며 술잔을 가볍게 부딪쳤다. "기후네 교수님과 저희 회사, 그리고 사야마제작소. 최첨단 기술을 보유한 저희 셋이서 세계 의료계를 개척해나갑시다."

기후네는 "기대함세" 하고 흡족한 표정을 지었다.

"요전에 밸브 부분의 설계를 변경해서 시나 사장님께 시제품을 의뢰했습니다. 그러고 보니 그건 어떻게 돼가고 있습니까?"

구사카가 예기치 않게 아픈 곳을 찔렀다.

"사야마의 공장에서 진행 중이니 조금만 기다려주십시오."

시나는 고전하고 있다는 티가 나지 않도록 싱글벙글 웃는 얼굴로 대답했다.

“실험 데이터가 갖추어지면 PMDA에서 최우선적으로 임상시험 허가를 내주기로 했으니까 잘 부탁하네. 기술도 그렇지만 이건 시간싸움이야.”

“비용도 무시할 수 없으니까요.”

구사카가 덧붙여 말했다. 이 프로젝트도 일반적인 사업과 마찬가지로 투자금 회수에 위험성을 안고 있다. 학회 중진인 기후네 입장에서도 의료의 비즈니스 측면은 무시할 수 없다. 아니, 기후네야말로 이번 프로젝트를 비즈니스로 보고 있는 눈치였다.

시간이 들면 돈도 든다. 한시라도 빨리 실용화하는 것이 비용을 회수하는 최선책이다.

“그런데 구사카, 이치무라가 진행 중인 인공판막 개발, 그건 어떻게 돼가고 있나? 그 뒤로 무슨 소식 못 들었나?”

기후네의 말에 시나는 놀랐다. 우연이지만 그 이야기라면 시나도 최근에 들었다.

“아니요. 자네는 어때?”

구사카는 고개를 젓고 옆에 앉은 도도에게 물었다. 말수는 적지만 표정과 눈빛에서 묘한 존재감을 풍기며 도도가 대답했다.

“인공판막 본체를 만들던 회사가 자금난 때문에 이탈하는 바람에 대신할 회사를 물색 중이라는 이야기는 언뜻 들었습니다.”

“이야, 그래? 과연 정보통이로군. 누구한테 들었나?”

“호쿠리쿠의과대학에 드나드는 사람에게 들었으니 틀림없을 겁니다.”

구사카가 재차 묻자 도도가 대답했다.

"그럼 새로운 제조사를 찾을 때까지 개발은 중단인가."

기후네는 중얼거리고 잠시 생각에 잠겼다가 갑자기 물었다.

"혹시 니혼클라인에 그 일을 제안하면 만들어줄 텐가? 구사카, 인공판막은 돈이 된다고 했었지."

"네, 그런 말씀을 드렸죠. 물론 저희도 제조는 가능합니다만."

구사카는 기후네에게 조심스러운 눈길을 던지며 말했다. "혹시 교수님, 그 인공판막 개발을 가져오시려고……?"

기후네는 약간 머쓱한 표정을 지었지만 "이치무라가 힘들어하는 것 같으면 도와주려고 그러지" 하고 은혜라도 베풀듯이 말했다.

"돈이 되니까요."

도도가 쓸데없는 한마디를 덧붙이자 구사카가 "이봐" 하고 나무라듯 말했다.

"그 일 말인데, 상황이 조금 달라진 모양입니다."

시나가 끼어들자 세 사람은 어리둥절한 표정을 지었다.

"자네, 호쿠리쿠의과대학과도 연이 있나?"

놀라서 묻는 기후네에게 시나는 대답했다. "아니요, 그런 건 아니고요. 관계자에게 우연히 소문을 들었습니다. 인공판막 개발에 쓰쿠다제작소가 참여한다고 하더군요."

"어, 쓰쿠다가?"

구사카와 도도 사이에 미묘한 분위기가 흘렀다.

"한때 쓰쿠다제작소에 있던 사람이 호쿠리쿠의과대학 연구소에 채용됐는데, 그 사람이 쓰쿠다제작소에 그 이야기를 물어다줬다나 봅니다. 아아, 그렇지. 예전에 아시아의과대학 첨단의료연구소에 있었다고 들었는데요."

"마노인가."

도도가 테이블 위 한곳을 바늘처럼 쏘아보며 말했다.

"쓰쿠다제작소는 저희가 처음에 시제품을 의뢰한 회사입니다, 교수님. 나중에 생산까지 포함해 시나 사장님께 재의뢰했는데요, 회의 때 그걸 두고 시끄럽게 굴던 녀석이 있었지 않습니까?"

"아아, 그 녀석."

구사카의 설명을 듣고 기후네도 생각난 모양이었다.

"하지만 쓰쿠다도 자금이 그렇게 윤택하지는 않을 텐데요."

구사카가 말했다. "삼류 대학과 의료 분야에 경험이 없는 중소기업의 힘만으로 의료기기를 개발하기는 아무래도 어렵지 않겠습니까, 교수님?"

"그렇겠지."

기후네는 앞쪽을 노려보며 뭔가 생각에 빠졌다.

"교수님이 힘을 보태주시면 이야기는 별개입니다만."

구사카가 말을 이었다. "그러고 보니 교수님, 호쿠리쿠의과대학의 하기오 학장님과 오래 알고 지내시지 않으셨어요? 한마디 조언해주시는 것도 재미있을지 모르겠네요. 이치무라 교수도 분명 고마워할 겁니다."

"구사카, 이치무라는 이미 내 슬하를 떠났어. 내가 그렇게까지 간섭할 입장이 되겠는가."

하지만—.

말과는 딴판으로 뭔가가 기후네의 눈 속을 스쳐 지나가는 것을 시나는 보았다. 기후네는 끝 모를 야심을 품고 있다. 하지만 결코 칭찬할 만한 야심은 아닌 듯했다.

학회의 권위자라더니, 고작 이 정도 인물인가.

"자, 한잔 받으시죠, 교수님."

속내와는 반대로 시나는 활짝 웃으며 기후네의 술잔에 맥주를 따랐다.

## 2

의약품 제조사가 스무 곳 정도 참가한 전시회의 축하연은 수많은 내객으로 붐볐다. 이다바시에 위치한 호텔의 대형 홀이다.

오후 6시에 축하연이 시작되자 기후네는 뛰어난 언변으로 연회장 분위기를 띄운 후, 인사하러 오는 업계 관계자들과 명함을 교환하며 기다리는 사람이 나타나기를 애타게 기다렸다.

명함 교환이 겨우 일단락되었을 무렵, 하기오 잇세이가 땅딸막한 몸을 흔들며 사람들 사이로 느릿느릿 걸어가는 모습이 기후네의 눈에 들어왔다.

기후네는 술잔을 들고 가까이 다가가 뒤에서 말을 걸었다.

"하기오 교수님, 오랜만입니다."

"이게 누구야, 위대하신 우리 기후네 대선생 아닙니까?"

늘 그렇듯 하기오는 과장되게 놀란 기색으로 "건강해 보이는군요" 하며 콧수염을 기른 얼굴에 미소를 띠고 손을 내밀었다.

"학교는 좀 어떻습니까? 듣기로는 순조로운 모양이던데."

기후네는 악수에 응한 후 무탈한 화제를 꺼냈다.

"마음 써주신 덕분이라고 말하고 싶지만, 우리라고 다르겠습니까. 힘들어요, 힘들어."

하기오는 난감하다는 듯 뒤통수에 손을 얹고 웃었다. 구김살 없이 명랑한 표정이 남들에게 사람 좋은 인상을 준다. 기후네는 흉내도 못 낼 재주였다.

하기오는 일찍이 같은 대학원에 있었던 동료다.

"우리 학교에 있던 이치무라 선생이 신세를 지고 있군요. 이치무라 선생은 아이디어를 이것저것 툭툭 내놓는 타입인데, 개발자금 때문에 애먹지는 않습니까?"

기후네는 즉시 본론을 꺼냈다.

"아니요, 아니요. 잘해주고 있습니다. 우리 심장혈관외과는 이치무라 선생 덕분에 버티고 있는 셈이나 마찬가지니까요." 하기오는 덮어놓고 칭찬했다. "다만 말씀하신 것처럼 살림은 늘 쪼들려요. 대선생네 학교가 부러울 따름입니다."

대선생. 하기오는 대학원 동료 시절부터 기후네를 그렇게 불렀다. 반은 존경, 반은 야유하는 것처럼 들리는 건 기분 탓일까. 나이는 같지만 출세욕이 강한 기후네에 비해 하기오는 어디까지나 차근차근 성실하게 나아가는 타입이다. 늘 웃는 상이고 성격도 온화하지만, 속으로는 기후네를 어떻게 생각하고 있는지 모른다.

그야말로 여우와 너구리의 대결이다.

"그거 말인데요, 이치무라 선생이 진행 중인 인공판막 개발, 혹시 괜찮다면 우리가 자금 지원을 검토해보겠습니다. 다름 아닌 이치무라 일이니 이사회도 협력을 꺼리지는 않을 겁니다."

이야기를 들은 하기오의 얼굴에서 웃음이 사라지고 고지식한 민낯이 드러났다.

"오, 자금을 내주겠다는 겁니까?"

하기오는 콧수염에 맥주 거품이 묻은 것도 모르고 "감사한 말씀이로군요" 하고 인사했다. 그리고 시선을 비스듬히 왼쪽으로 내린 채 생각에 잠겼다가 다시 고개를 들었다.

"그런데 이치무라 선생의 요청이 있었습니까?"

"이치무라 선생은 아주 사려 깊은 성격이라 스스로 요청하지는 않을 겁니다."

하기오는 기후네의 표정이 아니라 마음을 읽으려는 듯 빤히 쳐다보며 답했다.

"그럼 일단 이치무라 선생과 이야기를 좀 해보는 게 어떻겠습니까?"

원래는 학장인 하기오가 이치무라와 상의해 자금 지원 건을 검토해야 마땅하다. 하지만 하기오는 그러지 않고 기후네에게 이치무라 본인과 직접 이야기해달라고 했다.

미꾸라지처럼 쏙 빠져나가다니 과연 보통이 아니다.

하기오가 끼면 기후네와의 관계에 풍파가 일 우려가 있다. 아시아의과대학 입장에서 하기오가 학장으로 있는 호쿠리쿠의과대학은 일개 세포처럼 약소한 존재에 불과하다. 괜히 중간에 끼었다가 쓸데없는 일에 휘말리기라도 하면 큰일이라고 판단한 것이리라. 동시에 기후네가 이 일에 무슨 의도를 품었는지 꿰뚫어 보았다는 뜻이기도 하다.

"이치무라 선생이 바란다면 긍정적으로 검토하겠습니다. 그럼 되겠지요?"

원래 기후네는 하기오를 설득해서 이용할 마음을 먹고 왔는데, 잘 빠져나갔다.

"알겠습니다."

기후네는 어쩔 수 없다는 마음으로 대답했다. "교수님을 제쳐놓는 꼴이 돼서 미안하지만, 이치무라 선생과 직접 이야기를 해 보겠습니다."

하기오는 맥주잔을 휙 들어 가볍게 인사하고 다시 연회장을 어슬렁어슬렁 돌아다니기 시작했다. 기후네는 그 모습이 보이지 않을 때까지 기다렸다가 이제 볼일 다 봤다는 듯 재빨리 연회장을 빠져나와 택시에 올라탔다. 뒷좌석에 팔짱을 끼고 앉아 차창 밖을 흘러가는 야경을 잠시 바라보다가 눈을 감았다.

이치무라는 전화가 아니라 만나서 이야기하면 어떻게든 된다.

그러고 보니 다음 달에 요코하마에서 학회가 있다는 것이 생각났지만, 고민 끝에 마음을 바꾸었다.

"후쿠이로 가야겠어."

일부러 발품을 파는 데 의미가 있다. 이치무라가 자신의 요청을 거절할 수 있을 리 없다.

"내 차지로군."

기후네는 눈을 감은 채 나지막한 웃음을 흘렸다.

### 3

후쿠이에서 돌아온 쓰쿠다는 사내에서 이 계획을 추진할 프로젝트팀을 만드는 것부터 착수했다.

시작한 지 3년쯤 됐다고는 하나 순조롭게 진행돼도 생산까지 몇 년은 걸릴 사업이다. 한편 그 후에 다시 조사해본 결과 실용화만 되면, 물론 위험은 수반되겠지만, 수익원으로 성장할 가능성이 높다는 것이 확인됐다.

이 프로젝트는 능력뿐만 아니라 리더십과 책임감이 뛰어난 사원이 담당해야 한다.

"나카자토에게 맡기고 싶은데 어때?"

이것저것 검토한 결과 후쿠이에서 돌아온 다음 날 쓰쿠다는 구체적인 이름을 언급했다.

"요전에 니혼클라인 건은 아쉽게 돼서 좀 미안했지만, 이번에는 그럴 일은 없어. 같은 의료용이니 그런 의미에서는 경험을 활용할 수도 있지 않을까?"

"좋은 생각이십니다."

야마사키도 두말 없이 찬성했다. "요즘 좀 부루퉁했으니까요. 이걸로 의욕이 생기면 좋겠네요."

"니혼클라인에 배신당한 셈이었으니까."

적자를 각오한 개발도 속이 쓰리지만, 기껏 만든 시제품을 라이벌 기업에 가로채인 건 더 속이 쓰리다. 나카자토도 몹시 애석했을 것이다. 제작 과정에서 독설을 퍼부은 것도 마음에 걸리지 않았다면 거짓말이다.

그 자리에서 바로 나카자토를 보조할 멤버로 다치바나와 영업 2부 에바라, 역시 영업 2부의 젊은 직원 가와타를 골랐다. 모두 앞으로 쓰쿠다제작소를 이끌어갈 젊은이들이다.

그날 저녁 멤버들을 모두 회의실로 불렀다.

"다들 들었겠지만 호쿠리쿠의과대학의 이치무라 교수님의 발안으로 후쿠이현의 주식회사 사쿠라다와 함께 심장 수술에 필요한 인공판막 개발에 나서기로 했어. 자네들로 프로젝트팀을 구성해 이 건을 추진할 생각이야."

네 사람에게는 갑작스러운 이야기다. 쓰쿠다의 말에 모두 놀란 듯 입을 다물었고, 긴장된 분위기가 흘렀지만 "저어, 뭘 하면 되는 건가요?" 하고 장난끼 많은 가와타가 가볍게 질문을 던지자 현실감이 확 되돌아왔다.

"자, 이걸 봐봐."

쓰쿠다는 주식회사 사쿠라다에서 빌려온 인공판막 시제품을 보여주었다. "이걸 만드는 거야."

"벌써 만든 것 아닙니까?"

가와타가 반문하자 "아니, 아직 미완성이야" 하고 쓰쿠다는 대답했다. "인공판막 시제품인데, 이를테면 실패작이지."

"어떤 부분을 실패했는데요?"

기술개발부의 다치바나가 물었다. 대학원을 졸업하고 입사한 지 5년, 고지식해서 농담이 통하지 않는 구석은 있지만 일하는 것을 보면 꼼꼼하니 날림이 없다.

"그걸 모르겠어."

쓰쿠다의 대답에 다치바나는 놀란 표정으로 묵묵히 다음 말을 기다렸다.

"실험 결과 혈전이 잘 생긴다는 것만 밝혀졌지. 기술적으로 정확한가만이 문제가 아니야. 혈전을 방지하는 구조를 해명하고 생체 적합성도 극복해야 해."

"그럼 시간과 돈이 들 텐데요."

에바라가 바로 지적했다.

"의료기기 개발이니까 어느 정도는 각오하고 있어."

쓰쿠다는 인공판막의 의학적 의의를 설명하고, 어떤 경위로 개발에 참여하기로 결정했는지 자세히 이야기해주었다.

왜 이 일을 하는가?

개발 과정이 길고 힘들더라도 그 물음의 답만 알고 있으면 헤매지 않는다. 그리고 그 답은 단순명쾌해야 한다.

이 경우에는 일단 사람의 목숨을 구하기 위해서다. 그리고 기업인 이상 당연하지만, 이익을 올리기 위해서다.

"지금 우리의 주력은 소형 엔진이지만, 앞날을 위해 의료기기를 또 다른 수익원으로 삼았으면 해."

"사장님, 정말로 그게 가능하다고 믿으십니까?"

에바라가 비아냥거리는 투로 물었다. 에바라는 무슨 일에든 기탄없다. 그리고 가식도 없다. 누구에게나 겉과 속이 똑같은 태도로 대한다.

"믿어. 그래서 자네들한테 부탁하는 거야."

네 사람은 아무 대답도 없었다. 원래부터 사장이 시킨다고 덮어놓고 따르는 직원들도 아니거니와 그런 사풍도 아니다. 납득이 가지 않는 일은 하지 말라고 다름 아닌 쓰쿠다 본인이 직원들을 교육시켰다. 이건 연구자였던 시절부터 지켜온 쓰쿠다의 신조다.

"왜 그렇게 믿으시는 거죠?"

다치바나가 담담한 말투로 물었다. 쓰쿠다는 뜨겁게 타오르는 반면 직원들은 차갑게 식었다. 이것도 쓰쿠다제작소에서는 흔한 광경이다.

"시간과 돈이 드는 데다 비난 여론에 따른 피해가 두려워 대기업도 진입을 꺼려. 그러니까 우리한테 기회가 있는 거야. 그리고 하나 더, 인공판막의 판막엽 부분에 우리가 지금까지 쌓아온 밸브 시스템의 노하우를 활용할 수 있어. 즉, 우리가 타사에 비해 기술적으로 우위에 있는 셈이지."

곱씹어보는 듯한 침묵이 흐른 후 "백 퍼센트 확실하지는 않겠지만, 확실히 그렇게 될 가능성도 있겠네요" 하고 다치바나가 얄미울 만큼 냉정하게 평가했다.

"그래. 중요한 건 가능성과 우리 자신의 기술력을 믿느냐야."

쓰쿠다는 네 사람을 차례대로 보며 말했다. "이봐, 본인들의 기술력에 그렇게 자신이 없어?"

"그야 자신 있습니다. 그렇지?"

에바라가 기술개발부 두 명에게 묻더니 반응을 기다리지 않고 쓰쿠다에게 고개를 돌려 "이름은요?" 하고 물었다. "프로젝트명이 필요할 텐데요. 뭡니까?"

묻기를 기다렸다는 듯 쓰쿠다는 네 명을 응시하며 대답했다.

"가우디 프로젝트."

네 사람은 되새김질하듯 저마다 입속으로 그 말을 중얼거렸다.

"그리고 가우디 프로젝트의 팀장 말인데, 나카자토 자네에게 맡기고 싶어."

"저한테요?"

나카자토는 어깨를 흔들며 핫 하고 내뱉듯이 웃었다.

"또요?"

비꼬기 선수에 태도도 불량하다. 기술자로서 잠재력은 있으니 이번 프로젝트를 통해 성장해주었으면 했다. 하지만—.

"맡아주겠나?"

쓰쿠다는 평소와 다른 뭔가를 느끼고 나카자토의 눈을 들여다보았다. 태도가 불량한 건 여느 때와 다를 바 없지만, 그 이상으로 아무런 '의지'가 느껴지지 않는 것은 기분 탓일까.

"생각 좀 해봐도 되겠습니까?"

아니나 다를까 나카자토는 그렇게 대답했다.

"그래, 알았어. 내일 안으로는 대답을 줘. 부팀장은 에바라, 부탁한다."

"알겠습니다" 하고 에바라는 즉시 받아들였다.

"그럼 야마, 당면한 일정에 대해 설명해줘."

야마사키가 쓰쿠다의 뒤를 이어 설명을 시작했다.

"정말 되바라진 녀석들이라니까. 열의가 없다고 할까?"

쓰쿠다는 새 프로젝트팀과 한 시간쯤 회의를 하고 사장실로 돌아와 야마사키에게 투덜거렸다.

"전부 사장님이 가르치신 거잖아요. 납득이 가지 않는 일은 하지 말라고."

야마사키가 알이 두꺼운 안경을 가운뎃손가락으로 밀어 올리며 능글맞게 웃었다.

"납득이 가지 않는 일은 하지 말라고 했지, 열정을 품지 말라고는 안 했어."

쓰쿠다는 말꼬리를 잡아 반박하고 진지한 표정으로 물었다.

"그런데 다들 납득했을까?"

"했을 겁니다. 보셨잖아요."

"나카자토는?"

쓰쿠다의 물음에 야마사키는 입을 다물었다.

"녀석은 좀 걱정이네요."

"무슨 일 있었어?"

"원래부터 회사에 불만이 없지는 않았지만, 니혼클라인의 시제품을 맡았을 즈음부터 방향성을 잃었다고 할까……. 설명은 잘 못 하겠지만요."

"그래서 이번 프로젝트를 맡긴 거야. 마음을 가다듬는 계기가 됐으면 싶어서."

"사장님이 적극적으로 내민 손을 잡느냐 마느냐가 문제군요."

여기서부터는 나카자토 개인의 문제다.

일을 하다 보면 자기 마음대로 안 될 때가 많고, 불합리하게 느껴질 때도 있다. 그렇다고 해서—.

"비뚤어져서 엇나가면 어쩌자는 거야."

쓰쿠다는 말했다. "부정적인 사고에 빠지기는 정말 쉬워. 반면 긍정적인 사고를 품기는 얼마나 어려운지 모르지. 힘들 때야말로 인간의 진가가 나오는 거야."

야마사키가 아니라 지금 여기에 없는 나카자토에게 하는 말이었다.

지금은 힘내서 버텨야 할 때야, 나카자토.

쓰쿠다는 속으로 말했다.

나도 그렇게 살아왔어.

## 4

한잔하러 가자고 제안한 건 에바라였다. 일단 각자 부서로 돌아가 일과를 마무리하고 오후 7시 반쯤에 회사를 나섰다.

오타구의 중심지인 가마타의 단골 고깃집 2층에서 네 사람은 작은 테이블에 둘러앉았다.

"에바라 과장님, 가우디 프로젝트 어떻게 생각해요?"

생맥주로 건배한 후 가와타가 물었다.

"가라키다 부장님은 당초에 몹시 반대했다는데, 솔직히 해볼 만한 가치는 있지 않을까?"

에바라는 그렇게 답하고 나카자토를 보았다. "야, 역시 네가 팀장을 맡아야 해. 이런 프로젝트는 기술개발이 중심이니까."

"난 안 해."

나카자토는 딱 잘라 대답했다.

"왜? 요전 일 때문에 그래?" 에바라는 바로 되물었다.

니혼클라인 건이다. 그 후로 나카자토는 상당히 까칠해졌다.

"그건 명백히 니혼클라인 쪽 잘못이잖아."

"내 생각은 달라."

나카자토가 날카롭게 되받아쳤다. "사야마제작소는 우리보다 훨씬 나은 조건으로 수주했어. 즉, 협상하기에 따라서는 그런 조건도 끌어낼 수 있었다는 거잖아. 결국 이 바닥에서는 수주를 못하면 말짱 꽝이야. 니혼클라인에도 그들 나름의 사정이 있었겠지. 요컨대 우리 쪽에 협상력이 없었다는 거야."

"그거 미안하게 됐다."

니혼클라인에서 오퍼를 받아온 건 에바라다. 자기에게 무능력하다고 말하는 것이나 다름없는 의견이라 에바라는 기분이 언짢아졌다.

"널 탓하는 게 아니야. 그런 협상은 윗선에서 영업하지 않으면 힘드니까. 즉, 사장님이 장사에 하수였음이 증명된 거지. 시제품까지 다 만들어놨으면서 눈 뜨고 코 베이다니. 그래서 쓰쿠다제작소는 아무리 지나도 이 모양 이 꼴인 거야."

"그럴까요? 저희의 업계 평판은 좋은 편 같은데요."

가와타가 반론하자 나카자토는 "내 말은 더 좋아야 한다는 거야" 하고 따끔한 평가를 내렸다. "덕분에 석 달의 중노동이 물거품으로 돌아갔다고. 그렇지, 요스케?"

"글쎄요……."

잠자코 듣고 있던 다치바나는 모호하게 대답했다.

"야, 너는 화도 안 나냐?"

"화를 내도 별수 없으니까요."

다치바나의 차분한 말투에 그래서 넌 안되는 거라며 나카자토는 어깨를 으쓱했다.

아직 젊은 탓도 있겠지만 테크노크라트 집단인 기술개발부에서 다치바나는 눈에 띄지 않는 조역 같은 존재다. 딱딱한 성격에 말주변도 없어서 어떤 모임에서든 화제의 중심에서 벗어나는 것이 다치바나의 특징이다.

"그럼 어떻게 하려고. 이번 프로젝트에서 빠지겠다는 거야?"

에바라가 물었다.

"그러려고."

놀랍게도 나카자토는 생맥주잔을 테이블에 탁 내려놓고 단언했다. "그리고 회사도 그만둘 거야."

"야야, 또냐? 그만둔다, 그만둔다, 늘 그 소리잖아."

에바라가 어처구니없다는 표정을 지었다.

“아니, 이번에는 진심이야. 내일 사직서 내려고.”

에바라는 진지한 표정으로 말하는 나카자토를 빤히 바라보았다. 그리고 재미없는 농담이라도 들은 것처럼 웃음기가 싹 가신 얼굴로 물어보았다.

“진짜야?”

“그래.”

나카자토가 말했다. “실은 오늘 내려고 했는데, 프로젝트팀을 구성하는 자리에 불려가는 바람에 기회를 놓쳤어.”

“허튼 농담은 집어치워, 나카자토. 야, 여기를 그만두고 갈 데는 있어?”

“뭐, 그렇지.”

나카자토는 맥주잔을 들어 입으로 가져가며 대답했다. “다음 달이면 너희들하고도 작별이겠네. 다음 직장에서 최대한 빨리 와 달라고 해서 말이야.”

“다음 달?”

묵묵히 듣고 있던 다치바나가 고개를 들고 희미하게 화난 표정을 지었다. “회사를 그만두는 거야 나카자토 씨 마음이지만, 다음 달이라니 너무 촉박하잖아요. 지금 맡고 있는 업무는 어떻게 하려고요?”

“이야기가 워낙 급하게 진행돼서 말이야. 그러니 어쩌겠어.”

나카자토는 고기를 불판에 올리며 말했다.

“정말 무책임하네요.”

“책임감을 가지고 일해봤자 헛수고로 끝나는 걸. 어차피 그것밖에 안 되는 업무인 거야."

"제가 피해를 본다고요!"

다치바나가 완강하게 대들었지만 나카자토는 "아, 그래?" 하며 거들떠보지도 않고 대꾸했다. "그럼 너도 그만두든가."

"헛소리하지 마세요!"

"그만." 딱딱한 목소리로 받아치는 다치바나를 에바라가 제지하고 나카자토에게 물었다.

"그러니까 농담이 아니고, 진지하게 고민한 끝에 내린 결론이라는 거야?"

"당연하지. 나도 가족이 있다고. 일시적인 변덕으로 직장을 바꿀 리가 있겠어? 난 새로운 회사에서 내 능력을 시험하고 싶어. 하고 싶은 대로 다 하게 해준다는 조건이었거든."

"새로운 회사라니, 어디인데요?"

가와타가 나카자토의 얼굴을 들여다보며 조심스레 물었다.

"알아서 뭐하게? 너희들하고는 상관없잖아."

나카자토는 질문을 가볍게 회피했다.

"그러냐? 뭐, 잘해봐라."

에바라가 툭 내뱉듯이 말하고 뒤틀리는 기분을 가라앉히려는 듯 맥주를 단숨에 들이켰다.

## 5

"이치무라 선생, 오랜만이야."

말을 걸었을 때 이치무라는 마침 수술을 마치고 연구실로 돌아온 참이었다.

수요일 오후 3시.

이날 이치무라의 일정은 비서를 시켜 호쿠리쿠의과대학에 연락해 슬쩍 알아놓았다.

심장혈관외과의 수술일은 매주 수요일로, 이날도 이치무라는 오전 9시부터 수술실에 들어가 방금 전까지 여섯 시간에 가까운 수술을 마치고 왔을 것이다.

연구실로 돌아온 이치무라는 소파에 앉아 있는 기후네를 보고 눈이 휘둥그레졌다.

"기후네 교수님! 여기는 어쩐 일로……."

"아, 전화보다는 자네 얼굴 보고 직접 이야기하고 싶어서 이렇게 기다리고 있었지."

기후네는 손짓으로 이치무라에게 앞에 있는 팔걸이의자에 앉으라고 권했다.

"인공판막 때문이십니까?"

감이 좋은 사람이다.

"그래. 실은 나도 예전부터 인공판막을 만들어보면 어떨까 싶었거든. 자네가 한발 먼저 개발 중이라는 소식을 듣고 놀랐어."

"아아, 그러셨군요."

대답과 달리 이치무라의 얼굴에는 당혹스러운 기색이 역력했다. 기후네는 개의치 않고 말을 이었다.

"요전에 하기오 학장과 만났을 때 자네 이야기가 나왔거든. 개발자금에 허덕이고 있으니 꼭 힘이 되어달라고 하더군."

다소 각색해서 설명한 후 기후네는 "그래서 이렇게 후쿠이까지 먼 걸음을 한 거지" 하고 은근히 압박을 가했다.

스승이자 학회의 중진인 기후네가 뭔가를 부탁하러 일부러 지방까지 출장을 왔다. 이 단계에서 이미 기후네의 요청을 거절하면 어떤 결과를 초래할지 눈치를 채고도 남을 것이다.

"신경 써주셔서 감사합니다."

이치무라가 송구하다는 듯 머리를 숙였다.

"자네도 알다시피 의료기기는 후생노동성의 인허가를 얻기까지 많은 시간과 돈이 들어가. 내가 개발하면 니혼클라인이 후원은 물론이고 공동개발팀에도 참가하겠다는군. 솔깃한 이야기 아닌가?"

"좋은 제안을 해주셔서 감사합니다만, 이건 저희 대학이 추진하고 있는 프로젝트 중에서도 핵심이라서요."

"하기오 학장이 괜찮다고 했으니, 문제없겠지."

기후네는 뜻밖이라는 투로 대꾸하고 여기에 오는 동안 멋대로 세운 계획을 입에 담았다. "호쿠리쿠의과대학과 아시아의과대학의 공동사업이란 형태로 추진하면 돼. PMDA와 후생노동성에 대응하려면 실적이 있는 우리가 주관하는 편이 나으니까 그렇게 하고, 개발 과정을 이어받겠네. 물론 자네와 대학도 개발팀 주요 멤버로 이름이 남을 거야. 자네는 심장판막증으로 고생하는 환자를 위해 인공판막을 개발하는 거지, 공을 세우려는 게 아니잖나. 어떤 방식이 실용화로 갈 수 있는 지름길인지 그것만 생각하게."

빈틈 없이 완벽한 계획이라고 기후네는 속으로 자화자찬했다.

이 프로젝트를 인수하면 인공심장 개발의 채산 문제로 이사회에서 압박을 받고 있는 기후네의 입장은 180도 달라질 것이다. 의학계에 일으킬 파문은 코어하트에 한참 미치지 못하겠지만, 비교적 간단히 수익을 올릴 수 있는 만큼 인공판막 개발은 이사회가 군침을 흘릴 만한 건수다. 이걸로 수익을 올려 이사회에서 인정받으면 병원장 나가노와 경쟁할 차기 학장 선거에서 당선은 거의 확정된 거나 마찬가지 아닐까. 기후네는 자신만만한 표정으로 이치무라의 대답을 기다렸다.

그런데—.

"먼 길을 무릅쓰고 오셨는데 죄송합니다만, 사양하겠습니다."

예상치 못한 말이 나와 기후네는 표정을 지웠다.

"그게 무슨 소리인가? 자네한테 이렇게 좋은 제안은 또 없을 텐데……."

"좋은 제안이라는 건 압니다."

이치무라는 무릎 위에 깍지 낀 손에 떨어뜨렸던 시선을 들었다. "하지만 이 프로젝트는 끝까지 제 손으로 완수하는 데 의의가 있다고 생각합니다."

"환자의 생명을 등한시하겠다는 건가?"

기후네는 비열한 소리라도 들은 듯한 눈으로 바라보며 지적했다. "언제부터 그런 의사가 됐나!"

"물론 환자의 생명이 가장 우선입니다. 하지만 아시다시피 저희 학교는 설립된 지 얼마 되지 않아 미숙한 부분이 많습니다. 지금 저희 학교에 필요한 건 실적이에요. 독자적으로 실용화까지 이뤄내, 뒤를 잇는 사람의 목표가 될 만한 실적이요. 이런 사정을 좀 이해해주셨으면 합니다."

기후네는 모멸감 어린 표정을 지었다.

"확실히 이 학교에는 그런 실적이 필요하지도 모르지. 하지만 이렇게 좋은 조건을 제시하는 협력자가 있으니 이번 프로젝트는 공동개발하는 게 옳다고 생각하네. 독자 개발은 협력자가 없는 다른 프로젝트에서 추진하면 되지 않겠나?"

"아니요, 저는 아무쪼록 이 프로젝트를 독자적으로 완수하고 싶습니다."

이치무라가 고집스러운 눈빛을 던졌다. 기후네에게 더 이상의 설득은 듣지 않겠다고 선언하는 듯한 눈빛이었다.

기후네의 가슴속에 불같은 분노가 솟구쳤다.

"좋은 제안을 하려고 일부러 여기까지 왔는데, 사람을 이렇게 냉대하나?"

"죄송합니다."

기후네가 빰이 바르르 떨릴 만큼 화를 내는데도 이치무라는 고개만 살짝 숙일 뿐 제안에 응할 기색을 전혀 보이지 않았다.

"제자를 생각하는 스승의 마음을 짓밟다니, 후회할걸세."

기후네는 소파에서 벌떡 일어서며 말을 내뱉었다.

"정말 뭐라 감사 말씀을 드려야 할지 모르겠습니다, 교수님."

이치무라도 일어서서 정중한 자세로 허리를 푹 숙였다. "하지만 이 일은 제게 맡겨주십시오. 부탁드립니다. 그리고……."

이치무라는 시선을 살짝 들어 기후네를 보았다. "이건 어디까지나 제 아이디어입니다."

그 한마디가 기후네에게 그야말로 큰 모욕감을 주었다. 자기도 인공판막을 개발할 생각이 있었다는 기후네의 발언을 완전히 깔아뭉개며 건방지게 자기주장을 내세우다니 용서할 수 없었다.

"그럼 마음대로 해보게나!"

기후네는 분노에 찬 목소리로 말했다. "어떻게 돼도 나는 상관 안 하네. 실패하고 나서 울고불고 매달려도 늦어. 창피나 당해보라지!"

"감사합니다."

이치무라는 기후네의 일방적인 폭언을 흘려 넘겼다.

이게 날 뭐로 보고. 반드시 박살내주마.

보복을 결심한 기후네는 몸을 획 돌려, 마침 차를 더 가져온 직원이 놀랄 만큼 빠르게 연구실을 뒤로하며 떠났다.

"사장님, 잠깐 괜찮으세요?"

프로젝트팀을 발족한 다음 날 아침, 야마사키가 안색이 바뀌어 사장실을 찾아왔다.

서류 작업을 하다 고개를 든 쓰쿠다는 야마사키 뒤에 나카자토가 있는 걸 보자 전에 없이 기분이 찜찜했다.

"실은 나카자토가 퇴사하고 싶다고 해서요."

"뭐라고?"

쓰쿠다는 할 말을 잃고 나카자토를 물끄러미 바라보았다.

말도 꺼내기 전부터 나카자토의 얼굴에서 만류는 일절 받아들이지 않겠다는 결의가 전해져왔다.

"그만두고 어디에 가려고? 자네한테 큰 기대를 걸고 프로젝트팀 팀장을 맡긴 거야. 그걸 모르겠어?"

"감사합니다. 하지만 이제 질려서요."

나카자토가 비웃는 듯한 표정으로 말했다.

"이제 질리다니, 뭐가?"

쓰쿠다는 딱딱한 말투로 물었다.

"보답도 못 받는 일을 하는 것에 이제 질렸다는 말입니다."

"이봐, 무슨 말이 그래?"

야마사키가 주의를 주었지만 나카자토는 아랑곳없이 말을 이었다.

"까놓고 말해 쓰쿠다제작소의 앞날에 의문이 생겼습니다. 요전에 니혼클라인과 있었던 일을 생각해보세요. 기술력과 열정이 있으면 뭐합니까, 그걸 살리질 못하는데. 지금까지 이 회사를 믿고 열심히 해왔지만, 보답받은 적은 한 번도 없었습니다."

쓰쿠다에게는 너무나 충격적인 말이었다.

"확실히 우리는 중소기업이라 자네 요구를 전부 들어줄 수 없을지도 몰라. 하지만 난 언제나 자네들을 생각해왔어. 만약 보답받지 못한 것 같다면 미안해. 그건 내 책임이야. 다시 잘 생각해봐. 마음을 바꿔서 우리랑 함께 일하지 않겠나?"

쓰쿠다는 겨우 마음을 다잡고 간절히 만류했다.

"심사숙고해서 내린 결론이라서요."

하지만 돌아온 대답은 쌀쌀맞았다. "이미 다음 직장도 결정됐으니 다음 달에 그만두겠습니다."

야마사키가 쓰쿠다를 흘끗 보았다.

"저도 설득했습니다만……."

상심이 큰지 야마사키는 약간 상기된 얼굴이었다. 말하러 오기까지 갈등이 심했음을 짐작케 했다.

"새 직장에서는 자네 희망을 이룰 수 있나?"

쓰쿠다가 물었다.

"아니면 직장을 옮기겠습니까?"

"알았어."

쓰쿠다는 두 무릎을 탁 두드렸다. "그렇다면 더는 말리지 않겠어. 마지막으로 한마디만 더 할게. 나카자토, 어딜 가도 편하지만은 않아. 힘들 때가 반드시 찾아와. 그럴 때는 엇나가거나 달아나지 마. 남 탓도 하지 말고. 그리고…… 꿈을 가져. 내가 자네에게 해줄 말은 이 정도뿐이군."

마음에 와닿았을까. 나카자토는 쓰쿠다를 가만히 쳐다보았다.

"새로운 보금자리에서는 여기서 이루지 못했던 몫까지 포함해 반드시 성공하길 바랄게."

그렇게 말하고 쓰쿠다는 아쉬움에 입술을 깨물었다.

"사장님, 죄송합니다. 녀석의 마음을 좀 더 빨리 알아차렸어야 했는데."

나카자토를 먼저 내보낸 후 야마사키가 사과했다.

"자네 탓이 아니야, 야마."

쓰쿠다는 팔걸이의자에 앉아 멍하니 중얼거렸다. "내 탓이지. 이 회사에서는 꿈을 이룰 수 없다는 마음이 들게 했으니 내가 진 거야."

생각을 말로 표현하자 자기혐오가 밀려왔다. 사장실에 잠시 무거운 침묵이 감돌았다.

"저 녀석, 어디로 가는 거야?"

문득 궁금해진 쓰쿠다가 물어보자 야마사키의 표정이 일그러졌다.

"그게, 사야마제작소랍니다."

대답을 듣자마자 쓰쿠다의 마음속에서 갈 곳을 잃은 분노가 폭발했다. 분노의 대상은 라이벌 기업으로 옮긴다는 나카자토도, 사야마제작소도 아니다. 니혼클라인의 일감은 물론 직원까지 빼앗긴 자기 자신이다.

"제기랄!"

쓰쿠다는 팔걸이를 힘껏 내리치며 천장을 노려보았다.

"그런데 사장님, 나카자토의 후임은 어떻게 할까요?"

야마사키가 물었다. "기술개발부 업무는 분담해서 한다고 쳐도, 프로젝트 팀장은 따로 뽑아야 할 텐데요."

"요스케는 어때?"

머리를 의자 등받이에 기댄 채 천장을 올려다보며 생각에 잠긴 쓰쿠다는 그제야 얼굴을 앞으로 향했다.

"다치바나요……."

야마사키는 떨떠름한 표정을 지었다. "근속연수부터 에바라와 가와타보다 낮은데, 서로 거북하지 않을까요?"

"하지만 그 건도 있고 해서 기술개발부도 지금 힘에 부치잖아."

그 건.

쓰쿠다는 로켓엔진 밸브를 개발하는 도중에 나온 아이디어를 차례차례 실현하려 하고 있었다. '그 건'은 그 아이디어 중 하나인데 야마사키에게는 그렇게 말하면 통한다.

기술개발부의 업무는 크게 두 가지로 나뉜다.

하나는 쓰쿠다제작소의 주력이라 할 수 있는 소형엔진 개발. 다른 하나는 로켓엔진 밸브 등을 제조하는 '여타' 업무다. 인공판막 개발은 후자에 속하는데, 그 외에도 데이코쿠중공업용 밸브 개발 등 소홀히 할 수 없는 업무가 많다.

대부분의 중소기업은 만성적인 인재 부족에 시달린다. 자금난과 마찬가지로 인재난도 큰 문제로 지적되는데, 쓰쿠다제작소도 예외는 아니었다.

"당장은 데이코쿠중공업용 밸브 개발에 인원이 집중돼 있으니까요. 그게 끝나면 이쪽에도 할애할 수 있습니다만."

"요스케면 되지 않겠어?"

"좀 미덥지 못한데요."

쓰쿠다가 재차 묻자 야마사키는 부정적으로 대답한 후 새로운 의견을 내놓았다. "가노를 밑에 붙이시죠."

"그래, 아키가 있었지."

가노 아키는 입사 3년차의 여성 기술자다. 대학원 석사 과정을 수료한 후 집안 사정 때문에 연구를 단념하고 지도교수의 소개로 쓰쿠다제작소에 입사했다. 약간 덜렁대는 구석이 있다는 것이 옥에 티지만, 끈기만은 누구도 못 당해낸다. 성격도 밝아 외골수로 고지식하기만 한 다치바나의 파트너로 딱 적합하다.

"그거 괜찮군. 부탁할게."

쓰쿠다는 지시를 내린 후 조용히 눈을 감고 마음이 가라앉기를 기다렸다.

## 6

"기후네 교수님, 실험 데이터를 봤는데 순조로워서 다행입니다. 저희도 안심하고 지켜볼 수 있겠어요."

다키가와 신지가 술기운이 올라 벌게진 얼굴을 누그러뜨리며 말했다. 동그라니 작은 얼굴에 조그마한 눈과 오므린 입이 족제비과를 연상시키는 남자다.

긴자의 한 빌딩에 위치한 회원제 레스토랑의 룸. 마침 전채요리를 먹고 농어 푸알레•가 나온 참이었다. 지금까지 마시던 스푸만테•에서 화이트와인으로 바꾸어 약간 노란빛이 도는 와인을

• 프라이팬에 고기나 생선, 야채 등을 굽거나 찌는 프랑스 요리.

잔에 따랐다.

"다 자네들 덕분이지. 역시 니혼클라인의 기술력은 군계일학이야. 게다가 새로이 참가한 사야마제작소도 나사 출신을 필두로 한 하이테크 업체고. 참 든든하다니까. 이제 서구권과의 디바이스 래그를 해소하는 걸 넘어서 우리가 기술을 선도해나가겠지."

그렇게 되면 새 시대의 막이 오른다. 그리고 그 막을 올리는 역할을 맡은 것이 지금 눈앞에 있는 다키가와를 비롯한 PMDA의 심사 담당자들이다. 다키가와는 일찍이 외국계 제약회사에서 오랫동안 연구원으로 일한 경험이 있다. 당시 기후네가 있는 아시아대학병원에서 임상시험을 많이 받아주면서 이래저래 친해진 사이이다. 그가 PMDA로 직장을 옮겨 이번에는 반대로 의료기기를 심사하는 입장에 섰으니 세상은 참 재미있다. 덕분에 여러모로 편의를 제공받을 수 있다. 베풀면 돌아온다더니 그 말이 딱 맞는다.

"현재 실험 데이터 정도면 조만간 임상으로 넘어갈 수 있지 않겠나?"

기후네가 슬쩍 압력을 넣자 다키가와는 허둥지둥 나이프와 포크를 내려놓고 냅킨으로 입을 닦았다. "물론 그런 방향으로 진행할 테니 안심하십시오."

오늘 밤 기후네가 제일 듣고 싶었던 말이었다. 그래서 다른 손님과 얼굴 마주칠 일 없는 고급 레스토랑으로 다키가와를 불러 접대한 것이다.

• 이탈리아의 스파클링 와인.

"임상 데이터의 샘플링 수에 대해서는 다음번 면담 때 이쪽에서 제안하겠네."

임상시험은 나중에 문제가 되지 않는 선에서 적으면 적을수록 좋다. 그래야 시간이 단축되어 실용화가 빨라지기 때문이다.

"교수님, 최대한 긍정적으로 검토할 테니 아무 걱정 마십시오. PMDA도 옛날과 달라졌어요. 데이터만 갖추어지면, 짧으면 반년 만에 후생노동성의 승인이 나도 이상할 것 없습니다."

"4등급 의료기기도 문제없겠나?"

기후네는 가장 중요한 걸 물어보았다. PMDA는 환자의 생명에 영향을 주는 정도에 따라 의료기기를 1등급에서 4등급으로 분류한다. 인공심장은 제일 심사가 까다로운 4등급이다. 고장이나 불량이 바로 환자의 생명에 직결되기 때문이다.

"객관적인 데이터를 통해 검증만 하면 남은 건 후생노동성의 사무 절차뿐이니까요."

다키가와의 답변에 만족스레 고개를 끄덕인 기후네는 "이건 다른 이야기인데" 하고 오늘 밤 다키가와에게 식사를 청한 또 하나의 목적으로 화제를 바꾸었다.

"자네가 우리 쪽에 드나들던 무렵에는 없었으니 모르겠지만, 예전에 내 밑에 이치무라라는 녀석이 있었어. 지금은 호쿠리쿠의과대학에 있는데 말이야."

"이치무라 교수라면 이름은 압니다."

뜻밖에도 다키가와는 이치무라를 알고 있었다.

"그 친구가 지금 인공판막을 개발하는 중인데, 출세욕에 마음이 조급해진 나머지 후쿠이현의 향토 기업을 끌어들여 약간 위험한 물건을 제조하는 모양이야. 혹시 사전면담 신청이 있거든 신경 좀 써주게."

"향토 기업이요?"

다키가와는 그 말에 흥미를 느낀 눈치였다. "의료기기 개발은 기술력 승부라 작은 회사의 힘으로는 애당초 무리일 텐데요."

"동감이야. 그러다 뭔가 문제라도 발생하면 그런 회사에서 배상이나 제대로 하겠나? 시작부터 위태롭기 짝이 없어."

"그렇군요. 이거 교수님께만 살짝 알려드릴게요."

다키가와가 갑자기 족제비 같은 얼굴을 가까이 대고 목소리를 낮추었다. "이치무라 교수가 개발 중인 인공판막, 이미 사전면담 신청이 들어왔습니다."

"정말인가?"

기후네는 움직이던 손을 멈추고 눈을 번뜩였다.

"그럼 심사 담당자에게 말 좀 잘 해주면 안 되겠나?"

"그럴 필요 없습니다, 교수님. 제가 담당자니까요."

다키가와는 그렇게 말하고 의미심장한 웃음을 지었다.

"이치무라 교수 건에 관해서는 저도 아까 말씀드린 대로 생각하고 있었습니다. 교수님의 조언을 들으니 그 마음이 더욱 굳어졌습니다."

"옳고 그른 건 확실히 짚고 넘어가자는 것뿐일세."

다짐을 놓듯 말한 기후네의 얼굴에 밉살스러운 웃음이 맺혔다.

# 7

"가우디 프로젝트에서 나카자토가 빠지게 됐어."

나카자토의 퇴사가 결정된 날 오후 5시경, 쓰쿠다는 프로젝트 팀 멤버를 회의실에 불러 모았다. "대신에 아키가 힘을 보탤 테니 잘 부탁해."

"열심히 하겠습니다!"

보통은 조금이나마 긴장해야 할 상황이지만, 가노는 무사태평하게 웃었다.

"부탁한다, 에바라. 기술개발부 멤버도 막연한 상황일 테니 여러모로 잘 좀 받쳐줘."

팀에서 제일 연장자인 에바라에게 말하자 "잘 뽑으신 것 같은데요" 하고 환영하고는 이어서 물었다. "그런데 팀장은 누가 맡습니까? 야마사키 부장님인가요?"

"아니, 요스케한테 맡기려고."

놀랐다기보다 조금 기막히다는 표정으로 "네?" 하고 에바라가 입을 떡 벌렸다.

다치바나에게는 아침에 야마사키와 의논한 후 팀장을 맡기겠다고 미리 알렸다. 다치바나는 테이블 반대편에 송구스럽다는 얼굴로 앉아 있었다.

"요스케와 아키라니. 기술개발부의 물과 기름 같은 느낌인데."

"아, 가와타 씨, 그런 실언을! 저희가 엄청난 걸 개발할 테니까 두고 보라고요."

바로 가노가 핀잔을 주었다.

가노가 투입되자 가우디팀의 분위기가 한층 밝아졌다. 나카자토와 다치바나가 다시 짝을 이루었다면 분위기를 회복하기 힘들었을 것이다. 그런 의미에서는 가노를 투입하기로 한 야마사키의 판단은 옳았던 셈이다.

이런 프로젝트에서 개발을 맡는 건 처음일 테지만 처음부터 경험이 있는 사람은 없다. 눈치 볼 것 없이 마음껏 해보라고 가노에게는 언질을 주었다.

"일단 이 멤버로 시제품을 완성시키자. 거기까지가 다치바나와 가노의 업무야. 그다음 마케팅 업무는 에바라와 가와타의 특기지. 미래 수익원으로 자리 잡을 중요한 프로젝트니까 도전 과제로 부족함은 없을 거야."

"좋군요."

팔짱을 낀 채 듣고 있던 에바라가 빙긋 웃었다. "사장님 생각은 잘 알았습니다. 다만 상품이 없으면 저희는 두 손 놓고 있을 수밖에 없으니까요. 그러니 둘 다 잘 부탁한다!"

"자, 잘 부탁드립니다. 어떻게든……."

"맡겨두세요!"

기가 죽은 듯 말하는 다치바나의 목소리를 날려버리듯 가노가 주먹까지 불끈 움켜쥔 밝게 말했다. "완성품을 보고 놀라지나 마시라고요."

"알았어, 알았어."

에바라도 그 모습에 쓴웃음을 짓고서 물었다. "그런데 구체적으로 언제부터 착수합니까?"

"조만간 이치무라 교수님과 사쿠라다 사장님이 오실 거야. 그때부터 시작한다고 알고 있으면 돼."

야마사키가 말했다.

"장기전이 되겠지만 열심히 해보자."

그렇게 말하고 쓰쿠다가 이야기를 마무리 지으려 할 때였다.

"사장님, 한 말씀 드려도 되겠습니까?"

에바라가 살짝 손을 들었다. "아까 언뜻 들었는데요. 나카자토가 사야마제작소로 간다면서요? 사실입니까?"

쓰쿠다는 야마사키와 시선을 슬쩍 교환한 후 고개를 끄덕였다.

"그런가 보더군."

"그거, 문제가 될 소지는 없을까요?"

에바라는 진지한 표정으로 지적했다. "니혼클라인 건뿐만 아니라 데이코쿠중공업의 밸브 시스템 건에서도 사야마제작소는 우리 라이벌입니다. 회사 속사정에 훤한 나카자토가 그리로 가도록 놔둬도 괜찮겠습니까?"

그 점이 걱정되지 않는다면 거짓말이다.

"일단 경쟁사에 취직하더라도 쓰쿠다제작소의 노하우에 관해서는 비밀을 엄수한다는 취지의 동의서에 사인을 받을 거야."

야마사키의 설명은 쓰쿠다가 듣기에도 형식적 절차에 지나지 않았다. 에바라는 더욱 납득하지 못한 기색이었다.

"니혼클라인과 불미스러운 일이 있고 나서 사야마제작소에 대해 좀 알아봤습니다."

에바라는 수첩을 펼치고 말을 이었다. "회사를 단기간에 급성장시킨 시나 사장의 수완을 높이 평가하는 목소리가 있는 한편, 막무가내로 밀어붙이는 사업 방식을 비판하는 목소리도 있더군요. 사업을 추진하기 위해서는 수단과 방법을 가리지 않는다고요. 나카자토도 사야마제작소 쪽에서 빼돌린 거겠죠. 그렇다면 사야마제작소의 목적은 우리 기술일 겁니다."

"그 부분에 관해서는 나카자토에게 못을 박아놨어."

야마사키가 답했다.

"하지만 악의를 품고 이직했으면요? 우리 쪽 동의서에는 위반 시 불이익 조항조차 없지 않습니까?"

팔짱을 낀 채 두 사람의 대화를 듣고 있던 쓰쿠다는 입술을 질끈 깨문 후에 끼어들었다.

"그렇게 덮어놓고 의심하고 싶지는 않군."

쓰쿠다는 염원하는 듯한 목소리로 말을 이었다. "나카자토는 하고 싶은 일을 하기 위해 새로운 터전을 선택한 거야. 우리 기술을 빼돌린다거나 그런 악랄한 짓을 할 녀석은 아니야. 만약 그런 것도 모르는 녀석이라면 제대로 교육하지 못한 내 잘못이지. 내 생각은 그래."

"사장님, 사람이 너무 좋으신 것 아닙니까?" 에바라가 허탈하게 말했다.

"그럴지도 모르지."

쓰쿠다는 인정했다. "하지만 직원을 못 믿으면 사장 짓은 못 해 먹어. 난 자네들도 진심으로 신뢰해."

에바라도 그 한마디에는 입을 다무는 수밖에 없었다.

그러나—.

자리를 파한 후 쓰쿠다의 마음속에는 쉽사리 지워지지 않을 얼룩이 서서히 퍼져나갔다.

4장

# 보이지 않는 벽

## 1

올겨울 최대 한파가 덮친 금요일, 드디어 가우디 프로젝트가 그 첫걸음을 뗐다. 살을 에는 듯한 찬바람이 부는 아침, 뉴스에 따르면 해안 지방에는 큰 눈이 내리는 곳도 있다고 한다.

이날 후쿠이에서 이치무라와 사쿠라다, 그리고 마노까지 세 명이 상경할 예정이었지만 비행기가 제대로 뜰지 불안했다. 마치 시작부터 가우디 프로젝트의 험난한 앞길을 암시하는 듯했다.

쓰쿠다는 코트 앞을 여미고 당장이라도 눈을 뿌릴 듯한 하늘을 원망스러운 눈으로 쳐다보았지만 날씨만은 어쩔 수 없다.

"사장님, 비행기가 무사히 뜰 것 같답니다."

9시경, 마노에게 연락이 왔다며 도노무라가 사장실에서 사무 업무를 하던 쓰쿠다에게 알렸다.

오후 3시가 조금 지났을 무렵, 쓰쿠다가 직접 나가하라역까지 이치무라 일행을 마중 나가서 회사로 데려왔다. 그리고 지금—.

직원들 대부분이 모인 회의실은 뭔가 새로운 일을 시작하기 전의 고양감과 사람들의 훈기로 가득했다. 시간이 나는 사람은 이치무라 일행과의 첫 회의에 가능하면 참석하라고 쓰쿠다가 지시했기 때문이다.

회의는 간단한 자기소개로 시작됐다. 마노의 차례가 되자 회의실이 웅성웅성 어수선해졌다.

"예전에 쓰쿠다제작소에서 일했던 마노라고 합니다."

인사를 하자 회의실 여기저기서 장난삼아 야유하는 소리가 들렸다. "그리고 지금은 호쿠리쿠의과대학 첨단의료연구소에 있습니다."

마노는 마이크를 쥔 채 일어나 "여러분께 제대로 사과를 드리지 않았군요. 여러모로 피해를 입혀 죄송합니다" 하고 허리를 깊이 숙였다.

마노가 쓰쿠다제작소를 그만두는 계기가 된 어떤 '사건'에 대한 사과다.

"그런 케케묵은 이야기는 그만 됐어."

에바라가 웃으며 말했다. "다들 그렇지?"

사람들이 박수를 치자 마노는 울상을 하며 겨우 미소를 지었다. 이제 마노에게 화를 내는 사람은 아무도 없다. 4년은 마노를 이해하고 용서하기에 충분한 시간이었다.

그리고 다시 마노와 같이 일을 할 수 있다. 그걸 누구보다도 기뻐하는 사람은 쓰쿠다 자신일지도 몰랐다.

처음부터 나쁜 사람은 없다. 불만과 견해 차이, 사소한 오해가 생각지 못한 사태를 초래할 때도 있는 법이다.

이치무라가 프로젝터를 사용해 가우디 프로젝트의 개요와 의의를 알기 쉽게 설명했다. 그중 가장 마음 깊이 와닿았던 것은 생생한 외과수술 사진이 아니라 마지막에 등장한 아이들의 사진이었다. 완쾌해 퇴원하면서 웃는 얼굴. 수술한 지 몇 년이 지나 찾아왔다는 부모와 아이의 사진. 마지막은 유소년 축구팀 선수로 성장했다는 남자아이의 영상편지였다.

—선생님, 고마워요. 선생님 덕분에 축구를 계속할 수 있게 됐어요.

왜 이 일을 하는가. 왜 이 개발을 맡는가.

이치무라의 말, 사진 한 장 한 장, 그리고 영상편지 속 아이의 말 한마디 한마디가 직원 모두의 가슴에 스며들어 의욕과 에너지의 밑거름으로 변했다.

이치무라의 이야기가 끝나자 저절로 박수가 터져 나왔다.

이건 그냥 사업이 아니다. 허울 좋은 소리일지도 모르겠지만 인생의 일부를 깎아 넣는 이상, 쓰쿠다는 뭔가 의미를 찾고 싶었다. 가우디 프로젝트라는 새로운 도전을 앞두고 쓰쿠다제작소 전원이 그 의미를 공유했을 것이다.

"우리가 한 팀으로써 제일 먼저 넘어야 할 벽은 PMDA와의 사전면담입니다."

이치무라가 말했다. 의료기기 심사의 첫 번째 단계로, 몇 주 후에 첫 면담 일정이 잡혀 있다고 한다.

"현재 연구개발부터 실용화까지 로드맵을 작성하고 있는데요. 그때까지 쓰쿠다제작소 쪽 팀과도 힘을 합쳐 실현 가능성을 면밀히 점검하고 싶습니다. 괜찮으실까요?"

다치바나가 자못 진지한 얼굴로 고개를 끄덕였다. 아까 자기소개를 할 때도 상당히 긴장돼 보였던 표정이 더 굳어졌다.

“사전면담이라니, 대체 그게 뭔가요?”

다치바나가 물었다. 지유가오카의 일식집으로 장소를 옮겨 술자리를 가지고 있을 때였다.

“PMDA에게 우리 계획을 들려줄 기회라고 하면 될까요, 교수님?” 하고 사쿠라다가 답했다.

“그런 셈이죠. 다만 이번 면담으로 앞으로의 방향성이 정해진다고 해도 과언이 아닙니다. 첫 단추를 잘 꿰어야 해요.”

이치무라는 겨울 제철 음식인 아귀탕을 앞에 두고 말했다. 쓰쿠다제작소 직원들을 포함해 열 명 정도가 테이블에 둘러앉아 젓가락을 움직이며 이야기에 귀를 기울였다.

사전면담은 의료기기 개발자와 그것을 심사하는 PMDA가 처음으로 대면하는 자리다.

“우리의 개발 의도와 내용을 호의적으로 받아들인다면 그 후의 심사도 잘 풀릴 테지만, 여기서 점수가 깎이면 차후에도 계속 악영향을 미칠 수 있습니다.”

“상대는 어떤 사람들인가요?” 다치바나가 물었다.

“PMDA 심사팀은 정규 심사원과 의료기기 제조사 출신 등의 전문위원으로 구성됩니다.”

“심사원과 전문위원 중에 누가 더 높은데요?”

가노가 물었다.

"심사원은 말하자면 정직원 같은 위치니까 이쪽이 지위는 높다고 할 수 있겠죠."

이치무라가 대답했다. "다만 심사원은 젊은 데다 실무 경험도 부족하다 보니 현장 경험이 풍부한 전문위원의 의견에 끌려 다닐 때도 있어요. 연장자인 전문위원을 배려하는 심사원도 있을 테니, 사실 심사팀 내부의 역학 관계는 미묘한 감이 있습니다."

"후생노동성의 승인을 목표로 개발을 진행하는 이상, 떼려야 뗄 수 없는 상대니까 양호한 관계를 쌓는 편이 낫겠죠." 사쿠라다가 뒤이어 말했다.

"하지만 그 사람들이 제 한 몸 챙기기에 급급해 냉소적인 태도로 생트집을 잡으며 안건을 통과시켜주지 않는다는 이야기를 예전에 어디서 들었는데요."

가라키다의 말에 "와, 너무하네요" 하고 가노가 뺨을 부풀렸다.

"결국 PMDA를 포함해 공공기관 공무원들에게 제일 중요한 건 환자의 목숨이 아니라 자기 자신 아니겠습니까?"

가라키다가 다시 입을 열었다. "누가 죽든 말든 무슨 상관이겠어요. 섣불리 승인했다가 나중에 문제가 터져서 출셋길이 막힐 바에야 승인하지 않는 편이 훨씬 낫다고 생각하겠죠."

"일찍이 그랬던 건 부정할 수 없는 사실입니다."

이치무라가 말했다. "그 결과 이른바 디바이스 래그와 드럭 래그로 불리는 격차가 발생했죠. 미국이나 유럽에서는 신약과 새로운 의료기기가 개발되고 보급돼 환자가 목숨을 건지는데도, 일본에서는 후생노동성의 벽에 가로막혀 서구권에서는 일반적으로 받을 수 있는 치료를 받지 못하는 상황이 오랫동안 이어졌습니다."

"그럼 지금은 어떻습니까?"

도노무라가 물었다. 예전에 은행원이었던 만큼 공공기관과 대기업의 논리에는 익숙할 테고 흥미도 있을 것이다.

"지금은 많이 개선된 편이라고 봅니다."

이치무라가 대답했다. "후생노동성의 태도에 거센 비판이 쏟아져 무거운 문이 조금이나마 열리기는 했습니다. 실제로 심사할 때도 옛날에 비하면 훨씬 협조적으로 나올 거예요."

"우리 입장에서는 순풍이 부는 셈이군요."

야마사키가 기대에 찬 표정을 지었다. 신속한 심사는 비용 절감으로 이어진다.

"사전면담에는 교수님도 출석하시나요?"

불안한 듯 다치바나 옆에서 가노가 물어보았다.

"물론입니다."

이치무라는 힘 있게 고개를 끄덕였다. "아이디어를 낸 의사의 출석 여부가 심사 담당자의 인상에 큰 영향을 미치니까요. 반드시 성공시킵시다!"

이치무라가 그렇게 말하고 맥주잔을 들자 모두가 잔을 들어 응했다. 친목회가 점차 결기대회 같은 분위기를 띠어갔다.

이대로 순조롭게 달려나가라.

쓰쿠다는 속으로 기원했다.

## 2

12월 중순, 마침내 PMDA와 사전면담이 실시됐다.

장소는 국회의사당역에서 걸어서 몇 분 거리에 있는 관청가 가스미가세키의 한 빌딩. 이치무라와 사쿠라다, 그리고 쓰쿠다제작소에서는 쓰쿠다, 야마사키, 다치바나, 가노 이렇게 총 여섯 명이 출석했다.

사전면담 시간은 오전 11시 반. 이제 5분 남았다.

안내받은 방 창문으로 맑은 겨울 하늘 아래 빛나는 빌딩들이 보였지만, 쓰쿠다는 그 경치를 즐길 여유가 없었다. 의사로서 지금까지 몇 번인가 면담 경험이 있는 이치무라도 들고 온 자료를 긴장한 표정으로 훑어보고 있었다.

"만나서 반갑습니다."

시간이 되자 문을 두드리고 들어온 사람은 총 여덟 명. 서로 명함을 교환했다.

심사팀장은 야마노베 사토시라는 40대 초반의 남자였다. 전문위원이라는 직함을 단 담당자는 모두 나이가 지긋한 남자들로, 의료기기 제조사 출신 등으로 구성됐다는 이치무라의 이야기를 뒷받침했다.

"그럼 거두절미하고 설명해주실까요?"

나이가 제일 많아 보이는 다키가와라는 남자가 진행을 맡았다. 최근에는 협조적으로 나온다는 말을 들었지만, 기분 탓인지 쓰쿠다 일행을 대하는 다키가와의 족제비상은 협력과는 동떨어진 인상이었다.

이치무라가 인공판막 개발의 의의와 현재 상황에 대해 간추려 설명했다. 유창하고 논리 정연한 설명이었다. 임상 경험을 토대로 개발 계획을 발안하고 실험에 이르기까지의 과정을 이야기한 후, 사쿠라다가 말을 이어받아 신소재 개발에 대해 간단하게 보충 설명했다.

"감사합니다. 대강 알겠습니다." 야마노베가 그쯤에서 설명을 중단시켰다.

질의응답이 시작됐다. 전부 기본적인 내용일 뿐, 쓰쿠다가 염려했던 것만큼 압박을 가하지는 않았다.

이 정도면 무사히 끝낼 수 있겠는데.

그렇게 생각했을 때였다.

"뭐, 기본적인 부분은 넘어갑시다."

지금까지 잠자코 있던 다키가와가 목소리를 높여 끼어들었다. 돋보기안경을 벗은 다키가와는 나누어준 자료 위에 펜을 내려놓고 쓰쿠다 일행에게 날카로운 시선을 던졌다.

"좀 다른 질문이지만, 이번 개발의 주체는 여러분뿐입니까?"

"그게 무슨 말씀이신지?"

무슨 뜻인지 짐작이 가지 않는 듯 이치무라가 물어보자 "괜찮을까 싶어서요" 하고 다키가와는 의문을 말했다.

"아시겠지만 의료기기 개발에는 으레 위험성이 따르기 마련입니다. 만에 하나 무슨 문제라도 생겼을 경우, 여러분이 책임을 질 수 있을지 걱정되는군요. 호쿠리쿠의과대학은 그렇다 치고 주식회사 사쿠라다는 지방 소기업 아닙니까? 쓰쿠다제작소는 오타구에 있는 중소기업이고. 이렇게 말하긴 뭣하지만, 전부 불면 날아갈 듯한 곳뿐이잖습니까. 의료기기를 개발하기엔 아무래도 짐이 너무 무거워 보이는데."

무람없는 말투로 말을 끝맺은 다키가와가 턱을 쑥 내밀며 "어떻게 생각하십니까?" 하고 테이블 반대쪽에 앉은 쓰쿠다 일행에게 물었다.

"현 시점에서 나올 이야기는 아닌 것 같습니다. 배상과 관련된 문제는 일단 제쳐두고 생각해주시겠습니까?"

이치무라의 청에도 다키가와는 "교수님, 그건 아니죠" 하고 어처구니없다는 듯한 태도를 취했다.

"의료기기 개발자는 탄탄한 사회적 기반을 갖추고 있어야 마땅하다고 생각합니다. 특히나 4등급 의료기기는 더더욱이나요. 발에 채일 만큼 널린 중소기업이 함부로 손대서 될 일이 아니죠."

무시하는 발언을 듣고 무심코 대꾸할 뻔했지만 쓰쿠다는 꾹 참았다. 화가 치밀었지만 쓸데없는 소리를 해서 면담을 망치면 큰일이다.

"사쿠라다에서 개발한 신소재는 지금 특허도 신청 중인 최첨단 기술로 만든 겁니다."

다키가와의 무례한 발언에도 이치무라는 화내지 않고 성의 있는 태도로 일관했다. "쓰쿠다제작소도 데이코쿠중공업의 로켓엔진에 사용되는 밸브를 제조할 만큼 기술력 있는 회사고요. 기업 규모는 작지만 대기업도 가지지 못한 기술을 보유하고 있습니다. 이런 회사야말로 임상에서 요구되는 고도의 의료기기를 개발하기에 적합하다고 사료되는데요. 부디 그 점을 감안해주시기 바랍니다."

"그럼 상세한 재무제표라도 내놓든가요."

다키가와는 이치무라의 설명에 코웃음 쳤다. "의료기기 심사를 운운하기 이전에 여러분 회사의 알맹이가 어떤지부터 가르쳐주시죠. 둘 다 주식 공개하지 않았죠? 좋은 회사라지만 알맹이가 어떤지도 모르고, 회사 이름도 처음 들어봤습니다. 일단 그런 부분을 꼼꼼히 확인해보는 게 먼저겠죠."

다키가와는 제출한 자료를 한 손으로 집어 들었다. "이딴 종잇조각은 만들려고 하면 누구나 만들 수 있습니다. 심사의 본질은 뭘 만드느냐 이전에 누가 만드느냐입니다."

회의실에 거북한 침묵이 감돌았다.

어떻게 끼어들어야 좋을지 몰라 쓰쿠다를 비롯한 쓰쿠다제작소 쪽 네 명은 그저 입을 꾹 다물고 있었다.

심사팀장 야마노베는 딱딱한 표정으로 듣고만 있을 뿐 자신의 의견을 꺼내지는 않았다. 전문위원이라고 하지만, 아무래도 이 멤버 가운데서는 다키가와의 발언력이 제일 강한 모양이었다.

누구도 말 붙일 엄두도 못 낼 지경이었다. 그리하여 금이 간 관계를 회복할 틈도 없이 PMDA와의 사전면담은 끝났다.

"협조적일 거라고 하셨잖습니까?"

PMDA가 있는 층에서 나와 빌딩 안의 카페에 들어가자마자 야마사키가 물었다. "뭡니까, 다키가와라는 그 전문위원의 태도는."

쓰쿠다도 동감이었다.

"미안합니다." 이치무라가 사과했다.

"아니요, 교수님이 사과하실 일은 아니죠."

쓰쿠다는 손을 들어 만류하며 말했다. "멋진 프레젠테이션이었습니다. 그게 전혀 통하지 않은 것도 화가 나는군요."

"동감입니다."

사쿠라다도 억울하다는 듯 고개를 푹 숙였다. 긴장했던 만큼 쓰쿠다는 뒷맛이 개운치 못한 피로감을 느꼈다. 쓰쿠다 옆에서 야마사키가 복잡한 표정으로 입을 다물었고, 다치바나의 창백한 얼굴에는 충격을 받은 기색이 역력했다. 늘 명랑한 가노도 의기소침해졌는지 표정이 어두웠다.

"전문위원이 심사원이자 팀장보다 거드름을 피우다니 눈꼴셔서 원. 다키가와라는 전문위원이 그렇게 경험이 풍부합니까?"

야마사키가 어이없다는 듯 말했다.

"그건 절대로 아닐 거예요."

가노가 딱 잘라 말했다. "경험이 풍부하다면 우리를 그런 식으로 매도하겠어요?"

쓰쿠다가 생각하기에도 그랬다.

"이거 어쩌죠, 교수님? 앞으로가 걱정인데요."

사쿠라다의 얼굴에 초조함이 역력했다.

"아직 1회전이니까요."

이치무라가 모두의 기운을 북돋아주었다. "순조로운 출발이라고 할 수는 없겠지만, 시간은 들더라도 주변부터 천천히 공략해

나가는 수밖에요."

"구체적인 방안이라도 있으신 겁니까?"

매달리는 듯한 사쿠라다의 눈빛에서 필사적인 마음이 전해져 왔다.

"외국제 인공판막으로는 국내 소아 환자의 수요를 충족시킬 수 없다는 취지의 논문을 학회지에 제출해놨습니다. 논문이 실리면 이번 사업에 찬성하는 사람도 늘어날 테고, 그런 목소리가 커지면 인공판막에 대한 현장의 요구를 PMDA도 무시할 수는 없겠죠."

확실히 주변부터 공략하는 전법이었다.

하지만 그런 식으로 공략해야 한다는 것 자체가 PMDA에 구조적 또는 인적 문제가 있다는 방증이 아닐까. 결국은 이쪽이 그 문제를 감안하고 가야 하는 셈이다.

수요와 비용 등을 판단 기준으로 삼지 않고 보신과 체면을 우선하는 상대만큼 불합리하고 까다로운 건 또 없다. 대체 뭘 위한 심사란 말인가. 병으로 괴로워하는 사람들을 위해서인가, 아니면 출세를 꾀하는 개인을 위해서인가.

의료기기의 안정성과 실험 데이터를 운운한다면 차라리 낫다. 회사의 크기는 제조품의 성능과는 아무 상관도 없다. 그런 남자가 심사를 맡은 이상, 이야기에 진전이 없는 건 아닐까.

"다시 부딪쳐보죠."

사쿠라다의 말에 고개를 끄덕이면서도 쓰쿠다는 마음속에 퍼져나가는 먹구름을 지울 수가 없었다.

## 3

"사장님, 사전면담은 어땠습니까?"

회사로 돌아오자 도노무라가 기다렸다는 듯 물었지만, 쓰쿠다의 시무룩한 얼굴을 보고는 표정이 기대감에서 의아함으로 바뀌었다.

"어땠긴 뭘 어때."

쓰쿠다는 야마사키와 함께 사장실 소파에 몸을 묻고 무거운 한숨을 내쉬었다. "의료 심사의 벽에 부딪혔어."

"그게 무슨 말씀이세요?"

도노무라는 쓰쿠다의 반응에 놀란 눈치였다.

"PMDA의 심사 담당자가 완전히 비협조적에, 적의마저 느껴지는 태도로 나왔어요."

야마사키가 노곤한 얼굴로 사전면담이 어땠는지 도노무라에게 설명해주었다.

"그게 뭡니까?"

도노무라도 낙심했는지 "그러니까 디바이스 래그가 발생하는 거예요" 하고 울분 어린 표정으로 말했다.

"아참! 그러고 보니 아까 하루야마사무소라는 곳에서 이런 걸 보냈습니다."

그렇게 말한 도노무라가 내민 건 팩스로 온 간단한 서류였다.

하루야마사무소는 사쿠라다가 고용한 의료기기 신청 컨설턴트다. 소장 하루야마와는 아직 만나지 못했지만, 대형 의료기기 제조사에서 오랫동안 PMDA를 상대로 신청 절차에 관여했다고 한다.

사쿠라다에게 면담 결과를 들었는지 하루야마는 다키가와의 간략한 프로필을 보냈다. 참 신속한 대응이다.

프로필에 따르면 다키가와 신지는 올해 54세, 도호쿠 지방 국립대학 자연과학 계열을 졸업하고 외국계 대기업인 제우스제약에 입사해 신약 개발에 오래 종사하다가 PMDA로 이직했다고 쓰여 있었다.

쓰쿠다와 함께 서류를 들여다보던 야마사키가 발끈한 표정으로 고개를 들었다.

"약품 분야네요. 그럼 의료기기는 전문이 아닌 거잖아요."

"이런 망할!"

쓰쿠다는 분을 못 이겨 욕을 내뱉었다. "비전문가가 뭘 잘났답시고 회사가 크니 작니 따지는 거야? 이러니까 마음먹고 의료기기를 만들려는 회사가 없어지는 거잖아."

그때 다시 자료를 훑어보던 야마사키가 말했다.

"사장님, 이것 좀 보세요."

하루야마가 비고란에 다키가와에 관한 정보를 손글씨로 적어 놓았다. 야마사키가 가리킨 곳에는 '아시아의과대학 기후네 쓰네히로 학과장과 의약품을 개발하던 시절부터 알고 지내던 사이로, 심장과 관련된 의료소재에는 조예가 깊을 것으로 추정된다'라고 적혀 있었다.

"심장과 관련된 의료소재에 조예가 깊단 말이지."

"네, 어느 정도인지는 모르겠지만요. 그나저나 아시아의과대학의 기후네 교수라면 이치무라 교수님의 은사 아니던가요?"

어, 하고 쓰쿠다는 고개를 번쩍 들어 야마사키를 빤히 바라보았다.

"기후네 교수를 통해 다키가와에게 협조를 얻어낼 수는 없을까요?"

쓰쿠다는 끙 하고 앓는 소리를 내며 팔짱을 꼈다.

"마노 이야기로는 이런저런 일이 있었다니 장담은 할 수 없겠지만, 부탁해볼 가치는 있겠지."

쓰쿠다는 손목시계를 보았다. 이치무라와 사쿠라다는 하네다 공항에 있을 시간이다.

지체 없이 이치무라의 휴대전화에 연락하자 바로 받았다.

"오늘 참 고생 많으셨습니다. 실은 지금 하루야마사무소에서 저희 쪽으로 다키가와 위원의 프로필을 보냈는데요."

"저희도 하루야마 씨께 연락을 받았습니다."

무슨 내용인지는 이치무라와 사쿠라다도 이미 들은 모양이다.

"들으셨는지는 모르지만, 다키가와 위원은 아시아의과대학 기후네 교수님과 친분이 있는 것 같습니다. 기후네 교수님은 이치무라 교수님의 은사시잖아요. 혹시 가능하다면 그쪽에서 힘을 좀 써주실 수는 없을까요?"

"그게, 아무래도 좀 힘들 것 같습니다."

공항 라운지에 있는지 이치무라의 목소리에 탑승 안내 방송이 겹쳤다. "하루야마 씨 덕분에 다키가와 위원이 기후네 교수님과 친분이 있다는 건 처음부터 알고 있었습니다만, 반대로 그래서 찜찜한 구석이 있어서요."

역시 뭔가 있다.

"오늘 사전면담, 기후네 교수님이 손쓴 게 아닐까 싶습니다."

"그게 대체……?"

의외의 말에 쓰쿠다는 무심코 되물었다.

"죄송합니다. 자세한 내용은 후쿠이에 도착한 후에 전화로 말씀드리겠습니다."

"뭐가 어떻게 된 건가요, 사장님?"

전화를 끊자마자 야마사키가 물었다.

"모르겠어. 아무래도 기후네 교수와 이치무라 교수 사이에 메울 수 없는 골이 있는 것만은 분명한 것 같아."

"의사의 세계도 참 무시무시하네요."

도노무라가 혐오감을 드러내며 딱딱하게 말했다. "정말 기가 찰 노릇입니다."

"그 기가 찬 세계에 우리는 발을 들여놓은 거야."

그 세계에는 일반인들의 눈에는 보이지 않는 벽이 있다.

과연 어떻게 하면 그 벽을 부술 수 있을지, 또는 넘을 수 있을지 쓰쿠다는 짐작도 가지 않았다.

"그리고 사장님, 5시부터 나카자토의 송별회니까 잘 부탁드립니다."

도노무라의 말에 쓰쿠다는 "알았어" 하고 한숨을 섞어 대답했다.

## 4

"개인 사정으로 퇴사하게 됐습니다. 그동안 많이 도와주셔서 감사합니다."

송별회라 해봤자 시제품을 만드는 작업장에 직원들이 모여 나카자토의 인사를 듣고 간단한 안주에 맥주를 마시는 정도였다.

나중에 친한 사람들끼리 2차를 간다는 모양이었지만, 쓰쿠다는 총무를 맡은 젊은 직원에게 회식비만 쥐여주고 참석하지 않기로 했다. 회사에 불만이 있어 그만두는데 쓰쿠다가 자리에 있으면 하고 싶은 말도 제대로 못 할까 봐 배려한 것이다.

일단 야마사키가 퇴사 소식을 알린 후 나카자토의 인사가 이어졌다.

"쓰쿠다제작소에서 배운 기술과 노하우를 살려 다음 직장에서도 열심히 하겠습니다."

썰렁한 분위기가 흘렀다. 나카자토가 라이벌인 사야마제작소로 간다는 사실을 모르는 사람은 이제 거의 없다. 그런데 거기서 쓰쿠다제작소의 기술과 노하우를 살리겠다니 그게 할 소리냐는 생각도 들 것이다.

보통 송별회에는 직원들이 전부 모이지만, 이번에는 기술개발부 사람들과 영업부의 젊은 직원 몇 명만 참석했다. 쓰노와 가라키다의 모습도 보이지 않았다. 중견급에서는 에바라 혼자 부루퉁한 얼굴로 이야기를 듣고 있었다.

"그래, 가서도 열심히 해."

한 시간쯤 지나 영 기분이 나지 않는 송별회가 끝나자 쓰쿠다는 나카자토의 어깨를 탁 두드리며 말했다.

"그동안 감사했습니다."

나카자토는 오히려 개운하다는 표정으로 짐을 챙겨 2차를 갔다.

"야마, 자네는 갈 건가?"

기술개발부 층에서 나오며 묻자 야마사키는 나중에 얼굴 정도는 비칠 거라고 대답했다. "상사가 2차에 아예 불참하면 다른 직원들한테 좋은 본보기가 못 될 테니까요."

"뭐, 그건 그렇지."

쓰쿠다가 그렇게 말했을 때 주머니에서 휴대전화가 울렸다.

이치무라였다.

"아까는 실례했습니다. 지금 학교 연구실에 돌아온 참이에요."

"학교에요? 많이 바쁘시군요."

대학병원 교수는 격무에 시달린다고 예전에 의과대학에 있는 지인에게 들었다. 무난하게 일정을 소화하고 있는 것처럼 보이지만, 이치무라도 수면 시간을 줄여가며 날마다 다양한 문제들과 싸우고 있을 것이다.

"바쁘신데 전화까지 주시다니, 죄송스럽네요."

쓰쿠다가 송구스러워하자 이치무라는 "아니요, 이건 말씀드리고 넘어갈 필요가 있을 것 같아서요" 하고 말했다.

"실은 기후네 교수님이 인공판막을 공동으로 개발하지 않겠느냐는 의사를 타진하셨어요."

"공동으로요?"

처음 듣는 이야기다. 이치무라가 말을 이었다.

"하지만 거절했습니다."

"어째서요?"

쓰쿠다는 물었다. 아시아의과대학과 공동개발하면 PMDA와의 면담도 별 잡음 없이 끝날 가능성이 높다.

"기후네 교수님은 그저 저희를 이용하려는 속셈이니까요."

이치무라는 아시아의과대학에서 기후네가 어떤 입장에 있는지 말해주었다. 이사회, 병원, 그리고 대학, 이 셋의 권력 투쟁 구도다.

"기후네 교수님께 연구를 넘기면 공동 연구자로서 제 이름 정도는 어디 한구석에 올라가겠지만, 성과는 대부분 아시아의과대학이 가로챌 겁니다. 경제적인 열매도 마찬가지고요. 오히려 기후네 교수님의 목적은 그것일지도 몰라요."

"그렇다고 사전면담을 그런 식으로 방해한단 말입니까?"

쓰쿠다는 화가 치밀었다.

"기후네 교수님은 어떻게 좀 해달라며 제가 매달리기를 기다리고 있는 겁니다. 참 부조리한 일입니다만, 그게 현재 저희가 직면한 현실이에요."

물론 쓰쿠다도 이게 의학계 전체에 만연한 권모술수라고는 생각지 않는다. 기후네라는 특수한 인물이 권력자이기 때문에 발생한 상황이리라. 하지만 그 때문에 희생되는 건 인공판막이 개발되기를 고대하는 수많은 환자들이다.

"알겠습니다. 아무튼 기후네 교수 쪽 루트는 없다, 그런 말씀이시군요."

"저희가 그 사람에게 항복하지 않는 한은요."

이치무라의 대답을 가슴에 새기고 쓰쿠다는 전화를 끊었다.

### 5

"그런데 나카자토 씨, 사야마제작소에서는 무슨 일을 하나요?"

2차를 하러 간 역 앞 상점가의 선술집에서 가와타가 물었다. 술에 취하자 처음에는 어색했던 분위기가 많이 누그러졌다.

가와타는 평소 장난기 많은 성격이지만 술기운 때문인지 말투에 약간 가시가 돋쳤다.

"밸브를 개발할 거야."

"여기서 하던 일이랑 똑같네요. 그거 문제 되지 않겠어요?"

가와타의 그 말이 늦게 참석한 야마사키의 귀에 들어왔다.

"부장님! 여기요, 여기."

가노가 벌떡 일어나 일부러 나카자토 옆에 비워놓았던 자리로 안내했다.

"문제? 뭐가 문제인데?"

야마사키가 테이블을 둘러싼 직원들 뒤쪽을 지나쳐 자리에 앉는 동시에 나카자토가 딱딱한 목소리로 대꾸했다.

"뭐야, 분위기가 심상치 않은걸?"

야마사키가 농담조로 말을 꺼내자 가노는 그저 쓴웃음을 지었다.

"나카자토가 사야마제작소에서 밸브를 개발하겠다기에 그건 좀 아니지 않느냐는 이야기를 하던 중이었습니다."

맞은편에 앉아 있던 에바라가 대답했다. 에바라는 탐탁지 않은 표정으로 나카자토를 흘긋 바라보고 무뚝뚝하게 술을 입으로 가져갔다. 사교성이 좋아 2차에도 참석은 했지만 마음에 안 드는 게 분명했다.

"그럼 뭘 어쩌라고. 나보고 청소랑 세탁이라도 하라는 거야?"

나카자토가 정색을 하고 대들었다.

"굳이 우리랑 경쟁 붙을 일을 할 필요는 없잖아요."

가와타가 말했다. "그러면 다들 그러려고 사야마제작소에서 빼갔나 보다고 의심할걸요?"

그때 나카자토의 눈에서 빛이 사라졌다.

"그래서일지도."

나지막한 목소리가 가와타의 말을 은근히 인정했다.

"야, 적당히 좀 해. 돈에 눈이 멀어서 우리를 배신할 작정이야?"

에바라가 싸늘하게 말했다.

"맘대로 지껄이셔."

나카자토는 어깨를 흔들며 웃었다. "나는 사야마제작소의 장래성을 보고 가는 거야. 혹시 너희들 중에도 옮기고 싶은 사람 있으면 나한테 말해. 쓰쿠다제작소에 있어봤자 연봉이고 인지도고 시원찮잖아. 사야마제작소라면……."

"입에서 나온다고 다 말인 줄 알아요?"

날카로운 목소리가 나카자토의 말을 끊었다.

다치바나가 무서운 표정으로 나카자토를 노려보고 있었다. 평소 침착하고 성실한 다치바나가 감정을 이렇게 노골적으로 드러내는 걸 야마사키는 처음 보았다.

"우리는 쓰쿠다제작소에서 열심히 일하고 있어요. 나는 우리 회사를 좋아하고, 일도 마음에 들어요. 계속 이대로 일할 수 있으면 좋겠다고요. 사야마제작소에 가고 싶으면 가요. 하지만 여기서 열심히 애쓰는 사람들 마음을 짓밟는 소리는 집어치워요."

"흥! 애사심 한번 끝내주네."

나카자토는 실실 웃었다. "참 대단하셔. 하지만 이슬만 먹고 살 수 있겠냐?"

"나카자토 씨, 지금까지 이슬만 먹고 살았어요?"

다치바나가 되받아치자 "이제 됐어. 그만해" 하고 에바라가 말렸다.

"야, 나카자토. 다들 널 믿고 지내온 사람들이잖아. 이제 마지막인데 좋은 소리 좀 하고 가라. 아니면 모두 안 좋은 감정만 남을 거야."

"귀찮아 죽겠네."

나카자토는 보란 듯이 한숨을 쉬고 말을 이었다.

"그럼 한마디만 할게. 쓰쿠다제작소의 기술은 가치에 비해 헐값이야. 그것만은 확실해. 대우는 엉망이지만 기술과 노하우에는 자신을 가져도 되지 않겠어?"

깔보듯 거만한 말투에 분위기가 다시 썰렁해졌다.

잠깐 틈이 났을 때 몇 명이 돌아갈 채비를 하고 일어섰다.

"먼저 실례할게요. 새로운 보금자리에서 힘껏 잘 해보시기 바랍니다." 다치바나도 화난 목소리로 말하고 자리에서 일어섰다.

"뭐야, 송별회 분위기 한번 꿀꿀하네."

자조적으로 푸념하는 나카자토에게 "이봐, 밸브라니 무슨 밸브를 개발하려고" 하고 야마사키는 내내 신경 쓰였던 걸 물어보았다.

지금 가까이 있는 사람은 에바라와 가노뿐이다. 다른 몇 명은 조금 떨어진 곳에서 마시고 있었다.

"제가 뭘 어쩌든 무슨 상관입니까? 그걸 말하면 정보 누설이라고요."

나카자토가 말을 돌렸지만 야마사키는 개의치 않고 다시 물어보았다.

"니혼클라인이야?"

대답은 없었다.

"그럼 조심하도록 해. 그 설계 그대로 진행했다가는 골치 좀 아파질 거야."

허를 찔린 듯 야마사키를 바라보던 나카자토가 바로 웃음을 지었다.

"또, 또, 그러시네. 그런다고 누가 겁먹을 것 같습니까, 부장님?"

나카자토는 야마사키의 충고를 웃어넘겼다. "쓰쿠다제작소의 시제품을 거절당했다고 해서 그러시면 안 되죠."

야마사키는 알았다고만 답하고 더 이상 아무 말도 하지 않았다. 지금은 나카자토에게 무슨 말을 해도 소용없다.

얼마 후 2차 술자리도 끝났다.

에바라가 가게를 나서려는 야마사키에게 "한잔 더 안 하실래요?" 하고 제안했다. "아키, 넌 어때?"

"아, 저도 가도 돼요? 갈게요, 갈게요."

가노는 어지간하면 술자리에 빠지지 않는다. 하지만 술은 마시지 않고 늘 우롱차를 주문한다.

역 앞에서 나카자토와 헤어져 다른 술집에 가자 다치바나와 가와타가 기다리고 있었다.

"뭐야, 가우디팀끼리 다시 뭉쳤잖아."

야마사키가 자리에 앉자 "요스케한테 PMDA 이야기 들었습니다" 하고 에바라가 험악한 표정으로 말을 꺼냈다.

"이번 프로젝트, 정말로 계속할 수 있을까요?"

너무 단도직입적인 질문이라 야마사키는 그만 말문이 막혔다.

"부장님의 생각을, 진심을 듣고 싶습니다."

다치바나가 말했다.

"자네 생각은 어떤데?"

야마사키가 묻자 다치바나는 "어려울 것 같은데요" 하고 똑똑히 대답했다. 갑작스레 무거운 이야기가 나와서 가노의 눈이 휘둥그레졌다.

"그렇군."

야마사키는 뺨을 부풀렸다가 한숨을 푹 내쉰 후 시선을 위로 들고 생각에 잠겼다. "어려운 상황인 건 사실이야."

"사장님 생각은 어떠신데요?"

에바라가 물었다.

"사장님도 난감해하셔. 하지만."

야마사키가 대답했다. "그분은 포기하지 않으시겠지."

모두가 야마사키의 얼굴을 물끄러미 바라보았다.

"그래서 지금이 있는 거야. 이 쓰쿠다제작소가."

야마사키는 말을 이었다. "세상에는 벽이 수없이 많아. 편하게 잘 풀리는 일은 드물지. 그렇다고 도망치면 실적이고 평가고 아무것도 남지 않아. 그걸 제일 잘 아는 사람이 바로 쓰쿠다 고헤이라는 사람이야. 이 곤란한 상황에서 어떻게 할 것인가. 이제부터 쓰쿠다제작소의 진면목이 발휘되는 거지."

대답하는 사람은 없었다. 야마사키의 말을 곱씹듯 그저 침묵만 흘렀다.

## 6

"이치무라 교수님, 학회지 편집부에서 전화 왔습니다."

오후 1시경, 수술을 마친 이치무라에게 비서가 내선전화로 알려주었다.

분명 요전에 제출한 논문 때문이리라.

수술 기록을 훑어보며 편의점 도시락을 먹던 이치무라는 "연결해줘"라고 말하고 입에 있던 연어구이를 급히 삼켰다.

“이치무라 교수님, 흉부외과학회의 니시오입니다.”

니시오는 학회지 편집을 담당하는 사람으로 이치무라와는 잘 아는 사이다.

“요전에 보내주신 논문 〈소아 심장판막증과 국산 인공판막에 대한 고찰〉, 정말 대단하더군요. 동료 평가를 부탁드린 교수님들 중에는 논지에 적극 찬성하시는 분도 몇 분 계셨습니다.”

학회 논문은 평가자가 점수를 매기고 최종적으로 편집회의에서 게재 여부를 결정한다. 요전에 이치무라의 논문이 동료 평가에서 높은 점수를 받았다는 이야기를 전해준 것도 다름 아닌 니시오다.

“그러니까 저희도 당연히 실어야겠다고 생각했는데요, 어제 편집회의에 올렸더니 이번에는 보류한다는 결론이 나와버렸어요.”

이치무라는 수화기를 꽉 움켜쥔 채 믿기지 않는 기분으로 니시오의 이야기를 들었다.

오래 이 학회에 있으면서 수없이 많은 논문을 읽었으므로 자기 논문이 실릴 수준인지 아닌지 정도는 안다. 이치무라 본인도 남의 논문을 평가할 때가 있다.

이번에는 특히 반응이 좋아 당연히 실릴 것이라고 거의 확신하고 있었다. 설마 이런 결과가 나올 줄이야.

“부결된 이유는 뭡니까?”

“찬성한 교수님도 계셨습니다만, 그게…….”

전화 너머에서 니시오가 당혹스러운 목소리로 말했다. “일부 교수님께서 논문 주제가 철 지난 것 아니냐고 지적하셔서요.”

"대체 그게 무슨 소립니까?"

이치무라는 저도 모르게 언성을 높였다. 니시오는 어디까지나 실무자일 뿐 게재를 결정할 권한이 없다는 건 알지만, 도무지 이해가 가지 않았다.

"교수님 마음은 이해합니다. 하지만 몇몇 교수님이 그 지적에 동의하셔서……."

좀처럼 믿기지 않는 이야기였다. 아니, 이건 말도 안 된다.

"그래서 이번에는 정말 죄송합니다만…… 양해 부탁드립니다. 보내주신 논문과 초록은 저희가 반송 절차를……."

"그쪽에서 처분해주십시오."

이치무라는 수화기를 내려놓고 블라인드를 친 창문을 멍하니 바라보았다.

마음속에 밀려오는 거센 물결에 휩쓸려 자칫하면 정신을 놓을 것만 같았다. 도저히 받아들일 수 없는 이야기였지만 냉정하게 생각하자 한 가지 진실이 눈앞에 떠올랐다.

기후네다.

흉부외과학회 학회장의 다양한 권한 중 으뜸가는 권한은 인사권이다. 학내 인사, 계열병원 인사, 그리고 학회지 관련 인사. 게재 여부를 최종적으로 결정하는 편집회의에 입김을 넣으면 원하는 결과를 얻어낼 수 있다.

이치무라는 주식회사 사쿠라다에 전화를 걸었다.

"논문 게재를 거부당했습니다."

소식을 알리자 사쿠라다는 앗, 하는 외마디 소리를 던지고 잠잠해졌다.

"교수님, 저희가 과연 제대로 하고 있는 걸까요?"

잠시 후 사쿠라다가 꺼낸 말에서는 방향을 잃은 자의 고뇌가 여실하게 전해졌다.

5장

# 재미있는 발상

# 1

쓰쿠다제작소에서 퇴사하고 이틀 후, 나카자토는 사야마제작소에 입사했다.

신주쿠에 위치한 고층빌딩 20층의 본사 사무실에서 사장 시나에게 개발부에 배치한다는 내용의 인사발령장을 받은 후, 오후에 사이타마현 사야마 시내에 있는 자사 공장의 개발용 부스에서 밸브 시제품을 살펴보았다.

"내가 이걸 하는 건가."

나카자토는 이 순환이 참 얄궂게 느껴졌다. 자신이 담당했던 물건이 또 눈앞에 나타났다.

니혼클라인에서 발주한 코어하트용 밸브였다. 당초 제작한 버터플라이밸브가 아닌 새로운 설계도를 토대로 한 시제품이다.

"자네가 이걸 설계했다면서?"

첫인사를 할 때 개발부 매니저 쓰키시마가 대뜸 물었다. 나카자토는 쿡 찔린 것처럼 가슴이 약간 뜨끔했다.

이제 와서 아니라고는 할 수 없다.

쓰키시마가 이끄는 개발부는 총 스무 명. 쓰쿠다제작소의 기술개발부보다 인원이 많지만, 대부분 나카자토처럼 외부에서 빼내온 인재였다.

사야마제작소에서는 사장 시나가 표방하는 실력주의가 철저히 지켜져 기본급은 제한돼 있는 반면, 회사 공헌도에 따라서는 매니저급을 넘어서는 성과급을 받을 수도 있다. 말하자면 여기는 실력에 자신이 있는 용병들의 집합소다. 사야마제작소라는 평범한 중소기업다운 이름을 쓰지만, 그 본질은 외국계 뺨치는 약육강식의 세계다. 그것이야말로 활력의 원천이자 성장의 원동력이라고 시나가 호언한 대로다.

니혼클라인이 의뢰한 밸브를 담당하는 시제품팀에서 나카자토는 팀장 역할을 맡았다.

당초 단기간에 완성해서 납품할 예정이었지만, 쓰키시마 말로는 '아직 개선의 여지가 있다는 사장님의 지시'에 따라 연구개발을 계속하고 있다고 한다.

"무슨 말씀인지는 알겠습니다. 그럼 지금까지 제작한 시제품은요? 이미 납품한 겁니까?"

"물론이지." 쓰키시마가 대답했다.

"그럼 어디를 개선해야 하는데요?"

"내구성이야."

쓰키시마의 지시는 명료했다. "여섯 달, 즉 180일간 작동을 보증하는 게 현재 이 팀이 매달리고 있는 과제야."

"180일……."

니혼클라인이 설계 사양으로 지정한 보증기간은 90일. 즉 그 두 배를 보증하라는 말이다.

"거기에 무슨 의미가 있는데요?"

"환자의 부담을 경감시킬 수 있잖아."

50대 중반인 쓰키시마는 바쁜 업무 때문에 피로가 배어나는 얼굴로 귀찮다는 듯 말했다. 시나에게 인정받아 개발 부문 책임자를 맡은 만큼 사전에 들은 경력은 화려했다. 외국계 기업 개발 부문을 여럿 거쳤고, 전공인 기계공학 분야에서도 나무랄 데 없는 실적을 올렸다.

하지만 기계공학도 워낙 광범위하다. 굳이 따지자면 대형기계 동력부가 쓰키시마의 전문영역인 듯했다. 그래서 나사에 있었던 시나의 눈에 들었다고도 할 수 있으리라. 다시 말해 밸브 시스템은 본래 쓰키시마의 전문은 아닌 셈이다.

"인공심장을 필요로 하는 환자는 두 종류야."

쓰키시마가 손가락을 두 개 세웠다. "하나는 심장이식을 전제로 하는 환자. 그리고 또 하나는 나이와 그 외의 이유로 심장이식이 불가능한 환자지. 인공심장쯤 되면 교환하기도 쉽지가 않잖아. 환자에게 육체적, 정신적, 그리고 무엇보다 경제적으로 부담이 돼. 한 번 달면 심장이식을 받는 날까지, 또는 죽는 날까지 영원히 움직이는 게 인공심장의 이상적인 형태야. 거기에 한 발짝이라도 더 다가가야겠지."

"그렇군요."

나카자토는 깊이 수긍하고 고개를 끄덕였다.

보람 있는 일이다.

시키는 대로 시제품을 제작한 끝에 거래를 취소당했다. 쓰쿠다제작소 시절에 했었던 고생은 그저 인생의 낭비였다. 하지만 여기서는 결실을 맛볼 수 있을 것이다.

"부탁해, 나카자토."

쓰키시마가 나카자토의 어깨에 손을 턱 올렸다. "자네 전문 분야잖아. 세상이 깜짝 놀랄 만한 밸브를 만들어봐."

포부도 크다.

"열심히 하겠습니다."

나카자토는 눈을 반짝였다. "사야마제작소로 옮기길 정말 잘했어요."

"그야 여부가 있나."

쓰키시마는 감명을 받은 나카자토에게 당연하다는 듯 고개를 끄덕였다. "쓰쿠다제작소 따위는 비교가 안 돼. 여기서만 하는 이야기인데, 머지않아 데이코쿠중공업의 로켓엔진 밸브도 우리 걸로 교체될 거야."

"정말입니까?"

나카자토는 놀라서 저도 모르게 되물었다.

"조만간 데이코쿠중공업에서 시찰하러 올 거야. 차후에 발사되는 로켓부터 우리 밸브가 탑재될 가능성이 높지."

"그렇군요."

쓰쿠다제작소에서 들으면 깜짝 놀라 넋이 나갈 것이다.

"쓰쿠다가 얼마나 대단한지는 모르지만, 우리 사장님은 나사 출신이라고. 차원이 달라. 뭐, 아무튼 열심히 해봐."

쓰키시마는 자신만만하게 씩 웃더니, 나카자토의 어깨를 탁 두드리고 유유히 발걸음을 돌렸다.

## 2

긴자 뒷골목에 음식점인지 의심스러울 만큼 촌스러운 단독주택이 있다. 가정집을 개조한 이탈리안 레스토랑으로, 자세히 보면 조그마한 간판도 달려 있다.

레스토랑 2층 방의 테이블에 네 남자가 둘러앉아 있었다. 다다미에 테이블과 의자를 놓은 퓨전 스타일이다.

"오늘 시찰 나와주셔서 감사합니다."

사야마제작소의 시나는 격식을 차려 말하며 정중하게 고개를 숙였다. "보시고 난 감상은 어떠신지요?"

"정말 대단하던데."

데이코쿠중공업의 이시자카가 대답했다. 이시자카가 이끄는 구매관리부는 100만 개가 넘는 로켓 부품의 선정과 출납을 도맡고 있다.

"공장 설비와 구조가 끝내주더군요."

이시자카 옆에서 은테 안경을 낀 호리호리한 남자가 완전히 매료된 투로 말했다. 데이코쿠중공업 우주개발부에서 자이젠 밑에 있는 도미야마 게이지다.

"평가 담당이신 도미야마 주임님께서 그렇게 말씀해주시니 든든하네요."

입구 근처 말석에 앉은 쓰키시마도 얼굴 가득 웃음을 지었다.

"그건 나사에 있던 시절 시찰한 최첨단 공장의 구조를 참고한 겁니다. 저희 회사를 방문하시는 분들은 대부분 그 연구개발동을 보고 놀라시죠."

넓은 공간에 무수히 많은 고치처럼 연구자마다 부스를 배당하고 한복판에는 미팅 공간을 설치했다. 중이층 높이에서 내려다보는 내부 광경은 그야말로 장관이다. 다양한 정밀기계를 다루는 사야마제작소의 두뇌다.

지난 사흘간 도미야마가 이끄는 평가팀이 사야마제작소의 공정관리부터 재무까지 평가에 들어갔으며, 이날 오후 총괄평가와 함께 그 과정이 끝났다.

"과연 급성장할 만하다고 다들 높이 평가했습니다. 기술력도 다른 중견급 공장과도 비교가 안 될 만큼 수준이 높고, 공정과 품질 더 나아가 인사에 이르기까지 관리체제도 나무랄 데가 없어요. 훌륭한 회사입니다."

도미야마가 거듭 극찬했다.

"감사합니다."

시나는 공손하게 감사를 표하고 가슴을 쭉 폈다.

"저희 공장은 세계 최고를 지향합니다. 개발하는 모든 부품과 정밀기계에서 세계 최고를 노리죠. 그러기 위해 재능 있는 연구자를 적극적으로 회사에 영입해 기술력 향상을 꾀하고 있습니다.

회사는 결국 사람이니까요."

"옳은 말이야."

이시자카가 공감하며 고개를 끄덕였다. "자네 회사 같은 규모든 우리 같은 대기업이든 기업이란 그야말로 사람이지. 아무리 컴퓨터 관리 시스템을 도입한들 그걸 운용하는 사람이 글러먹으면 그 조직은 망하게 돼 있어. 데이터도 평가도 다 중요하지만 사람보다 앞설 수는 없지. 우수한 인재가 있으면 성과는 저절로 따라오는 법이거든."

"오늘 평가를 바탕으로 엔진 연소 시험을 진행할 텐데요. 구체적인 일정을 조속히 정해주셨으면 합니다만."

이시자카의 뒤를 이어 도미야마가 말했다. "연소 시험에 즈음해 귀사의 밸브 시스템에 맞춰 이모저모 조정할 필요가 있거든요."

"번거롭게 해드려 죄송합니다."

미안하다는 듯 시나는 고개를 숙였다. "대신 성능은 현재 나와 있는 그 어떤 밸브 시스템보다 뛰어날 거라 확신합니다."

세계 로켓 사업의 총 규모는 12조 엔이다.

데이코쿠중공업은 사장 도마의 주도하에 '스타더스트 프로젝트'를 강력히 추진하며 이 거대한 시장에 뛰어들었다. 하지만 국제적인 시각에서 보면 아직 경쟁력이 낮다고 할 수 있다.

위성 발사 분야에서는 러시아를 포함한 유럽과 중국이 높은 점유율을 보이고 있으며, 자체 개발한 국내 기업의 위성조차 해외 자본에 빼앗기고 있는 실정이다. 그 배경에는 경쟁 로켓과의 비용 차이가 있다.

데이코쿠중공업이 제조하는 대형로켓을 발사하려면 단가를 아무리 절감해도 100억 엔에서 140억 엔은 든다. 반면 미국이나 유럽 기업의 발사 비용은 그보다 20퍼센트쯤 낮다.

로켓 사업은 이기느냐 지느냐 둘 중 하나다. 위성 발사와 상업 이용 등의 수주가 많이 발생해 발사 횟수가 늘어나면 늘어날수록 제조 단가는 낮아진다. 즉, 발사 실적이 줄면 그만큼 단가가 올라가고, 단가가 올라가면 또 실적이 줄어드는 악순환에 휘말린다.

"기대할게, 시나 사장."

이시자카가 말했다. "지금 우리에게 필요한 건 발사 성공 실적이야. 일단 위성 발사 등의 실적을 쌓지 않으면 아무리 부품 단가를 낮춰봤자 선행 주자를 추월할 수 없어."

일찍이 나사 소속이었던 만큼 시나는 그러한 사정을 잘 안다.

"저희 기술은 다른 우주항공 분야 선진국들과 견주어도 월등하다고 자부합니다. 분명 데이코쿠중공업에서도 납득하실 수준일 겁니다. 물론 이번에는 경쟁입찰이니만큼 여기서 큰소리를 떵떵 칠 수는 없겠지만요."

"진심으로 하는 소리인가?"

이시자카가 피식 웃었다. "쓰쿠다제작소는 어차피 오타구에 있는 변두리 공장에 불과해. 특허를 가지고 있다는 것 정도가 문제랄까. 알다시피 밸브 시스템은 로켓엔진의 핵심기술이야. 그 부품에서 우리가 주도권을 쥐지 못하다니 얼마나 분통이 터졌는지."

이시자카 옆에 있던 도미야마의 얼굴에서 핏기가 가셨다. 당시 특허 취득 과정에서 쓰쿠다제작소에게 추월당한 밸브 개발 담당자가 도미야마라는 사실까지는 시나도 모른다.

"원래 핵심기술은 자체 개발하거든. 그러니 공동개발하자는 시나 사장의 제안은 일단 우리 쪽 방침과 일치해."

그건 시나가 전략적으로 내놓은 방안이었다.

사야마제작소는 밸브 시스템에 관한 노하우는 있지만 실적이 없다. 발사 실적이 있어 안정된 평가를 받는 쓰쿠다제작소의 제품과 비교해 열세인 측면을 '현행 제품도 포함해 공동개발하자'고 제안함으로써 유리하게 바꾼 셈이다.

"제품에는 자신 있지만 실적이 없는걸요."

시나는 겸허하게 현실을 인정했다. "데이코쿠중공업의 로켓에 실제로 탑재한 적도 없는 이상, 서로 협력해서 좀 더 좋은 물건을 개발한다는 자세로 임해야 쌍방의 앞날에 기여하는 바가 클 겁니다. 특허를 방패로 기술을 독점해봐야 무슨 소용이겠어요."

그 마지막 한 마디에 얌전한 표정으로 귀를 기울이고 있던 도미야마가 얼굴을 들더니 격하게 고개를 끄덕였다. 그야말로 쓰쿠다제작소를 향한 통렬한 야유다.

"도미야마 앞에서 말하기는 좀 그렇지만, 그건 개발부가 선을 넘은 감이 있었어. 자체적으로 개발해야 할 기술을 당치않게도 외주로 주고 말았지."

이시자카는 우주개발부를 이끄는 자이젠을 은근히 비방했다. "결국 일정을 늦출 수는 없다는 이유로 통과됐지만, 사장님도 그걸로 됐다고 생각하시지는 않아. 자네의 제안은 우리에게 구원의 손길이야."

"앞으로 오랫동안 협력관계를 유지할 수 있도록 온 힘을 다하겠습니다."

시나는 이미 수주를 확신한 투로 말하고 깊이 고개를 숙였다.

## 3

시나가 데이코쿠중공업의 이시자카 일행을 접대하고 있을 무렵, 긴자의 다른 가게에도 두 남자가 마주 앉아 있었다.

오후 8시, 유서 깊은 장어집이 낸 분점의 2층 방에서 느지막한 회식이 시작됐다.

기후네와 다키가와는 장어와 오이 초절임을 안주 삼아 맥주로 건배했다. 안부인사도 하는 둥 마는 둥 "그런데 결정됐나?" 하고 기후네가 물었다.

"네, 결정됐습니다." 다키가와가 대답했다.

기후네는 웃음을 지으며 말없이 맥주병을 들어 반쯤 빈 다키가와의 컵에 따라주었다.

이날 PMDA에서는 코어하트에 관한 회의가 열렸다.

동물실험 데이터에 입각해 마침내 염원하던 임상시험으로 이행하기로 결정된 것이다. 실용화로 나아가는 커다란 첫걸음이다.

"디바이스 래그 이야기만 나오면 꼭 저희가 악당이 된다니까요."

다키가와가 반쯤 자조하며 푸념했다. "지금까지 자기들의 무능함은 생각 않고 PMDA와 후생노동성 탓만 하던 놈들에게 이

성과를 보여주고 싶습니다. 거북이라느니 박물관행이라느니 인공심장에 관한 모든 저평가를 코어하트가 날려버릴 겁니다."

"인공심장 시장의 규모는 유럽이 일본의 일곱 배, 미국은 열 배야, 다키가와. 이 인공심장이 실용화되면 막대한 이익이 창출되겠지. 문제는 언제 실용화되느냐지만."

기후네는 실눈을 뜨며 앞으로 올 미래를 바라보는 듯이 한 점을 응시했다.

"여러모로 힘드시겠습니다, 교수님도."

다키가와는 딱하다는 듯한 표정을 지었다. "의학계에 엄청난 공헌을 할 텐데, 문외한은 그걸 이해 못 한다니까요."

여기서 문외한은 아시아의과대학의 이사회를 가리킨다. 오래 알고 지낸 만큼 다키가와도 기후네가 처한 상황을 잘 알고 있다.

"정말 환장할 노릇이라니까. 이사 놈들은 오로지 발밑의 이익밖에 못 봐. 위험성이 있고 투자비용을 회수하는 데 시간이 걸린다는 이유로 연구개발은 백안시하지. 그렇게 소극적이어서야 뭘 할 수 있겠나."

열변을 토하는 기후네의 이마가 조명을 받고 번들번들 빛났다.

"동감입니다. 교수님께서 꼭 의학계에 새로운 바람을 일으켜 주시기 바랍니다."

"그러려면 자네 힘이 필요해."

"물론이죠. 제가 할 수 있는 일이라면 뭐든지."

다키가와는 기분을 맞추어주듯 말하고 기후네의 잔에 맥주를 따른 후 "건배하시죠, 교수님" 하며 술잔을 높이 들었다.

## 4

"사장님, 데이코쿠중공업에서 연소 시험 일정을 재조정하자는데요."

기술개발부에서 젊은 직원들과 함께 신형 엔진 설계를 검토 중이던 쓰쿠다는 예상치 못한 야마사키의 보고에 놀라 고개를 들었다.

"일정을 변경한다고?"

엔진 연소 같은 대대적인 시험을 진행하기 직전에 일정이 변경되는 일은 드물다.

"뭔가 말썽이라도 생겼나?"

쓰쿠다가 묻자 "이것도 말썽이라면 말썽이겠지만" 하고 야마사키는 뼈 있는 대답을 했다. "듣기로는 사야마제작소가 밸브를 준비하지 못했답니다."

"누가 그래?"

"도미야마 주임님이요. 그러니 본래 사야마제작소에 배정했던 날짜에 맞춰달라던데요. 일주일 앞당겨졌습니다."

쓰쿠다는 작게 혀를 찼다.

"우리 사정은 물어보지도 않고?"

"그렇죠."

"마음에 안 드는군."

쓰쿠다의 한마디에 야마사키도 낙심한 표정으로 고개를 끄덕였다.

쓰쿠다제작소는 연소 시험 일정에 맞추어 기술개발부의 작업 공정을 착착 진행시켜왔다. 미뤄지는 거라면 모를까 앞당겨진다면 준비도 서둘러야 한다. 야근을 해야 할뿐더러 사내에서 잡아둔 사전 일정에도 영향이 미친다.

"경쟁입찰이니 저희로서도 만반의 준비를 갖춰서 임하고 싶은데 말이죠."

야마사키가 경계심 어린 표정으로 말했다.

"저쪽 잘못을 우리가 뒷수습하는 꼴이로군."

쓰쿠다는 투덜거린 후에 "어때, 야마, 대응할 수 있겠어?" 하고 물었다.

"못 할 건 없지만, 예정했던 내부 테스트를 전부 진행할 수는 없을 겁니다."

"도미야마하고는 이야기가 안 통해. 자이젠 부장한테 조금만이라도 미뤄달라고 부탁해볼까?"

"그거 말인데요, 도미야마 주임 말로는 절대 안 된답니다."

"그게 무슨 소리야?"

쓰쿠다는 발끈해서 물어보았다.

"다음번 로켓을 발사할 때까지 프로젝트 관리상 시험 일정은 변경이 불가능하다는군요."

"보자 보자 하니까!"

쓰쿠다는 그 자리에서 휴대전화를 꺼내 등록해둔 도미야마의 연락처로 전화를 걸었다.

통화연결음이 다섯 번쯤 울린 후 "네" 하는 대답이 들렸다.

"아까 야마사키에게 연락하신 거, 어떻게 안 되겠습니까?"

쓰쿠다는 단도직입적으로 물었다.

"어떻게? 뭘 어떻게요?"

도미야마는 이죽거리는 목소리로 대답했다. 쓰쿠다는 어디서 딴청이냐며 폭발할 것 같은 감정을 꾹 억누른 채 "예정대로 부탁합니다" 하고 나름대로 목소리를 깔고 말해보았다.

"죄송합니다."

그리 죄송하지 않은 듯한 사과가 되돌아왔다. "그러고 싶은 마음이야 굴뚝같지만 저희 쪽 계획에 변경이 좀 있어서요."

"계획이 그렇게 쉽게 변경되면 곤란합니다. 저희는 시험 일정에 맞춰서 준비하고 있으니까요. 애당초 계획이 변경된 이유는 뭡니까?"

"어, 말씀 안 드렸던가요? 사야마제작소 쪽에서 뒤로 좀 빼달라고 부탁했어요."

"그거야 사야마제작소 사정이죠. 저희하고는 상관없지 않습니까. 무엇보다 예정된 시험 일정을 맞추는 건 상식 아닙니까?"

"물론입니다. 하지만 사야마제작소의 납품이 지연된 건 우리가 부분 수정을 부탁한 탓이기도 하거든요."

도미야마가 말했다. "하지만 프로젝트 기일이 정해져 있으니 시험 일정은 변경이 불가능합니다. 자이젠 부장님도 승인하신 일이니까 쓰쿠다 씨께는 죄송하지만, 방금 전 말씀드린 대로 해달라고 부탁드리는 수밖에요."

일방적인 이야기다.

"언제 사야마제작소에 부분 수정을 부탁하셨습니까?"

"3주 전쯤이었나 그럴 겁니다."

도미야마는 천연덕스럽게 답했다.

"그럼 그때 저희한테도 알려주셨어야 하는 거 아닙니까?"

"그 시점에서는 일정대로 가능할 거라고 예측했거든요."

쓰쿠다의 항의에 도미야마는 사과 아닌 변명을 늘어놓았다.

"즉, 저희는 앞당겨진 일정을 받아들일 수밖에 없다, 그런 말씀입니까? 받아들이지 못하겠다면요?"

쓰쿠다는 물었다.

"귀사의 밸브는 못 쓰는 거죠."

도미야마는 당연하다는 듯이 말했다.

"빌어먹을!" 쓰쿠다는 통화를 마치고 욕을 내뱉었다.

"혹시 의도적으로 이러는 거 아닐까요?" 야마사키가 말했다. "데이코쿠중공업 내부에서는 사야마제작소의 밸브를 채택해야 한다는 목소리가 꽤 높은 모양이더라고요."

"공동개발이라서 그렇겠지."

그 사실은 쓰쿠다도 들어서 알고 있었다. "아무리 공동개발이라지만 밸브 성능이 안 좋으면 데이코쿠중공업에도 치명적이야. 그들도 그걸 모르지는 않을걸."

"과연 도미야마 주임도 알려나 모르겠네요."

야마사키가 의미심장하게 말했다. 도미야마는 지금까지 툭하면 심술을 부려왔다.

"그러게. 데이코쿠중공업이 사야마제작소에 뭘 수정하라고 지시했는지는 모르겠지만, 우리에게 심술부릴 절호의 기회를 그 녀석이 놓칠 리 없지."

겉으로는 일정 운운했지만 도미야마의 말은 결국 쓰쿠다제작소를 곤경에 빠뜨리기 위한 핑계에 지나지 않는다. 데이코쿠중공업의 기술자로서 자존심이 강한 도미야마는 밸브 시스템 특허를 놓고 체면을 구긴 일에 아직도 앙심을 품고 있는 것이다.

"아무 짝에도 쓸모없는 엘리트 의식만 앞세우기는."

쓰쿠다는 내뱉듯이 말했다. "자존심을 세우려는 욕심이 프로젝트 전체를 위험에 빠트리고 있다는 사실을 가볍게 여기는 것 같아서 어처구니가 없군. 하지만 엔진 연소 시험에서 안 좋은 결과가 나오면 혹평을 받는 건 우리지 도미야마가 아니야."

"그딴 식으로 일해도 먹고살 수 있으니 좋겠네요. 역시 대기업이시네."

야마사키가 웬일로 비아냥거리는 소리를 했다. "누구는 개발하느라 숨넘어갈 지경인데."

그렇게 말하며 야마사키는 기술개발부 한쪽 구석에 있는 다치바나와 가노에게 시선을 주었다. 로켓엔진과 의료기기 둘 다 어려운 상황에 처했으니 큰일이다.

"좀 어때?"

다가가 말을 걸자 돋보기를 들고 시제품을 관찰하던 다치바나가 핏발 선 눈으로 쳐다보았다. 머리를 뒤로 묶고 작업 중인 가노의 얼굴에도 피로가 배어 있었다.

"한번 보십시오."

다치바나는 이걸로 몇 개째일지 모를 인공판막 시제품을 쓰쿠다에게 내밀었다.

새끼손가락이 들어갈락 말락 하는 시제품은 더블라셀이라는 고도의 기술을 사용해 짠 사쿠라다의 의료용 섬유에 감싸여 있었다. 매듭은 돋보기 없이는 보이지도 않을 만큼 촘촘했고, 들쭉날쭉 성긴 곳도 없었다.

"매듭을 좀 더 촘촘하게 만들고 싶다더군요. 체내에서 세포가 침투해서 결합하려면 그 편이 나을 거라고 이치무라 교수님이 충고하셨다고 합니다."

"그렇군."

다치바나는 테이블에 쌓여 있는 실험 데이터를 쓰쿠다에게 보여주었다.

"생체 적합성은 해결될 전망이 섰습니다. 남은 건 판막엽에 관한 아이디어, 수술시 조작성 문제, 그리고 혈전 대책이로군요."

"혈전은 약으로 녹일 수 있지 않나?"

말하고 나서야 그 정도는 이치무라와 이미 검토했으리라는 데 생각이 미쳤다.

"항응고 요법으로 어느 정도는 대응할 수 있을 겁니다. 하지만 약은 평생 먹어야 하고, 실수로 먹는 걸 깜빡할 수도 있으니까요. 역시 혈전이 생기지 않는 구조를 찾아내는 게 최고겠죠."

다치바나의 표정에서 고뇌마저 묻어났다. 끈기 있고 타협하지 않는 성격이기에 고민하고 있는 것이다.

"개발에는 꼭 그런 블랙박스가 있지."

쓰쿠다는 말했다. “이론과 수식으로 해결할 수 있는 부분은 사실 쉬워. 하지만 가다 보면 그런 걸로는 해명이 불가능한 부분이 남게 돼. 그럴 때는 시제품을 열심히 쌓아올리는 수밖에 없어. 만들어서 시험하고 또 만든다. 계속 실패할지도 몰라. 하지만 독자적인 노하우는 그렇게 노력하는 과정에서 생겨나는 거야.”

쓰쿠다는 묵묵히 귀를 기울이는 다치바나와 가노에게 힘주어 말했다. “요령 부리지 마. 머리가 좋은 사람일수록 고생하지 않고 편하게 해치우려는 경향이 있는데, 그럼 안 돼.”

두 사람은 아무 대답도 없었다. 쓰쿠다의 말을 머릿속으로 되새기며 나름대로 받아들이려는 침묵이 작업 테이블을 감쌌다.

## 5

주식회사 사쿠라다는 후쿠이역에서 택시로 20분 걸리는 우회도로 옆 공장단지 안에 있다.

일심동체라 할 수 있는 모회사 사쿠라다편직은 창립된 지 반세기도 넘는다. 3천 평의 본사 사옥은 15년 전에 새로 지어 비교적 신식이지만, 원래는 메리야스•를 제조하는 회사로 2차 세계대전 전에 창립됐다. 전쟁 때 본사 사옥이 불탔지만 고도 성장기를 비롯해 몇몇 호황과 불경기의 거센 파도를 오로지 견실한 경영으로 넘어온 향토 우량기업이다.

• 면사나 모사로 촘촘히 짠 신축성 있는 직물의 총칭.

자회사인 사쿠라다는 사장 사쿠라다 아키라를 제외하면 정규직으로 일하는 직원이 하나밖에 없는 구멍가게다. 경리 등의 사무와 편직기를 다루는 전문적인 업무는 전부 모회사의 기술자들이 겸하고 있다. 설립하고 다섯 분기 동안 결산은 늘 적자였다. 자본금 3천만 엔은 이미 다 까먹었고, 작년에 모회사가 5천만 엔을 증자해 겨우 연명하고 있는 상황이다.

문을 두드리는 소리가 나더니 동생 쓰토무가 딱딱한 표정으로 사무실에 들어왔다.

"형, 할 말이 좀 있는데."

안 그래도 올 것 같았다. 이날 아침 주식회사 사쿠라다에 5천만 엔을 추가로 출자해달라는 서류를 모회사 사쿠라다편직에 제출했기 때문이다.

"대체 얼마를 들이부어야 직성이 풀리겠어?"

냉정한 말투였지만 가슴속에 화가 그득하다는 걸 알 수 있었다. "지금까지 돈을 그만큼 쏟아부어서 올린 성과가 있어? 아무것도 없잖아. 이쯤에서 매듭지어야 하지 않을까?"

"지금 드디어 개발이 궤도에 오른 참이야. 조금만 더 기다려주면 안 될까?"

사쿠라다가 애원했지만 쓰토무는 납득하는 기색이 아니었다.

"조금만 더, 조금만 더, 만날 그 소리지!"

쓰토무는 무뚝뚝한 말투로 분노를 토로했다. "이번 5천만 엔을 포함하면 총 1억 3천만 엔이나 뜬구름 잡는 사업에 처박은 셈이야. 본업으로 그만큼 벌기가 얼마나 힘든지 형도 잘 알잖아."

직원들 앞에서는 사쿠라다를 회장님이라고 부르지만 아무도 없을 때는 형이다. 그리고 그럴 때야말로 진심이 나온다.

"물론 알다마다. 하지만 봐봐."

사쿠라다는 책상에 놓여 있는 최신 시제품을 쓰토무에게 보여주었다. "착착 완성돼가고 있어. 어린아이의 심장에 적합한 인공판막이야. 아직 해결해야 할 과제는 있지만, 이걸로 수많은 심장판막증 환자를 구할 수 있다고. 궤도에 오르면 틀림없이 수익도 날 거야."

가만히 귀를 기울이고 있던 쓰토무는 눈을 감고 깊은 한숨을 내쉬더니 다시 눈을 뜨고 사쿠라다를 바라보았다.

"저기, 형. 지금 본사 내부에서 형의 사업에 대한 불만이 이만저만 아니야. 알아?"

물론 사쿠라다도 그런 소문은 들었으니 모르지는 않는다.

"우리가 아무리 피땀 흘려 벌어봤자 의료기기 개발로 사라진다는 불만과 비판이 늘어나서, 직원들 사기에까지 영향을 주고 있다고."

쓰토무는 사쿠라다가 테이블에 내려놓은 가우디 시제품을 손가락으로 집어 들고 말을 이었다. "장기적으로 보았을 때 인공판막에 가능성이 있다는 건 알아. 하지만 지금 문제는 현시점에서의 사업 가능성이야. PMDA와의 사전면담도 문전박대나 마찬가지였잖아. 솔직히 이 인공판막이 의료기기로서 인정받을 가능성이 있기는 해?"

"요전번 면담은 상대가 너무 안 좋았어. 하지만 시제품은 나쁘지 않아. 어떻게든 반드시……."

설명하는 사쿠라다를 향한 동생의 시선은 싸늘하기 그지없었다.

"그런 애매모호한 말로는 직원들을 이해시킬 수 없어, 형."

쓰토무는 매섭게 말한 후 "이번 5천만 엔이 마지막이면 좋겠어" 하고 최후통첩을 날렸다.

"이번에는 어떻게든 돈을 마련해줄게. 하지만 그걸 다 쓸 때까지 눈에 띄는 진전이 없으면 더 이상은 안 돼."

"눈에 띄는 진전이라니, 그게 뭔데?"

사쿠라다의 목소리는 굳은 심지 없이 뻥 뚫린 구멍 같았다.

"직원들을 납득시킬 만한 진전이야."

쓰토무가 말했다. "형이 키운 직원들이잖아. 어떤 성과가 있어야 직원들이 납득할지는 형이 제일 잘 알겠지. 지금 상태로는 납득시킬 수 없다는 것도."

형제 사이에 침묵이 가로놓였다. 사쿠라다는 깊은 한숨을 길게 내쉬며 의자 등받이에 몸을 기대어 멍한 시선을 천장에 던졌다.

"저기, 형."

쓰토무가 사쿠라다에게 다시 말을 걸었다. "형 마음은 잘 알아. 유이에게 속죄하려는 마음을 왜 모르겠어. 하지만 인공판막 개발에 아무리 매진해봤자 유이는 돌아오지 않아. 형, 형은 지금 비즈니스의 본질을 잊어버린 거라고."

유이는 죽은 사쿠라다의 딸이다.

사쿠라다는 대답 없이 공허한 표정을 지었다. 아니, 대답할 수 없었다. 쓰토무의 말은 시든 나뭇잎처럼 사쿠라다의 가슴속 깊은 곳에 떨어져 내렸다.

"형이야 돈은 문제가 아니라고 생각하겠지. 사업을 진행해 인공판막을 개발하는 것만이 유이를 애도하는 길이고, 그걸 위해서는 뭘 해도 정당하다고 착각하는 거 아니야? 하지만 이건 사업이야. 형이 쓰는 돈은 직원들이 피땀 흘려 벌어들인 돈이라고. 죽어라 고생해 가족들을 부양하는 직원들이 말이야. 그들에게 생명을 구하기 위해서라면 손해를 봐도 상관없다는 발상은 통하지 않아. 제발 정신 좀 차려."

쓰토무는 하소연하듯 말했다. "무슨 일이든 물러날 때를 알아야 하는 법이잖아."

사쿠라다는 입을 다문 채 눈을 감았다. 잠시 후 쓰토무가 일어나서 방을 나가는 소리가 들렸다. 그래도 사쿠라다는 눈을 감은 채 미동도 없이 생각에 잠겨 있었다.

## 6

실험 소견을 정리했을 때는 이미 오후 8시가 지난 뒤였다.

주식회사 사쿠라다의 주도하에 쓰쿠다제작소가 제작하는 인공판막 시제품으로 진행하는 실험은 그야말로 시행착오의 연속이었다. 어딘가에 해답이 있겠지만 언제까지 계속해야 해답에 도달할 수 있을지는 아무도 모른다.

이치무라는 배가 고팠지만 밖에 사 먹으러 나갈 기분이 들지 않아 연구실 구석에 있는 냉장고에서 캔 맥주를 꺼내서 땄다.

의자에 살짝 걸터앉아 창밖을 멍하니 바라보며 맥주를 마시고 있으니 단편적인 기억들이 차례차례 머릿속에 떠올랐다가 사라졌다. 기후네와의 사제관계, 대학에서의 입장, 의학계에서의 있으나 마나 한 지위, 개발을 둘러싼 잡음.

전부 답답한 일뿐이다. 이럴 바에야 전부 때려치우고 개인병원이라도 개업하는 편이 훨씬 편하지 않을까 싶기도 하다.

"교수님, 퇴근 안 하세요?"

맥주 한 캔을 순식간에 비우고 한 캔을 더 땄을 때 비서 나카노 아야가 말을 걸었다.

"뭐야, 자네도 있었나?"

이치무라는 의자 등받이에 등을 기대고 바닥에 쌓인 골판지박스에 두 발을 올린 자세로 말했다. 나카노가 재빨리 이치무라와 캔 맥주를 번갈아보고 물었다.

"어쩐 일이세요, 교수님. 피곤해 보이시는데요. 실험은 어떠셨어요?"

"실패."

이치무라는 한숨을 크게 내쉬고 말했다. "한없는 수렁이로군. 이건 옛날 노래의 한 소절이던가. 뭐, 나도 비슷한 상황이야."

"교수님이 그런 말씀을 하시다니 웬일이세요."

눈이 동그래진 나카노에게 이치무라는 물었다.

"나카노. 의학이란 대체 뭘까?"

"뜬금없이 무슨 말씀이세요?"

나카노는 웃었지만, 성실한 성품답게 바로 웃음을 거두고 진지하게 생각에 잠겼다.

"그야 역시 병으로 힘들어하는 사람을 구하는 학문 아닐까요?"

아주 당연하다는 듯한 답변이었다.

"하지만 의학계에서 실제로 무슨 일이 일어나고 있는지 봐."

이치무라는 말했다. "남의 공로를 가로채고, 사람 목숨을 구하려는 노력을 온갖 수단으로 방해하려 들지. 환자의 생명보다 자기 지위와 자존심을 훨씬 중요하게 여긴다니까."

"하지만 그런 건 환자가 없는 곳에서만 통용되잖아요."

나카노가 재미있는 소리를 했다. "정치인처럼 물밑 공작에 뛰어난 의사도, 돈벌이를 좋아하는 의사도 인명을 앞에 두면 어떻게든 구하려고 하죠. 그런 게 의사 아닌가요? 의학계의 명성이고 지위고 결국 자기만족을 위한 장신구예요. 의사는 환자와 마주했을 때 의사로서 본분을 다해야 한다고 생각해요."

허를 찔린 나머지 이치무라는 아무 대답도 하지 않았다. 아니, 하지 못했다. 확실히 맞는 말이라고 생각했기 때문이다.

나카노는 말없이 고개를 꾸벅 숙이고 문가에서 모습을 감췄다. 이윽고 연구실에서 나가는 기척이 났다.

그렇다. 지금 내가 싸우고 있는 건 명예나 돈을 위해서가 아니다. 환자를 위해서가 아닌가. 그렇다면 이 인공판막을 하루라도 빨리 세상에 내놓는 것, 그게 바로 내가 할 일이다. 알고 있었으면서, 경멸했으면서 나 또한 '장신구'에 얽매여 있던 것은 아닐까.

"이런 머저리 같으니라고."

이치무라는 그렇게 중얼거리고 이마를 손가락으로 꾹 눌렀다.

얼마나 그러고 있었을까, 이치무라는 책상에 놓아둔 휴대전화를 집어 기후네의 전화번호를 찾았다. 망설인 끝에 발신 버튼을 누르려고 했을 때, 갑자기 휴대전화가 울리기 시작했다.

"네."

전화를 받자 쓰쿠다의 목소리가 들렸다.

"늦은 시간에 죄송합니다. 좀 상의드릴 일이 있어서요."

## 7

오랫동안 연구개발에 매달려온 쓰쿠다제작소는 그날 드디어 성과를 하나 얻었다. 쓰쿠다와 야마사키, 그리고 엔진 밸브 개발 멤버가 씨름해온 '그 건', 새로운 기술이 완성된 것이다.

오후 3시경, 재미있는 걸 보여드릴 테니 한번 놀러 오시지 않겠느냐는 쓰쿠다의 연락을 받고 데이코쿠중공업의 자이젠은 쓰쿠다제작소를 방문했다.

"이건 뭡니까?"

기술개발부 실험 부스에서 시제품을 보고 자이젠은 눈이 휘둥그레졌다.

얼핏 보기에는 내부가 텅 빈 합금통이지만 과연 이게 무엇인지는 전혀 상상이 가지 않았다.

"분쇄기 시제품입니다."

쓰쿠다의 설명에 자이젠은 허를 찔린 것처럼 어리둥절한 표정으로 쓰쿠다의 다음 말을 기다렸다.

"그간 수소엔진 내부 밸브 시스템에서 발생하는 문제를 해결하기 위한 대책을 부심해왔는데요. 바로 이게 그 해답 중 하나라고 해도 되겠죠. 엔진 내부에 있는 다양한 부품에서 벗겨지고 떨어지고 깎여나간 이물질이 밸브에 들어가서 오작동을 일으키기 전에 센서로 탐지해 분쇄한다, 그게 이 분쇄기의 콘셉트입니다. 백문이 불여일견이라 했으니 실제로 해보죠."

쓰쿠다가 신호를 보내자 자이젠이 보고 있는 앞에서 은색 통과 접속된 실험 유닛의 스위치가 켜졌다.

"지금 수소엔진 내부와 비슷한 환경에서 연료가 이 밸브 속을 통과하고 있는 상황입니다. 여기에 오작동을 일으키는 원인이 되는 이물질을 넣어보겠습니다. 보통은 밸브에 걸리겠지만 이번에는 다릅니다."

자이젠 앞에서 뭔가에 반응한 것처럼 갑자기 분쇄기가 가동됐다. 실험 유닛의 스위치가 꺼진 후 분쇄기 뒤쪽에 달린 실험용 탱크를 떼어냈다. 스코프를 받아 들여다본 자이젠은 가슴을 들썩이며 조용히 숨을 들이마시다가 "어떻게 이게 가능한 거죠?" 하고 물었다.

"센서 덕분입니다."

야마사키가 대답했다. "엔진 내부를 흐르는 액체에 이물질이 섞였을 경우, 그걸 탐지하는 신형 센서를 동시에 개발했거든요. 분쇄기 정밀도를 마이크로미터 단위로 설정 가능하도록 개발에 박차를 가하고 있습니다."

"재미있군요."

자이젠이 감탄한 표정으로 말했다.

"아직 시험 단계라 앞으로 어떻게 될지는 모르지만, 연구를 진행해 밸브 시스템 위쪽에 장착하면 밸브 오작동을 막아줄 뿐 아니라 엔진을 보호하는 효과도 있을 겁니다."

그렇게 답한 쓰쿠다는 "자, 구경은 이쯤 하고, 오늘 와주십사 한 이유는 이겁니다" 하며 작업 테이블에 조심스레 얹어놓은 시제품을 가리켰다.

새로운 밸브다.

로켓엔진용 밸브지만 예전 제품과는 미묘하게 모양이 달랐다.

"밸브 시스템의 기본적인 구조는 동일하지만, 기존 제품보다 20퍼센트 가벼워졌고, 내구성은 두 배로 강해졌습니다."

"이거 설마 손으로 깎은 건 아니겠죠?"

정신없이 들여다보며 물어보는 자이젠에게 쓰쿠다는 웃으며 "물론 손으로요" 하고 답했다.

"믿기지가 않는군."

"기계라고 꼭 정확하고, 사람이라서 꼭 정밀도가 떨어지는 건 아닙니다."

야마사키의 말에서 기술 개발자의 긍지가 묻어났다.

"아까 그 분쇄기도 좋았습니다. 발상이 재미있다고 할까, 재치가 느껴지네요."

성과를 한차례 확인한 후 사장실 소파에 앉은 자이젠은 만족스럽게 고개를 끄덕였다. "저희도 저런 시제품을 만들어보고 싶지만, 솔직히 무리입니다."

"대신에 사야마제작소와 공동개발을 하신다고 들었는데요."

쓰쿠다가 툭 쏘듯이 말하자 "뭐, 이런저런 사정이 있어서요" 하고 자이젠도 떨떠름한 표정을 지었다.

"엔진 연소 시험을 일주일이나 앞당기다니, 별로 공정하지 못한 것 같습니다만."

"미안합니다."

쓰쿠다가 점잖게 항의하자 자이젠은 사과했다. "프로젝트 관리가 허술했던 건 반성합니다. 하지만 밸브가 완성됐으니 일정에는 차질이 없을 거라 봐도 될까요?"

"아마 현재 상태 그대로 납품할 겁니다."

자이젠은 쓰쿠다의 대답에 안도하는 표정을 지었다.

"아까 그 분쇄기 말인데, 실제로 실현될 가능성은 어느 정도입니까? 혹시 가능하다면 저희와……."

"공동으로 개발하자고요?"

자이젠의 속내를 읽어낸 쓰쿠다는 "데이코쿠중공업에서 그 기술에 흥미가 있으시다면 얼마든지요" 하고 긍정적으로 답한 후 덧붙여 말했다. "다만, 저희도 부탁이 하나 있습니다."

"부탁이요?"

"귀사에 의료 부문이 있죠?"

쓰쿠다는 웃음을 지운 자이젠에게 물어보았다.

자이젠이 의아한 표정을 지었다.

"있기는 한데, 그건 왜요?"

"지금 저희가 손대고 있는 개발 안건을 지원해주셨으면 해서요. 금액으로 따지면 우주항공개발비와는 비교도 안 될 겁니다. 그게 분쇄기를 공동개발하는 조건입니다."

"개발 안건이라니 대체 뭡니까?"

쓰쿠다는 작업복 호주머니에서 플라스틱 케이스를 꺼내 안에 들어 있는 물건을 테이블에 내려놓았다.

"이것이 그 시제품입니다. 심장 수술에 사용하는 인공판막이에요."

전문 분야가 아닌 만큼 자이젠도 인공판막을 본 건 처음일 것이다. 개발 상황을 설명하자 자이젠은 놀랐다.

"이게 그렇게 어렵다니……."

"저희 쪽 젊은 기술자들이 분투하고 있습니다."

쓰쿠다는 말했다. "개발에 성공하면 심장병으로 고생하는 수많은 환자, 특히 어린아이들을 구할 수 있어요. 도와주시겠습니까?"

"의료기기라……."

과연 뛰어난 판단력을 지닌 자이젠답게, 한순간에 이 사업의 위험성을 꿰뚫어본 것처럼 말했다. "솔직히 말씀드리자면 그렇게 간단한 일은 아닙니다. 저희 의료 부문의 주력은 검사기기지 몸에 직접 작용하는 의료기기가 아니라서요."

"간단하지 않다는 건 잘 압니다. 그래서 이렇게 부탁드리는 겁니다, 자이젠 씨."

쓰쿠다는 자이젠을 똑바로 쳐다보며 말했다.

"부디 도와주십시오. 이렇게 부탁드립니다!"

말을 마치자마자 쓰쿠다는 테이블에 손을 짚고 머리를 깊이 숙였다.

6장

# 첫 번째 임상시험

# 1

"스톱! 스톱!"

유리 너머로 실험 상황을 지켜보던 나카자토는 밸브에 이상이 생겼음을 알아차리고 동료에게 소리쳤다. 검사기기에서 밸브 시제품을 꺼내 작업대로 옮기고 파손된 상태를 관찰했다.

사야마제작소로 이직한 지 두 달이 다 되어간다. 어느덧 해가 바뀌어 2월 중순이다.

그동안 나카자토는 니혼클라인에서 의뢰한 밸브의 시제품을 만드는 데 매진했다. 인공심장 코어하트에 채택될 부품이다.

내구성을 높여라. 그 명확한 과제가 지금 나카자토에게는 넘을 수 없을 만큼 높은 벽으로 보였다.

특수한 코팅, 소재 특성과의 싸움.

안 될 리가 없는데 안 된다.

"뭐야, 또 실패야?"

짜증과 멸시가 담긴 목소리가 들렸다. 어디서 보고 있었는지 뒤에서 나타난 쓰키시마가 파손된 밸브를 내려다보며 "대체 언제쯤 완성되는 거야?" 하고 나카자토에게 물었다.

대답할 수 없는 질문이었다. 대답은커녕 나카자토 본인이 제일 알고 싶을 정도였다.

대체 언제쯤 시제품은 완성될까.

"자네, 쓰쿠다제작소에 있었잖아. 그럼 이런 일에는 도가 텄을 텐데. 애당초 자네가 설계한 밸브잖아."

동료 요코타 노부오가 안 듣는 척하면서 귀를 기울이고 있었다. 요코타는 개발부에서 이른바 창가족•이다. 자기 나름대로 경력을 쌓았지만 현재 담당 프로젝트 없이, 다른 개발부원의 보조 업무를 하며 지내고 있다.

나카자토는 은근히 놀란 얼굴로 이쪽을 바라보는 요코타에게 흘끔 시선을 주고 나서 "죄송합니다" 하고 사과했다.

이 밸브는 니혼클라인이 설계해 사야마제작소에 시제품 제작을 의뢰한 것으로 되어 있다. 표면상으로는. 그 거래에 이면이 있다는 사실을 요코타는 모른다. 쓰키시마의 부주의한 말 한마디 때문에 비밀이 들통나면 어쩌나 마음을 졸이며 나카자토는 망가진 밸브를 내려다보았다.

이 밸브 시스템의 구조 자체는 낯설지 않았다. 쓰쿠다제작소에서 제조된 것이기도 하기 때문이다. 차이라면 쓰쿠다제작소의 밸브는 좀 더 컸다는 것이다. 덧붙여 소재도 다르다.

"소재의 특성을 파악하기가 쉽지 않아서요."

• 기업에서 한직으로 몰린 직원을 가리키는 말. 주로 창가 쪽 자리에서 시간을 보내는 모습에서 유래했다.

"변명하면 쓰나."

쓰키시마는 어쩐지 어린아이를 야단치는 투로 말했다. "자네는 이 밸브를 만들기 위해 여기 있는 거야. 우리 회사는 결과가 전부라는 거 알 텐데. 자네가 내놔야 하는 결과는 이거라고, 이거."

쓰키시마는 밸브를 가리키며 "알겠어?" 하고 고개를 삐딱하게 기울이고 물었다.

그건 안다.

나카자토는 반론을 꿀꺽 삼키고 입술을 깨물었다. 그리고 최근 두 달간 수없이 고개를 쳐든 감정을 애써 부정했다. 내가 정말로 시제품을 만들 수 있겠느냐는 불안감이다.

쓰쿠다제작소에 있던 시절에 나카자토는 늘 자신감이 넘쳤다. 밸브 시스템 개발 현장에 있는 누구보다도 머리가 비상하다고 자부했다. 선배들이 멍청해 보였고, 후배들은 질문과 행동을 통해 스스로 무능함을 증명하는 것처럼 느껴졌다.

나는 이 중에서 제일 머리가 좋다. 나카자토는 그렇게 믿어 의심치 않았다. 맡겨만 주면 아무리 어려운 시제품이라도 척척 개발해서 실적을 올릴 수 있을 텐데. 그러한 자신감과 실제 대우의 격차에 불만을 품었다.

솔직히 니혼클라인의 밸브 시스템 때문에 설마 이렇게까지 고전할 줄은 몰랐다.

주어진 과제의 목표와 의의는 충분히 이해하고 있다.

하지만 가령 시제품을 100개 만들어서 검사한다고 치자. 그러면 요구되는 내구성을 충족시키는 물건도 있는 한편, 무슨 이유로든 파손되거나 작동이 불안정한 물건도 몇 개 나온다. 의료기기 부품에 안정성 문제는 치명적이다.

"하나 더 해보자."

실험에 배정된 팀원들이 노골적으로 싫은 표정을 지었다.

"또요?" 그런 목소리가 들렸다.

"미안해. 그리고."

나카자토는 제조부에 있는 성형설비를 슬쩍 쳐다보고 다소 조심스레 물었다. "시제품 성형의 정확도 말인데."

"이런, 이런, 그건 아니지."

담당 시모에다가 눈에 쌍심지를 켰다. 나카자토보다 직급은 아래지만 나이가 많다.

"우리는 팀장이 지정한 대로 했을 뿐이니 남 탓은 하지 마. 성형은 한 치의 어긋남도 없이 정확해. 만약 불량이 나온다면 설계가 개판이든지 소재에 문제가 있는 거야."

나카자토는 불쾌해서 속이 뒤틀리는 것 같았다. 사야마제작소는 만사가 이 모양이다. 결코 자신의 잘못을 인정하려 들지 않고 작은 트집거리라도 있으면 남의 탓으로 돌린다.

상태를 봐가며 깎을 듯 말 듯 미세하게 조정해 만드는 쓰쿠다제작소에서는 이런 갈등이 거의 없었다. 쓰쿠다제작소에서 제조부 기술자들과 개발 담당자는 이인삼각으로 시제품을 만들었다. 그들은 프로인 동시에 동료였다. 실수를 하면 실수라고 인정했고, 하물며 남의 탓으로 돌리는 일은 없었다.

쓰쿠다제작소가 장인의 영역에 도달한 기술자들이 감각과 감성, 손대중같이 애매한 요소를 요긴하게 활용한다면, 사야마제작소는 그 정반대다. 사람의 능력을 의심해 오로지 최신식 설비의 성능에만 의존한다.

"품질이 안정적이지 못한데, 뭔가 짚이는 부분 없나?"

누구에게랄 것도 없이 물어보았지만 "알 게 뭐야"라는 무관심한 말만 되돌아왔다. "그걸 생각하는 게 팀장이 할 일이잖아."

여기에 남에게 마음을 써줄 만큼 여유 있는 사람은 없다.

거대한 공장에서 각자 자신의 부스에 틀어박혀 오로지 성과를 얻으려 주어진 과제에 몰두한다. 살벌한 실력지상주의의 세계다.

나카자토는 되돌아가려다 벽에 설치된 선반 앞에 멈춰 섰다. 니혼클라인에 납품하는 제품을 두세 개 들고는 "이거 참고 좀 할게. 괜찮지?" 하고 뒤쪽에 확인했다.

관리 담당자가 대답 대신 귀찮다는 듯 오른손을 드는 걸 보고 부스로 돌아와 시제품을 면밀히 점검했다.

보증기간 90일과 180일. 이 사이에는 눈에 보이지 않는 거대한 벽이 있다. 과연 그건 무엇일까?

나카자토는 실험용 부스로 가서 제품 하나를 검사기기에 세팅하고 자기 책상으로 돌아와 실패한 시제품의 파손 상태를 다시 자세히 관찰했다.

정말 설계도대로 정확하게 만들었을까?

부정당했지만 나카자토는 그게 의심스러웠다.

파손된 부품과 설계도를 노려보며 끙끙대고 있으니 시간이 훌쩍 지나갔다.

검사기기에서 울린 경보가 생각의 밀림 속을 방황하던 나카자토를 현실로 되돌려놓았다. 부랴부랴 실험용 부스로 향했다.

검사기기에 세팅한 제품을 들여다본 나카자토는 자신의 눈을 의심했다. 비정상 수치가 나왔기 때문이다.

기재 스위치를 끄고 밸브를 꺼내 뚫어져라 바라보았다.

"어떻게 된 거야, 이거……."

지금 손에 들고 있는 건 자신이 만든 시제품이 아니다. 이미 니혼클라인에 납품 중인 제품이었다.

## 2

연락을 받았을 때 아시아의과대학의 마키타 에이스케는 롯폰기의 어느 바에서 술을 마시고 있었다.

예전에 같은 대학 연구실에 있었던 동료가 지방에서 올라왔다기에 오후 7시에 아카사카의 초밥집에서 저녁을 먹은 후 택시를 타고 단골 가게로 왔다.

"아, 미안."

마키타는 병원에서 지급받은 휴대전화를 호주머니에서 꺼내며 자리에서 일어섰다. 전화가 끊기지 않도록 도중에 통화 버튼을 누르고 가게 밖으로 나왔다.

"환자의 상태가 급변해서요. 고니시 사토루 씨입니다. 지금 당직 가사이 선생님이 대처하고 있는 중입니다."

"심장혈관외과 닥터는 없나?"

마키타가 물었다. 가사이는 수련의인 데다 심장 전문도 아니다.

"죄송합니다. 아무도 안 계세요."

"알았어. 지금 가지."

마키타는 손목시계를 들여다보았다. "20분쯤 걸릴 거야. 경과를 수시로 보고해줘."

통화를 마치고 일단 안으로 돌아가 동료에게 사정을 설명한 후 가게를 뛰쳐나왔다. 택시를 잡아타고 아시아대학병원으로 가달라고 한 다음 마키타는 작게 혀를 찼다.

마키타가 담당하고 있는 환자 고니시 사토루는 심부전으로 심장이식을 기다릴 수밖에 없는 중증환자다. 지난주에 환자 본인과 가족의 동의를 얻어 코어하트를 장착했다.

즉 임상시험을 받은 첫 번째 환자다.

4년이나 공들인 끝에 겨우 임상 단계로 이행했다. 무슨 일이라도 생기면 골치 아프다.

설마 인공심장에 문제가 생긴 건 아니겠지.

바로 또 연락이 왔다.

"지금 가사이 선생님이 심장마사지를 하고 있습니다."

"멍청아, 미쳤냐!"

마키타는 택시 뒷좌석에서 저도 모르게 고함을 버럭 질렀다. "인공심장을 장착한 환자라고. 대체 무슨 짓이야! 당장 중지시켜!"

갑자기 상태가 급변해 심장이 멎었을 가능성이 있다. 하지만 인공심장 이식환자에게 흉부를 압박하는 마사지는 절대 금물이다.

"미시마 선생님의 지시로……."

연락한 간호사의 목소리가 떨렸다. 미시마는 가사이의 지도교수니까 어떻게 대응하면 좋을지 가사이가 물어본 것이리라.

"환장하겠네! 미시마에게 인공심장 이식환자라고 전달했어?"

마키타는 다시 고함을 질렀다.

"확인해보겠습니다."

대답과 함께 전화가 끊겼다.

택시 앞 유리창으로 아시아대학병원이 보였다. 택시가 응급실 입구에 멈추자 마키타는 5천 엔짜리를 내밀고 거스름돈도 받지 않은 채 택시를 뛰쳐나갔다.

## 3

"이번 일은 불행한 사고야."

그게 기후네의 입에서 나온 첫마디였다.

마키타가 달려갔을 때는 이미 심장에서 대량 출혈이 발생한 뒤였다. 급히 수술에 들어가 가슴을 열어봤지만 어떻게 손쓸 방도가 없는 상황이었다.

원인은 비전문 의사의 초기 대응 실패다. 심장마사지로 압박이 가해져 인공심장 코어하트의 일부가 파손됐다. 또한 심장마사지를 지시한 의사는 환자가 인공심장을 이식받았다는 사실을 전달받지 못했다.

"환자 상태가 급변했다고는 하나, 적절한 초기 대응을 지시해 두지 않은 건 마키타, 자네 책임이야."

기후네의 지적에 마키타는 아무 대꾸도 못 하고 그저 입술만 깨물었다.

"유족이 원인 규명을 요청했으니, 사후조치에 힘을 다해야 하지 않겠습니까?"

사무장 마스다 미노루가 머뭇머뭇 발언했다. 병원 내부의 위계 조직에서 사무 분야의 지위는 아주 낮다. 의사에게는 절대 참견하지 않는다는 풍조가 있는 가운데 작심하고 발언한 것이다.

"최적이라고는 할 수 없는 조치도 있었지만, 이번 일은 어디까지나 중증 심부전 때문에 벌어진 거야. 가령 최선의 조치를 취했더라도 결과는 똑같았어. 물론 코어하트와는 무관하고."

기후네는 그렇게 단언한 후, 마스다에게 이게 결론이라는 투로 말했다.

"유족에게는 마키타 선생이 그렇게 설명할 걸세."

"병원에 조사위원회를 설치하라는 둥 이것저것 요구사항이 많은데요."

아주 까다로운 유족인지 마스다는 그래도 입을 열었다.

"조사는 했지만 병원 쪽에 의료사고에 해당할 만한 과실은 딱히 없었어."

기후네는 딱 잘라 말하고 반대 의견이 있느냐는 듯이 원내 의료대책실에 긴급 소집된 사람들을 둘러보았다.

환자가 사망했다는 눈앞의 현실에 이유를 갖다 붙이기 위한 자리이기는 하지만, 어떻게 해도 죽은 사람이 살아 돌아오지는 않으므로 그저 답답한 분위기가 흘렀다.

회의 석상 한쪽 구석에서 마키타는 미동도 없이 고개를 푹 숙이고 있었다.

—자네 책임이야.

그 한마디가 마음속에 무겁게 가라앉았고, 다양한 생각의 파편이 머릿속을 어지러이 맴돌았다.

심부전이 심각해 환자가 늘 생사의 경계선에 서 있었던 건 사실이다. 그렇다고 경험이 부족한 의사의 심장마사지를 용인하고 넘어갈 줄은 몰랐다. 위급시를 대비해 지시를 해두지 않은 게 문제라는 기후네의 지적은 그저 핑계일 뿐, 이번 사망사고의 책임을 마키타에게 떠넘기기 위한 방편에 불과하다.

그리고 이 자리의 누구도 입에 담지 않았지만 이 사건에는 짚고 넘어가야 할 사항이 하나 더 있지 않은가?

코어하트의 결함 문제다.

임상시험 중인 인공심장의 가동 데이터는 제삼자인 평가기관이 객관적으로 모니터링한다. 이번에는 초기 대응 실수로 기기가 파손됐으니 코어하트의 신뢰성을 판단하는 객관적인 데이터에서 제외해달라고 기후네가 PMDA에 신청했다. 분명 받아들여질 것이다.

"이봐, 마키타 선생."

회의가 끝난 후 마키타를 불러 세운 기후네의 얼굴에는 분노가 서려 있었다. "첫 번째 임상시험이 얼마나 중요한지는 자네도 잘 알 텐데."

기후네는 마키타의 가슴께를 삿대질하며 들으라는 듯이 비난을 퍼부었다. "자네가 어설프게 대응하는 바람에 모두가 피해를 봤다고. 정말 한심스럽군. 환자의 생명을 책임지는 의사로서 실격이야. 이번 같은 일이 다시는 일어나지 않도록 앞으로 정신 똑바로 차리게. 알겠나! 이런 황당한 일이 생길 줄이야."

모두가 발을 멈추고 기후네의 질책을 받는 마키타를 멀찍이서 바라보았다.

"죄송합니다."

사람들의 시선을 느끼며 마키타는 사죄하는 수밖에 없었다. 이것은 동시에 이번 사건의 책임을 혼자 짊어지겠다고 선언한 것이나 마찬가지였다.

"마키타 교수님."

기후네를 배웅하고 무거운 발걸음으로 연구실에 돌아가려는데 마스다가 쫓아왔다.

"교수님께서 유족분들께 설명해주시는 거죠?"

"아아, 물론입니다."

마스다가 안도한 표정을 짓는 것과는 반대로 마키타의 가슴속에는 묵직한 납덩이가 가라앉았다. 유족과는 환자가 사망했을 때 이미 이야기를 나누었다. 서른여섯 살의 아내와 일곱 살짜리 딸이 하나. 부모님도 둘 다 건재한데, 환자가 사망한 후 병원의 대응에 항의하고 나선 건 공무원으로 일하다 퇴직한 아버지 쪽이었다.

"오늘 오후 2시에 오시겠답니다."

"알겠습니다."

어떻게 설명해도 수긍하지 않으리라. 그런 무력감이 마키타를 좀먹었지만 그렇게 대답할 수밖에 없었다. 수긍하지 못하는 상대에게 그저 병원의 견해를 끈질기게 되풀이해 말할 뿐이다. 상대의 마음이 풀릴 때까지.

마키타의 가슴속에서 지금까지 억눌러왔던 분노가 폭발했다.

"왜 내 탓이야?"

자존심 강한 마키타는 의료대책실에 모인 사람들 앞에서 대놓고 자신을 비난한 기후네를 용서할 수 없었다.

공은 전부 자신의 것. 불상사의 책임은 아랫사람에게 떠넘기고 방해가 되면 재빨리 잘라낸다. 이치무라에게 그랬듯이.

기후네는 이번 일에 나를 버리는 카드로 쓸 생각이다.

그리고 언젠가 나도 잘라낸다.

"난 이치무라와 달라. 잠자코 당할 줄 알았다면 오산이야."

혼잣말을 중얼거린 마키타는 책상 서랍에서 명함 한 장을 꺼냈다. 거기 적힌 번호로 전화를 걸고 통화연결음에 귀를 기울였다.

## 4

소식을 전한 건 그날 볼일이 있어 도쿄에 올라오는 김에 쓰쿠다제작소에 들른 마노였다.

"사망사고?"

쓰쿠다는 자기도 호쿠리쿠의과대학에서 연락을 받고 알았다는 마노의 얼굴을 뚫어져라 바라보다 "원인은 뭐야?" 하고 물었다.

코어하트가 드디어 임상시험 단계로 넘어갔다는 이야기는 들었다. 일감을 얻지는 못했지만 의료기기에 손을 대게 된 계기였던 만큼 쓰쿠다도 코어하트의 행보에 관심이 있었다.

"환자의 상태가 급격히 나빠져서 그랬다는 식으로 결론이 난 모양입니다."

마노는 뼈가 있는 말투로 대답했다.

"무슨 내막이라도 있나?"

쓰쿠다가 민감하게 눈치채고 물어보았다.

"아시아의과대학에 있을 때 같이 일했던 동료에게 들었는데, 위급 상황에서의 대응에 문제가 있었다더군요."

마노는 당직을 맡은 수련의가 어떤 실수를 했는지 설명했다.

"유족의 항의에 병원은 어떻게 나왔지?"

쓰쿠다가 재차 물었다.

"일축했답니다. 조사할 것도 없이 병원 입장에서 할 수 있는 범위에서 조치를 다 취했다면서요. 의료사고는 아니라고."

의료사고라면 당연히 병원 쪽에서 배상을 해야 할 가능성이 생긴다. 만에 하나 의료기기의 문제라면 배상책임 문제뿐 아니라 제조사가 두려워하는 비난 여론에 따른 피해로도 이어질 수 있다.

"유족이 납득하면 다행이겠지만……."

쓰쿠다는 진지한 표정으로 말한 후 "그런데 임상시험이었잖아" 하고 신경 쓰이는 점을 물었다. "환자가 그렇게 사망했는데 괜찮을까, 코어하트는?"

"기후네 교수가 있으니 PMDA와 교섭은 잘할 거라던데요."

마노도 그 사정까지는 자세히 모르는 듯했다.

"높으신 양반이 있으면 뭐든지 다 해결된다 그건가."

쓰쿠다는 언짢은 표정으로 "아무튼 남의 일이 아니로군" 하고 야마사키에게 말하다가 입을 다물었다. 야마사키가 고개를 숙인 채 복잡한 표정을 짓고 있었기 때문이다.

"왜 그래, 야마?"

"임상시험이라면 중증 심부전 환자 중에서도 비교적 안정적인 환자를 선택하지 않았을까 싶은데요."

쓰쿠다는 조용히 야마사키의 말에 귀를 기울였다.

"뭔가 다른 이유로 상태가 급변한 게 아닐까 싶기도 하네요."

"인공심장의 작동 불량 같은 거?"

쓰쿠다는 슬며시 말을 꺼냈다.

"과연 인공심장에 말썽은 없었는지 검증은 하고 있을까요?"

"인공심장의 결함에 관해서는 아무 언급 없었답니다."

마노의 대답에 야마사키는 입을 다물었다.

"마음에 걸려?"

"걸리네요."

쓰쿠다와 말을 주고받은 후 야마사키는 말을 이었다.

"인공심장의 결함 유무와는 별개로 마음에 걸리는 점이 하나 더 있어요. 사장님, 니혼클라인이 설계 변경을 요청했던 거 기억하시죠? 그때 설계도 보셨어요?"

뜻밖의 질문이었다.

"설계도?"

잠시 생각하다 쓰쿠다는 고개를 저었다. "보기는 봤지만 자세히는 안 봤어. 상대방이 꺼낸 조건을 듣고 피가 거꾸로 솟았거든. 자네는 봤어?"

야마사키는 고개를 끄덕였다.

"밸브 시제품을 수주했을 때 솔직히 설계가 그리 좋지는 않다고 생각했어요. 못 만들 건 없고, 수주한 이상 설계도대로 시제품을 제작하는 건 당연하지만, 생산을 전제로 한다면 이쪽에서 제안을 해볼까 싶어 하나 그려봤거든요. 사장님께도 한 번 보여드렸죠, 왜."

"아아, 그러고 보니 그랬었지."

사장실 소파에 앉아 있던 야마사키는 몸을 내밀고 말을 이었다.

"그거랑 니혼클라인 쪽에서 보여준 설계도가 똑 닮았습니다. 제가 그린 거랑요."

쓰쿠다는 놀라서 야마사키의 얼굴을 빤히 바라보았다.

"하지만 그 설계도의 밸브는 분명……."

"저도 세세한 부분까지 전부 확인한 건 아니에요. 하지만 그 정도까지 닮다니 우연일 리 없어요."

"저어, 그게 무슨 말씀인가요?"

두 사람의 이야기를 듣고 있던 마노는 아무래도 이해가 가지 않는다는 표정이었다. "야마사키 부장님이 그 설계도를 니혼클라인에 보여주신 건 아니잖아요. 그렇다면……."

"설마 싶지만 나카자토를 경유해서 흘러나간 게 아닐까 싶습니다. 데이터를 공유했거든요."

야마사키가 심각한 표정으로 쓰쿠다를 쳐다보았다.

"그거 기밀 누설 아닌가요?"

마노가 놀라서 말했지만 쓰쿠다도 야마사키도 묵묵부답이었다. "증거는 없습니까?"

"증거라고 해봤자 뭐" 하고 쓰쿠다는 탄식했다.

쓰쿠다제작소는 평소 데이터를 철저하게 관리하지만, 보안 시스템이 아무리 엄중해도 운용하는 쪽에 악의가 있으면 아무 소용없다. 아니, 그 이전에 나카자토에게 악의가 있었다고는 생각할 수 없었다. 아무리 불만을 품었다지만 그런 짓을 할 사람은 아니다.

"지식재산권 문제이니 가미야 변호사님께 상의하면 되겠군요, 사장님."

마노가 말했다. 가미야 슈이치는 지식재산 분야에서 국내 최고 수준의 변호사로, 쓰쿠다제작소의 고문변호사이기도 하다. 가미야 덕분에 얼마나 많은 난국을 타개해왔는지 모른다. 든든한 지원군이다.

"변호사님께 보고는 하겠지만, 법정으로 끌고 갈 생각은 없어."

쓰쿠다는 말했다.

"하지만 실제로 그것 때문에 손실을 입으셨지 않습니까?"

마노는 니혼클라인과의 거래에도 관여해서인지 납득하지 못하는 기색이었다. "하다못해 손해배상 정도는 염두에 두셔도 될 텐데요."

"아니, 그럴 필요 없어."

야마사키가 말했다. "만약 이 설계도대로 밸브를 만들고 있다면 우리로서는……."

"뭐, 그렇지."

말을 삼킨 야마사키를 보고 쓰쿠다가 고개를 끄덕였다. 마노는 영문을 모르겠다는 표정으로 고개를 기웃했다.

"저어, 죄송합니다. 무슨 이야기인지 통 모르겠는데요. 대체 뭐가 어떻다는 말씀이십니까?"

"마노, 실은 말이야."

쓰쿠다는 몸을 내밀고 자세한 이야기를 시작했다.

## 5

"예상치 못한 사고가 발생해 참으로 안타깝기 그지없습니다."

눈살을 모은 채 위로의 말을 건넨 구사카는 "그래도 이제 막 시작한 참이니 앞으로 임상 데이터를 차근차근 모아나가면 아무 문제 없을 겁니다" 하고 긍정적인 발언으로 기후네를 격려했다.

"요즘 미숙한 의사가 늘었다니까. 평소 걱정스럽긴 했지만 이런 식으로 내게 불똥이 튈 줄은 몰랐어."

그렇게 한탄한 기후네는 한마디 덧붙였다. "PMDA도 데이터 수집 대상에서 빼주겠다더군."

구사카가 암담했던 표정을 확 펴며 "다행입니다! 감사합니다"

하고 안도한 목소리로 말했다. 옆에 있는 부하직원 도도는 평소 처럼 감정이 깃들지 않은 눈으로 기후네를 가만히 바라보았다.

막대한 돈과 시간을 투자해 겨우 임상시험 단계에 들어갔는데 의료사고가 터지면 니혼클라인 입장에서도 여간 큰일이 아니다. 아시아의과대학에서 사망사고가 발생했다는 소식을 듣자마자 구사카가 고객을 접대하던 자리를 박차고 병원으로 달려온 것도 당연했다.

"저기, 구사카. 만약을 위해 묻는 건데, 문제는 없었겠지?"

기후네는 팔걸이의자에서 등을 떼고 목소리를 낮추었다.

"물론입니다."

구사카는 등을 쭉 펴고 즉시 대답했다. 조각상처럼 옴짝달싹 않던 도도가 가방에서 서류 한 통을 꺼내 건네주었다.

"사고조사 보고서입니다."

도도가 딱딱한 목소리로 말했다. "저희가 조사해본바, 심장마사지로 가해진 압력 때문에 일부 파손된 것 말고는 전부 정상이었습니다. 이 보고서는 PMDA에도 제출하겠습니다."

"그럼 됐네."

기후네는 굳은 표정으로 서류를 슥 훑어보고 도도에게 되돌려주었다. "이런 일 때문에 지체할 시간이 없네. 잘 부탁하네."

"여부가 있겠습니까. 맡겨주십시오."

구사카가 힘 있게 말하자 만족스러운 듯 기후네의 눈이 살짝 가늘어졌다.

## 6

“대체 언제쯤이면 완성되겠나?”

나카자토에게 매주 목요일 오후에 열리는 개발부 회의는 점점 가시방석이 되어가고 있었다. 진행을 맡은 쓰키시마 옆에서 사장 시나가 냉담한 시선을 퍼부었다.

“죄송합니다.”

나카자토는 고개를 들 수 없어 자기 앞에 놓인 서류를 내려다보며 기어들어가는 목소리로 사과했다.

“사과 말고, 좀 더 진취적인 대답을 들려주면 안 되겠나?”

다시 시나의 목소리가 들려 나카자토는 그제야 고개를 들었다.

“저어, 어떻게든 가까운 시일 내에…….”

하지만 더 이상은 말이 나오지 않았다.

“설계가 별로라느니 그런 변명은 안 통해. 이제 와서 그딴 변명은 하고 싶어도 못 하겠지만.”

쓰키시마가 말했다.

회의실에서 이 말이 무슨 뜻인지 이해하는 사람은 사장과 쓰키시마 그리고 나카자토밖에 없을 것이다.

“몹시 까다로운 밸브 시스템이라…….”

“이제 와서 그게 무슨 소리야?”

시나가 어이없다는 듯 말하고 의자 등받이에 몸을 축 늘어뜨리더니 비웃음 섞인 눈으로 나카자토를 바라보았다. “꼴사납게.”

“어떻게든…….”

"아무튼 결과를 가져와."

듣기 싫다는 듯 쓰키시마가 나카자토의 말을 끊었다. "그러려고 우리 회사에 온 거 아닌가? 시간이 얼마든지 있다고 착각하면 곤란해."

나카자토에게 반론의 기회는 주어지지 않고 회의는 다음 안건으로 넘어갔다.

"저기, 나카자토."

요코타가 회의를 마치고 맥없이 자기 부스로 돌아온 나카자토에게 말을 걸었다.

"좀 물어볼 게 있어서. 아까 쓰키시마 씨가 설계 운운했잖아. 그거 무슨 뜻이야? 실은 요전부터 궁금했거든."

나카자토는 자료를 든 채 굳어버렸다.

"뜻은 무슨. 전에 있던 회사에서 그 밸브를 설계하는 데 약간 관여했을 뿐이야."

그래도 요코타는 물러나려 하지 않고 나카자토의 부스 입구에 말없이 서 있었다. 그리고 망설이듯 잠깐 뜸을 들이다 입을 열었다.

"그 밸브, 애당초 글러먹은 거 아닐까?"

"그게 무슨 소리야?"

나카자토가 깜짝 놀라 쳐다보자 요코타는 당황한 듯 발치에 시선을 떨어뜨렸다가 다시 고개를 들었다.

"아니, 좀 그런 생각이 들어서. 담당인 네가 할 수 있다면 분명 할 수 있는 거겠지."

나카자토는 말에 담긴 진의를 헤아리려 애썼다. 요코타는 그런 나카자토를 보며 뭔가 더 말하려다 머뭇거렸다.

"뭔데 그래?"

"잠깐 이리로."

요코타는 턱짓을 하고 앞장서서 걸음을 옮겼다. 나카자토가 짐을 내려놓고 급히 쫓아가자 요코타는 업무 공간을 가로질러 건물 뒤쪽으로 걸어갔다. 요코타는 자판기가 늘어선 널찍한 휴게실로 들어가 주변에 사람이 없는 제일 안쪽 창가 테이블에 앉았다.

"실은 니혼클라인 사람에게 들었는데, 지난주에 아시아의과대학에서 사고가 터졌대. 그 인공심장과 관련된 일이야."

"설마!" 나카자토는 눈을 동그랗게 떴다.

"못 들었어?"

"전혀."

나카자토가 눈을 동그랗게 뜬 채 고개를 젓자 요코타는 자신이 들었다는 이야기를 그대로 전해주었다.

"환자의 상태가 급격히 나빠져서 죽었다 그건가?"

"초기 대응이 미흡했다고는 하나 어차피 결과는 변함없었을 거라고 결론 내린 모양이야. 하지만."

요코타는 골똘히 생각에 빠진 표정으로 물었다. "너무 억지스럽지 않아?"

"실은 이유가 따로 있다?"

나카자토가 되묻자 긍정하는 눈빛이 날아왔다. 그리고―.

"밸브의 내구성에 문제가 있었을 가능성은 없을까?"

요코타가 의문을 꺼냈다. "이봐, 넌 알잖아. 그 밸브의 내구성.

어때, 가르쳐주지 않겠어?"

나카자토는 느닷없이 진지한 표정으로 묻는 요코타에게 어떻게 대답해야 할지 고민했다.

나뿐만이 아니었다. 그 밸브의 내구성에 의혹을 품은 사람은.

나카자토는 지금까지 180일 작동 보증이라는 개발 목표에 매달려왔다.

하지만 현행 밸브는 90일을 보증하는 안정성조차 확보하지 못한 것 아닐까. 나카자토가 우연히 그걸 의심하게 된 계기가 있다. 바로 얼마 전 예전 제품과의 차이를 확인하고자 진행한 검사의 결과였다.

솔직히 반신반의했지만 요코타가 이렇게까지 신경을 쓰는 걸 보니 제대로 알아볼 필요가 있을지도 모른다.

"왜 당신이 그런 걸?"

나카자토는 마음을 추스르고 물어보았다.

자신에게 주어진 일에서 성과를 내면 그만이라는 사풍이 있는 회사에서 자신과는 상관도 없는 밸브의 신뢰성을 의심하다니 도무지 납득이 가지 않았다.

그런데 의외의 대답이 돌아왔다.

"내가 담당했었거든. 원래 내가 그 밸브 개발을 담당했어. 결국 끝까지 잘 풀리지 않아 담당자가 바뀌었지."

그리하여 요코타는 창가 자리로 밀려났고, 쓰키시마가 그 일을 이어받았다.

"설마 싶기는 해. 하지만 아무래도 마음에 걸려서 안 되겠어.

확인 좀 해주면 안 될까, 나카자토?"

요코타는 애원하듯 말했다.

"확인하다니, 뭘?"

"쓰키시마 씨가 그 후로 밸브의 완성도를 출하해도 되는 수준까지 끌어올렸는지. 난 아무래도 잘 안 됐거든."

"요컨대 쓰키시마 씨가 안정성이 확보 안 된 제품을 니혼클라인에 납품한 게 아닌지 의심하는 거야?"

믿고 싶지 않았다. 나카자토 스스로도 자신의 말이 어처구니없이 느껴졌다. 하지만 완벽하게 부정하지 못하는 또 하나의 자신이 있었다.

"그럼 알아서 조사하면 되잖아."

"난 이미 담당에서 제외됐어. 보안상 접근할 방도가 없다고."

요코타가 말했다. "하지만 너라면 실험 데이터를 열람할 수 있겠지. 부탁해."

나카자토는 아플 만큼 팔을 꽉 움켜쥔 요코타를 잠시 바라보다 "알았어" 하고 답했다.

"미안하고, 고맙다."

그동안 몹시 고뇌했었는지 요코타는 그렇게만 말하고 재빨리 자리를 떴다.

# 7

진료를 마친 마키타가 의국으로 돌아가자 니혼클라인의 도도가 와 있었다.

무슨 볼일이라도 있는지 한 의사와 이야기를 나누는 중이었다. 마키타는 서류를 쓰는 척 몰래 행동을 주시하면서 도도가 이야기를 끝내기를 기다렸다가 말을 걸었다.

"여기서는 좀 그러니, 잠깐 따라오지."

병동을 나서서 연결복도로 이어진 연구동의 자기 방으로 갔다.

"뭐 하실 말씀이라도 있으십니까?"

마키타의 기분이 언짢다는 것쯤은 척 보면 알 수 있겠지만, 도도는 아무 내색도 하지 않고 평소처럼 덤덤한 태도를 유지했다.

"긴히 물어보고 싶은 게 있는데."

마키타는 목소리를 내리깔았다. "요전의 사고 말인데, 그거 정말로 기계에는 아무 문제 없었나?"

도도의 눈 속에서 이런저런 속셈이 흘러가는 것이 느껴졌다.

생각을 정리하고 말을 선택하는 짧은 시간이 침묵으로 변해 두 사람 앞에 가로놓였다.

"네, 없었습니다."

그 표정을 가만히 응시하던 마키타는 "어디서 허튼 수작이야" 하고 얼굴을 들이밀며 쏘아붙였다. "내 눈을 속일 수 있을 것 같아?"

"대체 무슨 말씀이신지?"

마키타는 희미한 웃음을 띤 도도를 무표정하게 노려보며 따지듯이 한마디 했다.

"그거, 작동 불량이지?"

"아닙니다."

"아니, 틀림없어. 부품이 파손됐잖아."

마키타는 단정했다.

"그건 말이죠. 응급처치를 맡은 가사이 선생님이 심장마사지를 하는 바람에 예상치 못한 압력이 가해진 탓입니다."

도도는 애먹이는 상대를 살살 달래는 투로 말했다.

"가사이가 그러던가?"

마키타의 물음에 도도는 말을 삼켰다.

"분명 가사이가 심장마사지를 하기는 했어. 그리고 그건 잘못된 조치였지. 하지만 그러기 전부터 인공심장의 판막은 움직이지 않았다고 해. 기후네 교수님이 가사이에게 억측만 가지고 쓸데없이 입 놀리지 말라고 했다는군."

"무슨 말씀을 하고 싶으신 겁니까?"

도도가 나지막한 목소리로 물었다. 마키타는 말을 이었다.

"잘 들어, 내 추측은 이래. 그때 무슨 이유로 인공심장에 말썽이 생겨서 환자의 상태가 급변했어. 우연히 당직이 미숙한 수련의였고, 대응에도 실수가 있었지. 결국 환자가 사망하자 너희는 진짜 사인을 은폐했어. 즉, 이건 사고가 아니라 사건이야."

"너무 지나친 생각이십니다, 마키타 교수님."

도도는 담담하게 말하고 발치에 놓아둔 가방을 들고 일어섰다.

"가사이 선생님은 그때 혼란에 빠지셨습니다. 의사도 인간이니까 그럴 때 냉정하게 판단하기는 힘들 수밖에요. 저희는 어디까지나 올바르게 조사했습니다. 그럼 이만 실례하겠습니다."

도도는 정중하게 머리를 숙이고 등을 돌렸다.

"잠깐!"

마키타는 도도를 불러 세웠다. "이대로 속행할 생각은 아니겠지? 또 사망자가 나올 거야."

감정이 담기지 않은 웃음이 도도의 얼굴에 맺혔다.

"저희 회사는 제품에 만전을 기하고 있습니다. 그러니 안심하셔도 됩니다."

사람을 업신여기듯 대답한 후 도도는 손목시계를 힐끔 들여다보았다. "급한 볼일이 있어서 이만 실례하겠습니다."

마키타가 말을 꺼내기도 전에 도도는 복도로 휙 사라졌다.

"제기랄!"

마키타는 소리치며 주먹으로 테이블을 내리쳤다.

## 8

"현행 밸브의 실험 기록을 열람하고 싶은데 데이터베이스 비밀번호 좀 알 수 있을까요?"

"실험 기록?"

서류에서 고개를 든 쓰키시마는 나카자토의 얼굴을 보고 망설이듯 아주 잠깐 뜸을 들였다. 하지만 별 문제는 없으리라 판단했는지 컴퓨터를 조작하더니 책상에 있던 포스트잇에 알파벳으로 된 비밀번호를 적어 주었다.

부스로 돌아온 나카자토는 딱 한 번만 사용할 수 있는 비밀번호를 사용해 데이터베이스에 들어가 해당 파일을 찾았다.

오후 9시가 지난 시각, 나카자토는 모니터에 표시된 실험 데이터를 읽어나갔다. 방대한 데이터에는 밸브를 제조하면서 악전고투한 흔적이 고스란히 남아 있었다. 소재, 부품 구매관리, 성형, 그리고 실험. 그 모든 것이 진검승부이자 켜켜이 쌓인 시간과 노력이었다.

지금의 나카자토처럼 요코타가 개발 책임자로 있을 무렵의 개발은 그야말로 실패의 연속이었다. 하지만 고생한 보람이 있었는지 요코타가 마지막으로 진행한 실험 데이터는 결과가 그리 나쁘지 않았다. 실용화할 수준은 아니지만, 그 일보 직전이라고 할까. 그런 인상을 받았다.

비극은 개발 진전 속도가 시나의 기대에 미치지 못했다는 점이다. 사야마제작소는 급속하게 진화하고 성장하는 아메바다. 아메바의 세포가 되지 못한 분자는 순식간에 튕겨나가 한직으로 밀려난다. 지금의 요코타가 그렇듯이. 그리고 이대로 가면 가까운 시일 안에 나카자토도 같은 꼴이 될 것이다.

어느 시점에서 담당이 요코타에서 쓰키시마로 바뀌었다. 쓰키시마는 개발에 뒤처진 걸 만회라도 하려는 듯 엄청난 빈도로 시제품 제작과 실험을 되풀이했다. 그때마다 데이터의 정밀도가 향상되어가는 모습은 그야말로 장관이었다.

"과연 사장님에게 인정받을 만하군."

데이터를 읽던 나카자토도 인정하지 않을 수 없을 만큼 작업량이 엄청났다. 스스로를 돌이켜보고 개발 계획이 물렁한 것 아니었나 반성할 정도였다. 요코타에게는 미안하지만 쓰키시마가 개발을 맡은 후로 밸브의 정밀도는 현격하게 높아졌다.

문제는 없다.

사고는 사고일 뿐 사건은 아니다. 그게 결론이었다. 코어하트는 앞으로 확실한 임상 데이터를 축적해나갈 것이다.

나카자토는 쓰키시마가 이미 퇴근한 걸 확인하고 요코타의 부스로 갔다.

"어이, 한번 볼래?"

말없이 일어선 요코타는 나카자토의 부스에 들어가 잡아먹을 듯한 눈으로 화면을 들여다보았다.

"직성이 풀릴 때까지 실컷 봐."

나카자토는 말했다. "하지만 안심해. 그 밸브는 개발할 때 아무 문제도 없었어. 역시 사고였던 거야."

나카자토는 가방에 소지품을 챙기고 퇴근할 채비를 마쳤다.

"난 이만 갈 테니 다 보면 컴퓨터 꺼."

당부한 후 피로로 뭉친 어깨를 돌리며 부스를 나섰다. 오늘도 이래저래 힘들었지만 긴 하루도 언젠가는 끝난다.

자전거 주차장에 세워둔 자전거에 올라타 페달을 밟았다. 나카자토는 얼어붙을 듯이 차가운 공기에 인상을 찡그리며 장갑을 낀 손으로 자전거 손잡이를 꽉 움켜쥐었다.

7장

# 우리가 일하는 이유

## 1

기술개발부 책상에서 다치바나는 정신을 집중해 데이터를 읽고 있었다. 인공판막 실험 결과를 분석한 데이터다.

인공판막 개발을 맡은 지 벌써 반년 정도 지났다. 겨울이 끝나고 4월이 오는가 싶더니 회사 근처 센조쿠이케 공원에 벚꽃이 만개했다. 계절이 바뀌는 동안 다치바나는 가노와 함께 가우디 프로젝트에 심혈을 기울였다. 헤아릴 수 없을 만큼 설계도를 그리고, 시제품을 만들고, 실험 데이터를 수집했다. 호쿠리쿠의과대학 교수 이치무라의 의견에 귀를 기울이고, 주식회사 사쿠라다와 몇 번이고 기술 문제를 협의해왔다.

가우디 프로젝트의 목표는 그저 작은 크기의 인공판막을 개발하는 것만이 아니다. 사쿠라다의 편직 기술을 응용한 의료용 섬유, 혈전이 발생하지 않는 금속재료와 구조, 덧붙여 생체 적합성을 추구한 최고 수준의 품질을 목표로 한다.

인공판막은 손안에 쏙 들어가는 반지만큼 크기가 작다. 하지만 거기에 이치무라와 사쿠라다 그리고 쓰쿠다제작소가 가지고 있는 기술과 아이디어를 아낌없이 쏟아부었다.

책상 맞은편에서 데이터를 읽고 있던 가노가 훌쩍 나가더니 뜨거운 커피가 담긴 플라스틱 컵을 두 개 들고 돌아와 하나를 말없이 다치바나 앞에 내려놓았다. 다치바나는 들고 있던 데이터를 내려놓고 "고마워" 하고 한마디 인사했다. 작업을 중단하고 커피를 한 모금 마셨다.

다치바나는 컵을 든 채 의자 등받이에 몸을 기대고 천장을 멍하니 올려다보았다. 가노는 반쯤 얼빠진 표정으로 창문을 바라보았다. 창밖으로 보이는 가미이케다이 일대의 주택들 지붕에 보드라운 4월 햇살이 노랗게 비쳤다.

두 사람은 저마다 가슴속에 무언가를 품은 채 묵묵히 자문자답하고 있었다.

요전까지 둘이서 개발한 시제품의 실험 결과를 분석한 데이터. 솔직히 두 사람의 넘치던 패기와는 동떨어진 수치다. 단도직입적으로 말해 기대에 어긋났다.

어딘가 잘못되었다.

그저 기술적인 문제가 아니라 정신적인 문제일지도 모른다. 처음에 보였던 목적이 저 멀리 흐려지고 나침반을 잃어버린 여행자처럼 방향감각을 상실했다.

"다치바나 씨. 뭘까요, 이 분위기."

딱히 나쁜 뜻 없이 가노가 그런 소리를 했다. "일종의 실망감이 감돈다고 할까."

"그러게."

다치바나 역시 불안함이 급속도로 커지는 것을 느끼고 있었다.

마음이 표류하기 시작했다. 다치바나의 가슴속에 부정할 수 없는 위기감이 싹텄다.

이대로 가다가는 망한다. 아니, 한없이 시도와 실패를 되풀이하다 보면 어디선가 해답과 마주칠지도 모른다. 하지만 지금 두 사람에게는 그렇게까지 할 수 있을 만한 정신력이 없었다. 에너지를 다시 끌어올리기 위한 뭔가가 필요했다.

그날 늦은 오후, 다치바나는 고민한 끝에 야마사키의 책상 앞에 섰다.

"부장님."

말을 걸자 설계도를 열심히 들여다보고 있던 야마사키가 고개를 들고 평소 버릇대로 가운뎃손가락으로 안경을 슥 밀어 올렸다.

"상의드릴 게 좀 있는데요. 후쿠이에 출장을 보내주시면 안 될까요?"

의외였는지 야마사키가 놀란 표정으로 "왜?" 하고 물었다. 이치무라와 사쿠라다와는 내내 전화와 메일로 접촉해왔다. 조언과 데이터를 주고받을 뿐이라면 그걸로 충분하다.

"실제로 보고 싶어서요."

고지식하고 성실한 성격답게 다치바나의 얼굴은 진지함 그 자체였다. "저희가 개발하는 물건이 과연 무엇인지."

야마사키가 의자에 몸을 기대고 말없이 다치바나를 올려다보았다. 다치바나 스스로는 모를지언정 표정에 내면의 불안감이 드러나 있던 것이 틀림없다.

"알았어. 사장님께 말씀드려볼게."

"잘 부탁드립니다."

다치바나는 공손히 머리를 숙이고 물러났다.

그 뒷모습을 가만히 바라보던 야마사키는 내선전화로 쓰쿠다가 자리에 있는지 확인한 후 천천히 일어섰다.

## 2

후쿠이로 떠나기 전날.

다치바나가 어디 좀 같이 가자며 가노를 데려간 곳은 아키하바라였다.

"뭘 사러 가나 했는데 프라모델이었나요?"

다치바나가 지도를 보며 찾아낸 가게 앞에서 가노는 조금 어이없다는 표정을 지었다.

이치무라가 담당하는 심장혈관외과에 입원한 어린이들에게 뭔가 선물하고 싶다고 먼저 말을 꺼낸 사람은 다치바나다.

남자아이가 셋, 여자아이 하나. 여자아이 선물은 가노가 준비했고, 이날은 남자아이들 선물을 사기 위해 일부러 외출한 것이다.

"뭐가 좋을지 마노 씨에게 물어보는 편이 낫지 않을까요?"

가노는 가게 안으로 들어가는 다치바나를 불안한 마음으로 쫓아갔다.

"요즘 애들이 프라모델 같은 걸 만들려나? 게임기 같은 게 좋지 않을까요?"

"그런가? 하지만 프라모델도 좋잖아. 프라모델은 만들기의 시작인걸."

다치바나는 뜻밖에 집착을 보이며 가게 여기저기를 돌아다녔다. 뭘 찾나 했더니 고성 모양의 프라모델이었다.

"아키, 이 히메지성 프라모델 어때?"

"잘 모르니까 저한테 묻지 마세요."

가노는 쓴웃음을 지으며 답하고는 고개를 갸웃했다. "그런데 왜 성인가요, 다치바나 씨?"

"내가 좋아했거든. 이게 의외로 몰입된다니까."

다치바나의 대답에 기가 막혔지만 가노는 "그런가요?" 하고 힘없는 웃음을 짓는 게 고작이었다.

"자동차 프라모델은 멋있어 보이지만 간단한 건 너무 단순하고, 비싼 건 너무 복잡해. 예를 들면 휠과 기어 부분이 어렵지. 그에 비해 성 프라모델은 복잡하게 생각할 필요도 없고, 그렇다고 너무 간단하지도 않아서 좋아."

설득력이 있는 듯 없는 듯 신기한 논리였지만, 아무튼 다치바나는 프라모델 세 개를 골라서 계산대로 가져갔다.

4월 중순, 다치바나와 가노는 하네다 공항에서 비행기를 타고 고마쓰 공항으로 날아갔다. 공항버스로 시내에 들어가 느지막한 점심을 먹고 오후 2시경에 호쿠리쿠의과대학을 방문했다.

이치무라의 연구실에 가서 인공판막 개발에 관해 다양한 의견을 교환한 후 소아병동을 찾았다.

“가끔은 생후 몇 개월밖에 안 된 아기도 들어오지만, 지금은 전부 초등학생입니다.”

다치바나는 이치무라의 안내에 따라 한 사람씩 이야기를 나누고 선물을 주었다.

“우와, 선물이다!”

제일 크게 반응한 아이는 창가 쪽 침대에 있던 다카하시 게이타였다.

“어휴, 테이프 좀 조심조심 떼렴. 정말 죄송합니다.”

옆에 있던 어머니가 미안해할 만큼 포장지를 북북 찢은 게이타는 안에 있던 박스를 보고 한순간 얼떨떨한 표정을 지었다.

“뭐야, 프라모델이잖아.”

가노가 다치바나의 귓가에 대고 속삭였다. “그것 봐요.”

“게이타, 직접 만들어보면 분명 재미있을 거야.”

천성이 고지식한 다치바나가 진지한 얼굴로 설명했지만 “에이” 하고 게이타가 실망하는 모습에 이치무라도 실소를 금치 못했다. 하지만—.

“실은 내일 게이타의 수술을 앞두고 있습니다.”

병실 밖으로 나왔을 때 이치무라가 꺼낸 말에 다치바나도 가노도 머금고 있던 웃음을 지우고 고개를 끄덕였다.

“생명에 지장은 없는 거겠죠?”

걸음을 옮기며 다치바나가 묻자 “그렇게 어려운 수술은 아니에요”라는 답변이 돌아왔다.

“하지만 만에 하나 목숨이 위험할 수도 있는 건 사실이라 가족분께는 동의서를 받았습니다. 이 병 때문에 제일 힘든 건 어머니일 거예요"

아까 본 게이타의 어머니는 아직 젊었지만 병을 앓는 자식을 오래 간병해온 탓인지 얼굴에 피로감이 역력해 보였다. 이번 수술로 아이뿐만 아니라 어머니도 구하는 것이다.

수술 잘되길 바랄게, 게이타.

다치바나는 병실을 돌아보고 속으로 그렇게 중얼거렸다.

이치무라가 집도하는 수술은 아침 9시로 예정되어 있었다.

수술이 시작되기 30분 전에 직원 전용 탈의실에서 옷을 갈아입고 마스크와 모자를 착용한 후, 이미 준비를 시작한 수술실로 들어갔다. 수술은 한번 봐두는 편이 좋다는 이치무라의 권유를 받아들였다.

다치바나도 가노도 수술을 참관하는 건 처음이었다.

"휴, 피를 본다고 생각하니 속이 좀 울렁거리네요."

가노는 수술실에 들어서기 전부터 안색이 약간 창백했다.

두 사람이 수술실에 들어가자 수술대에는 이미 마취를 마친 게이타가 누워 있었다. 간호사와 마취팀, 인공심폐팀이 대기하는 가운데, 소독을 마치고 가운을 걸친 이치무라가 수술 예정시간 5분 전에 수술실로 들어왔다.

"다카하시 게이타. 11세. 승모판을 인공판막으로 치환하는 수술을 진행하겠습니다. 그럼, 시작할까?"

이치무라가 간호사와 함께 환자를 확인한 후, 잘 부탁한다는 인사와 함께 전기메스로 가슴을 신중하게 절개했다.

다치바나는 수술대에서 고작 몇 미터 떨어진 곳에 서 있었다. 수술대 옆에는 집도의 이치무라와 보조의가 두 명. 눈앞에 있는 인공심폐팀 모니터에 상부카메라로 촬영하는 수술 상황이 비치고 있었다.

가슴을 절개하고 인공심폐• 과정으로 이행하는 데 20분. 드디어 심장에 메스를 댔을 때는 수술을 시작한 지 이미 40분 가까이 경과했다.

일반인이 한눈에 이치무라의 솜씨가 어느 정도인지는 알 수 없다. 하지만 이때 다치바나는 긴장감을 초월해 생명의 존엄성을 느꼈다.

여기에는 타협도 거짓도 일절 없다. 그런 것이 파고들 여지조차 없다. 단 한 번의 방심 또는 판단 실수가 어린 생명을 앗아갈 뿐 아니라 오로지 수술이 성공하기만을 바라는 가족과 집도하는 의사에게까지 깊은 마음의 상처를 남긴다.

추가 수혈이 지시됐다. 간호사가 이따금 수술실을 드나들었다.

드디어 인공판막을 이식할 때 다치바나는 수술대에 좀 더 가까이 다가갔다.

수술에 사용하는 건 미국 의료기기 제조사에서 만든 인공판막이다. 현존하는 것 중에서 가장 작은 크기지만 게이타의 심장에는 너무 크다고 이치무라가 사전에 설명했다.

그걸 알면서도 이 인공판막을 사용하는 수밖에 없다. 게다가

• 심장수술을 할 때 심장과 폐의 기능을 대신해주는 장치.

이렇게 큰 판막을 넣기 위해 본래 판막이 있는 곳과는 다른 위치에 봉합해야만 한다. 그게 이 아이가 살아남기 위한 최선이자 유일한 방책이며, 눈앞에 닥친 현실이다.

이치무라가 승모판을 절개하고 인공판막을 이식하는 모습을 다치바나는 숨 쉬는 것도 잊어버릴 만큼 긴장된 기분으로 가만히 지켜보았다.

어느 틈엔가 저도 모르게 주먹을 꽉 움켜쥐고 있었다.

게이타, 할 수 있어! 힘내!

지금 보고 있는 광경은 쓰쿠다제작소의 작업장에만 있어서는 결코 알 수 없는 진실이다.

게이타 같은 아이들의 목숨을 구하는 것이 자신의 사명이다. 이 아이처럼 괴로워하는 아이들이 하루라도 빨리 새로운 인공판막이 개발되기만을 기다리고 있다. 아이들에게 드리운 괴로움과 슬픔을 걷어내주어야 한다.

그러려고 난 싸우고 있는 거야—.

새삼 깨달은 다치바나는 흐르는 눈물을 주체할 수가 없었다.

문득 옆을 보자 가노도 시선을 수술 영상에 못 박은 채 울고 있었다.

그때 다치바나는 드디어 알 것 같았다.

자신들의 목적이 무엇인지.

어디로 향하고 있는지. 누구를 위해 노력하고 있는지.

이치무라가 수술 부위를 봉합하기 시작했다.

흐트러짐 없이 기계적인 손놀림이다. 그리고 빠르다. 순식간에 심장이 봉합되고 인공심폐의 통제에서 벗어나 본래 심장의 기능을 되찾아간다.

수술을 시작한 지 네 시간이 경과했을 때, 모두가 손을 멈추고 수술대 옆에 있는 모니터를 응시하는 순간이 찾아왔다.

"초음파 영상으로 수술 전과 비교해 심장이 정상적으로 움직이고 있는지 확인하는 겁니다."

수술 내내 이것저것 알려주던 마노가 설명했다.

진지한 눈으로 보고 있던 이치무라가 고개를 살짝 끄덕였다.

"오케이!"

모두가 동의하자 심막을 봉합하고, 세로로 갈라진 가슴뼈를 와이어로 복원해나갔다. 이치무라가 마지막 봉합을 보조의에게 맡기고 수술대에서 물러나자 다치바나는 긴장이 탁 풀려 숨을 깊이 내쉬었다. 네 시간이 눈 깜짝할 사이에 지나갔다.

"다치바나 씨."

수술실 밖으로 나왔을 때 눈물로 뺨을 적신 가노가 불렀다. "우리…… 우리는 멋진 일을 하고 있군요. 정말 멋져요."

가노는 더는 못 참겠다는 듯 양손에 얼굴을 묻고 흐느껴 울었다.

다치바나도 마치 다른 차원으로 통하는 터널을 빠져나온 것처럼 신비한 감각을 맛보았다. 동시에 잃어버렸던 길이 눈앞에 나타난 기분이었다.

다치바나와 가노는 새로운 마음으로 걸음을 내딛기 시작했다.

## 3

이치무라에게 인사하고 병원을 나섰다. 오늘 마지막 비행기 시간까지 여유가 있었기 때문에 마노가 운전하는 차를 타고 저녁에 주식회사 사쿠라다를 방문했다.

지금까지 전화와 메일로 몇 번이나 이야기를 나누었지만 직접 방문하는 건 가우디 프로젝트를 담당한 뒤로 두 번째였다.

"이치무라 교수님의 수술은 어땠습니까?"

"멋진 경험이었습니다."

다치바나는 흥분이 식지 않은 표정으로 대답했다. "아직 시간은 좀 더 걸리겠지만 가우디는 꼭 필요한 의료기기예요. 반드시 성공시키도록 하죠!"

"그럼요."

하지만 어째선지 사쿠라다는 기운 없는 웃음과 함께 시선을 돌렸다. 어딘가 위화감이 느껴져 다치바나는 의문이 담긴 눈으로 쳐다보았다.

"쓰쿠다 사장님께 말씀드리려고 했는데, 다음번 PMDA 면담의 결과에 따라서 사업을 재검토할까 싶습니다."

예상치 못한 이야기였다.

다치바나는 너무 놀라 할 말을 잃고 그저 흔들리는 사쿠라다의 시선만 좇았다.

"이유를 말씀해주실 수 있을까요?"

가노가 물었다.

"동생에게 모기업의 경영을 맡겼는데, 요즘 경영에 문제가 생겨서……."

사쿠라다가 제 나름의 사정을 꺼내놓았다.

"사정이 있으시리란 건 압니다. 하지만 주식회사 사쿠라다의 편직 기술이 없으면 이 사업 자체가 성립되지 않아요. 어떻게 계속하실 수는 없나요?"

가노의 간절한 호소에도 사쿠라다는 침묵을 지켰다.

다치바나는 솟구치는 감정을 힘겹게 억눌렀다.

"죄송합니다."

마침내 사쿠라다가 쥐어짜낸 목소리는 봄인데도 한겨울 추위 속에 있는 것처럼 바르르 떨렸다.

자세한 사정은 몰라도 사쿠라다도 힘들어하고 있다.

그 마음을 알아챈 다치바나는 목소리를 가다듬어 "사쿠라다 씨" 하고 불렀다.

"여러모로 힘드실 줄은 압니다. 하지만 지금 이 순간에도 불안감과 싸우며 애타게 기다리고 있는 아이들이 있다는 것만은 잊지 말아주셨으면 해요."

"잊을 수 잊겠습니까?"

사쿠라다가 잔뜩 일그러진 얼굴로 눈물을 글썽거리며 입술을 깨물었다. "잊으려고 해도 못 잊습니다."

다치바나는 할 말을 잃고 고뇌하는 사쿠라다를 그저 옆에서 지켜보았다.

## 4

"그나저나 너무 무책임하지 않습니까?"

에바라는 분통 터진다는 듯 물수건을 테이블에 내팽개쳤다.

쓰쿠다가 가우디팀에 회식을 제안한 건 불만을 삭여주려는 의미도 있었다.

이날 저녁녘에 사쿠라다가 쓰쿠다제작소를 찾아왔다.

"도쿄에 올라올 일이 좀 있어서요."

겸사겸사 얼굴을 내비친 듯한 말투였지만, 쓰쿠다는 사쿠라다의 얼굴을 본 순간 뭔가 있구나 싶어 마음의 대비를 했다. 다치바나에게 사쿠라다와 나눈 이야기를 보고받았기 때문이다.

아니나 다를까 사쿠라다가 꺼낸 이야기는 가우디 프로젝트에서 빠지겠다는 것으로 해석될 수 있는 내용이었다.

"회사 사정도 있고 해서 한없이 돈을 낭비할 수는 없거든요."

사쿠라다는 양손을 무릎에 얹고 결심한 듯한 태도로 쓰쿠다에게 그렇게 말했던 것이다.

"PMDA와의 면담을 잘 해결하면 되지 않겠습니까?"

가와타가 낙관적으로 말했다.

"그렇게 쉬운 일이 아니니까 문제지. 실제 전망은 좀 어떻습니까, 사장님?"

에바라가 물었다.

"사쿠라다 씨 말대로 지금 이대로 간다면 글쎄……."

솔직히 쓰쿠다도 예측이 불가능했다.

"애당초 협력을 요청한 건 그쪽이라고요. 그런데 자기네들 형편이 어려워졌다고 멋대로 그만두겠다니, 이게 말이 됩니까?"

에바라가 화를 내는 것도 당연하다.

"회사 내부 사정도 복잡한 모양이야."

옆에서 도노무라가 말했다. "지금 가장 괴로운 건 다름 아닌 사쿠라다 씨 본인 아닐까?"

확실히 보고 있기가 안쓰러울 정도였다.

"딸을 위해 사업을 성공시키겠다고 했으면서, 어휴!"

에바라는 여전히 분이 풀리지 않는 모양이었다. "어떻게 안 되겠습니까, 사장님?"

"나한테 묘책이 하나 있어."

쓰쿠다의 말에 빨려들 듯 에바라가 시선을 움직였다.

"묘책이라고요?"

"실은 데이코쿠중공업에 가우디 프로젝트에 참여하도록 제안하는 중이야."

"데이코쿠중공업에요?"

가와타가 뒤집어진 목소리로 크게 소리쳤다. 에바라는 입을 떡 벌린 채 쓰쿠다의 얼굴을 빤히 쳐다봤고, 다치바나도 석상처럼 굳어버렸다.

"일단 호쿠리쿠의과대학의 이치무라 교수님에게는 승낙을 얻었어. 아직 기밀이고, 괜스레 의지하려는 마음이 생겨도 곤란하니까 사쿠라다 씨에게는 아직 말하지 말라고 부탁해놨지."

"그런데 가능성은 있습니까?"

에바라가 몸을 내밀었다.

"세계적인 대기업인 만큼 데이코쿠중공업은 사업 범위가 넓어. 의료 분야에도 진출해 있는데, 그쪽에 사업 개요를 설명하고 협력을 구하는 참이야. 다만 성사되더라도 데이코쿠중공업의 기술에 의지할 생각은 없어. 공동개발자로 어깨를 나란히 하고 프로젝트 관리와 판매를 같이하는 거야."

"아하! 요컨대 대기업의 이름으로 포장하는 거로군요."

아까까지 화를 내던 것과는 딴판으로 에바라가 팔짱을 끼고 씩 웃었다. "데이코쿠중공업과 공동개발한다면 회사가 작다느니 그딴 소리는 못 하겠지. PMDA 놈들도 깜짝 놀라겠군. 그 낯짝을 한번 보고 싶네요."

"하지만 데이코쿠중공업이 그렇게 쉽게 참여할까요?"

도노무라가 비관적인 의견을 내놓았다. 전직 은행원이었던 만큼 도노무라는 대기업이라는 조직의 논리를 꿰고 있다. "의료기기 개발의 위험성에 대해서는 그들도 잘 알고 있을 겁니다. 자신들의 기술을 사용할 수 있다면 또 모르지만, 제삼자가 제조한 의료기기에 편승하다니 심리적인 장벽이 제법 높을 것 같은데요."

"이건 일종의 물물교환이야, 도노."

쓰쿠다의 말에 도노무라는 어리둥절한 표정을 지었다.

"물물교환?"

"그 분쇄기 있잖아요."

야마사키가 말을 이어받았다. "데이코쿠중공업이 노리는 건 오히려 그쪽이에요. 분쇄기를 공동개발하는 대신에 가우디 프로젝트에도 참여하는 거죠."

도노무라는 누가 등을 툭 치기라도 한 것처럼 허, 하고 감탄사를 한마디 내뱉었다.

"어떻게 생각해, 도노? 역시 어려울까?"

쓰쿠다가 묻자 도노무라는 별명인 '도노'의 유래인 풀무치처럼 눈이 커다랗고 네모나게 각진 얼굴을 쓰쿠다 쪽으로 돌렸다.

"아니요. 일이 재미있어질지도 모르겠습니다."

**5**

안도 히토시는 오테마치 금융중심가가 내려다보이는 밝은 회의실 의자에 몸을 묻은 채 서류를 흥미진진하게 읽었다.

데이코쿠중공업 건강개발본부의 부장이 안도의 직함이다. 자이젠보다 한 해 일찍 입사했지만, 같은 학교 선후배 사이라 입사하기 전부터 알고 지냈다.

"인공판막도 좋지만, 사쿠라다라는 회사가 개발한 소재도 매력적이로군. 하이브리드 편직물이라. 이거 심실중격결손증 치료 같은 데에도 응용할 수 있지 않을까?"

과연 전문 분야라 그런지 안도는 날카로운 통찰력을 보여주었다. 원래 머리 회전이 빠른 남자다.

심실중격결손증은 심장의 좌심실과 우심실을 구분하는 벽에 구멍이 뚫려 있는 증상이다. 원래 벽으로 막혀 있어야 하는 부분에 구멍이 났으니 한쪽 심실에 대량의 혈액이 유입돼 심부전으로 이어진다. 현재 심장혈관외과에서는 패치, 즉 천을 대서 구멍을 막는 식으로 대처하고 있는데 문제는 그 패치다.

"현재 대세는 고어텍스니까."

미국 기업이 개발한 방수투습성 소재다. 일반적으로는 의류에 흔히 이용되는데, 같은 소재가 심장 수술에도 이용되고 있다.

"그건 늘어나지가 않아."

안도가 약간 능청스러운 구석이 있는 투로 말했다. "하지만 이건 신축성이 있지. 제일 재미있는 건 의료용 섬유를 엮음으로써 세포가 생착해 인체의 일부처럼 변한다는 거야. 이거 괜찮군."

"공동개발 형태로 이 프로젝트에 참여해주셨으면 하는데요. 어떠십니까?"

생각지 못한 좋은 반응에 자이젠은 기대했지만 안도는 읽고 있던 서류를 테이블에 탁 던졌다.

"그건 좀 어렵겠는걸."

기대에 어긋난 대답이었다. "좋은 건 알겠지만, 이건 어디까지나 이론상의 이야기야. 정말 이 계획대로 의료기기를 개발해 그만한 효용을 얻을 수 있을지는 불투명하지. 예를 들어 우리에게 이 인공판막과 패치를 만들 기술이 있다든가, 우리가 개발한 섬유를 사용한다면 모르겠지만 그런 것도 아니잖아. 게다가 너도 알다시피 우리가 의료 분야에서 다루고 있는 건 대부분 검사기기야. 인체에 직접 작용하는 의료기기에 진출하는 건 아직 시기상조라고."

"위험성 때문입니까?"

"잘 아네."

안도가 놀리듯이 말하고는 "뭐, 그런 셈이야. 힘이 되어주지 못해서 미안하네" 하고 이야기를 매듭지었다.

"그냥 출자도 안 되겠습니까? 대리계약을 독점한다든가 그런 조건이라면 상대방도 받아들일 것 같은데요."

"그것도 나쁘지 않겠지."

안도는 테이블 위에 깍지를 끼고 말했다. "하지만 얼마나? 천만 엔, 3천만 엔, 아니면 1억 엔? 그래서 언제 회수할 수 있는데? 1년 후, 3년 후, 아니면 5년 후? 시간이 걸리면 출자가 한 번으로 끝나지 않을지도 몰라. 그저 중소기업끼리 뭉쳤다는 것만이 약점은 아니야. 의료기기 개발 프로젝트의 관리가 취약한 것도 문제라고. 성공하면 일확천금을 얻을 수 있을지언정, 전망이 불투명한 분야에 돈을 쏟아부을 만큼 우리 회사는 화수분이 아니야."

자이젠은 입을 다물고 안도를 설득할 방법을 찾아 빠르게 머리를 굴렸다. 가우디 프로젝트에 참여하기 위해서는 어떻게든 안도의 힘을 빌려야 한다.

"자이젠, 그만."

하지만 안도는 냉정하게 말했다. "이건 우리가 맡을 일이 아니야."

"그렇습니까……."

자이젠이 저도 모르게 볼멘소리를 흘리자 "혹시 그렇게까지 고집하는 다른 이유가 있나?" 하고 호기심이 생긴 것처럼 안도가 물었다.

"네가 단순히 의리 때문에 이런 이야기를 꺼낼 리는 없는데."

역시 눈치 하나는 끝내준다.

"이 프로젝트에 참가 중인 쓰쿠다제작소에 원하는 기술이 있습니다. 가능하면 공동개발로 진행하고 싶습니다."

"호오, 어떤 기술인데?"

자이젠의 설명을 무표정하게 듣던 안도는 새로운 이야기에 뭔가 재미있는 것이라도 발견한 듯한 눈으로 자이젠을 바라보았다.

"그렇게 그 분쇄기가 갖고 싶으면 가우디 프로젝트 말고 쓰쿠다제작소에 출자하면 되잖아."

"쓰쿠다는 그렇게 간단히 출자를 받아들일 사람이 아닙니다."

"그럼 가우디 프로젝트에 너희 부서가 참여하면 어떨까?"

그게 가능하면 애초에 이런 고생은 안 한다. 담당 분야가 달라서 이렇게 안도에게 부탁하는 것이다.

"분쇄기 기술 개발과 가우디 프로젝트를 결부시키는 방법도 있지 않을까?"

안도가 뜻밖의 말을 꺼냈다.

"그런 방법이 있으면 얼마나 좋겠습니까?"

자이젠은 한숨을 섞어 말했다. "한쪽은 로켓엔진 부품, 한쪽은 심장 수술 부품. 어떻게 결부시키라는 말씀이세요?"

"저기, 자이젠."

안도는 변함없이 능청스럽게 말했다. "아까 혈전이 생기는 게 인공판막의 위험성이라고 하지 않았어?"

무슨 의도로 하는 말인지 가늠이 되지 않아 자이젠이 입을 다물자 안도는 말을 이었다.

"혈전이 절대로 생기지 않는 인공판막은 없어. 그럼 혈전이 생긴다는 전제로 생각해봐."

자이젠은 안도를 가만히 바라보았다.

"혈전이 생기면 센서로 재빨리 탐지해 분쇄한다."

자이젠은 의자를 드르륵거리며 벌떡 일어섰다.

"그렇구나!"

"로켓엔진 내부의 이물질을 분쇄하는 기술이니 이론상 의료에도 응용이 가능하지 않겠어? 그럼 너희 부서에서 참여하지 못할 것도 없지."

자이젠은 안도의 말을 끝까지 듣지 않았다.

몸속을 내달리는 흥분을 이기지 못해 서류를 거머쥐고 "감사합니다!" 하고 인사하자마자 방을 뛰쳐나갔다.

"어휴……."

안도는 어처구니없다는 듯이 작게 혀를 차고 일어섰다.

"학창시절이랑 변한 게 없다니까."

창문에 비치는 땅딸막한 자신의 몸이 눈에 들어왔다. 안도는 창문에 얼굴을 가까이 대고 숱이 약간 줄어든 머리에 손을 댔다.

# 6

“사장님, 이런 분이 찾아오셨는데요.”

문을 두드리고 들어온 도노무라가 명함 한 장을 쓰쿠다에게 내밀었다.

사쿠마 노리코, 저널리스트. 회사 이름은 없고 후추 시내 주소와 휴대전화 번호, 그리고 메일 주소만 적혀 있었다. 프리랜서 저널리스트 같았다.

“인터뷰를 하고 싶다는데, 어떻게 할까요?”

오후에 예정된 일정은 없으니 시간이 없지는 않다.

“무슨 취재인데?”

아마도 로켓 관련이 아닐까 예상했다. 그런데—.

“그게, 아시아의과대학에서 발생한 의료사고에 관해서랍니다.”

그 한마디로 도노무라가 왜 물어보러 왔는지 알 것 같았다.

“알았어. 들여보내.”

잠시 후 한 여자가 도노무라의 안내를 받아 들어왔다. 나이는 마흔 살 안팎일까. 덩치가 크고 바지정장 차림에 어깨에는 낡은 숄더백을 메고 있었다.

“사쿠마라고 합니다. 바쁘실 텐데 시간 내주셔서 감사합니다.”

그렇게 말하며 머리를 숙인 사쿠마는 아주 빠릿빠릿한 인상이었다.

“자, 앉으시죠.”

쓰쿠다는 소파를 권했다. 소파에 앉은 사쿠마는 저널리스트답게 심지가 굳은 눈빛을 던졌다. 모르긴 해도 어지간한 의지력만 가지고는 프리랜서 신분으로 뭔가를 취재해 결과를 내놓기가 결코 쉽지 않을 것이다.

"그럼 바로 본론으로 들어가실까요. 두 달쯤 전에 아시아대학병원에서 임상시험 중인 인공심장을 장착한 40대 남자 환자가 사망하는 사고가 있었는데, 알고 계십니까?"

"네, 압니다." 쓰쿠다는 대답했다.

"실은 돌아가신 환자의 유족이 대학병원 측에 자세한 조사와 해명을 요청했는데, 그 사실도?"

"네, 소문은 들었습니다."

역시 말썽이 생긴 건가.

"아시아대학병원은 아직도 조사 자체를 거부하고 있습니다. 요구에 응할 의사가 전혀 없는 것 같아요. 환자에게 장착된 인공심장은 아시아의과대학에서 개발한 코어하트라는 최신형 기종이었는데요. 임상시험을 실시해놓고 조사를 거부하는 병원 측의 대응도 문제지만, 실은 이 사건에 뭔가 내막이 있는 것 아니냐는 소문이 있거든요."

사쿠마가 쓰쿠다에게 의미심장한 시선을 던졌다.

"내막?"

쓰쿠다는 눈썹을 치켜세웠다. "그게 무슨 말씀이신지?"

"인공심장에 결함이 있었다는 사실을 병원이 은폐한 것 아니냐는 거죠."

쓰쿠다를 향한 사쿠마의 눈빛이 날카로워졌다. "조사해보니 코어하트는 아시아의과대학과 니혼클라인이 공동으로 개발 중이더군요. 의문은 두 가지입니다. 이 인공심장은 세계 최소, 최경량을 실현했다는데 애당초 설계 자체에 무리는 없었는가? 그리고 설령 설계에 무리가 없었더라도 모종의 이유로 작동 불량이 발생했을 가능성은 없는가?"

사쿠마는 왼손 손가락을 두 개 세우고 "이 점에 대해 쓰쿠다 씨의 의견을 듣고 싶습니다"라는 말로 이야기를 끝맺었다.

"하나 묻고 싶은데, 인공심장에 문제가 있는 거 아니냐는 정보는 어디서 얻으셨습니까?"

쓰쿠다와 나란히 앉아 이야기를 듣던 도노무라가 물었다.

"유족 측에서 처음부터 의문을 제기했어요. 관련해서 취재에 나선 결과, 확증은 없지만 뭔가 문제가 생겼을 가능성은 있다는 정보를 얻었죠."

"정보원을 밝힐 수는 없으시겠죠?"

도노무라가 혹시나 싶어 물어보자 "죄송합니다. 그건 좀" 하고 사쿠마는 머리를 숙였다. "하지만 신용할 수 있는 관계자예요."

"무슨 말씀인지는 알겠습니다."

쓰쿠다는 입을 열었다. "하지만 지금 이 이야기만 듣고 설계나 제조 문제를 운운할 수는 없겠군요. 정보가 너무 부족해서요."

"실은 이것도 취재 중에 들은 이야기인데요. 처음에는 쓰쿠다 제작소에서 니혼클라인의 의뢰를 받아 인공심장 부품의 시제품을 만드셨다면서요? 그건 사실인가요?"

"거래에 관련된 질문은 노코멘트하겠습니다."

쓰쿠다는 말을 이었다. "그리고 착오가 있을까 봐 말씀드리자면, 저희는 의료기기 전문 제조사가 아니고 인공심장에 관한 노하우도 딱히 없습니다. 아쉽지만 도움이 되지 못할 것 같네요."

"그렇군요."

사쿠마가 낙담한 표정을 지은 것도 잠시.

"설계도나 실험 데이터 같은 게 있다면 어떨까요?"

사쿠마가 의외의 말을 꺼냈다. "쓰쿠다제작소는 로켓엔진 밸브 시스템을 제조할 만큼 기술력이 뛰어난 회사잖아요. 그런 자료가 있으면 결함의 유무 내지는 결함이 있었을 가능성 등을 지적하실 수 있지 않을까요?"

"그건 경우에 따라 다릅니다. 지적할 수 있을 수도 있고, 못 할 수도 있겠죠. 다만 척 보자마자 한눈에 판단을 내릴 수 없다는 것만은 확실합니다."

"보고 판단하는 데 어느 정도 비용이 든다거나 그런 건가요?"

사쿠마가 도전적인 눈으로 쳐다보았다. 진검승부에 나선 듯한 기백이 감돌았다.

"비용 운운할 생각은 없습니다."

쓰쿠다는 가볍게 웃었다. "아무튼 보지 않고서는 뭐라고 말할 수 없다, 그런 말씀입니다."

"그럼 봐주실 수 있을까요? 결코 쓰쿠다 씨의 실명을 거론해서 폐를 끼치는 일은 없도록 하겠습니다. 이건 사람의 생명에 관한 일이에요."

사쿠마가 간절하게 호소했다. 사람의 마음을 끌어당기는 열정이 넘쳤다.

"가능한 범위 안에서 협력하겠습니다."

쓰쿠다는 그렇게 대답한 후 근본적인 질문을 던졌다. "그런데 그런 데이터를 가지고 계십니까? 설계도든 실험 데이터든 대외비일 텐데요."

사쿠마의 눈 속에서 뭔가가 움직이는가 싶더니 "있어요"라는 한마디가 입에서 흘러나왔다.

"입수 경로는 묻지 마시고요. 사본을 가져왔습니다."

사쿠마는 발치에 놓아둔 묵직해 보이는 종이봉투에서 자료를 한 아름 꺼내 테이블에 펼쳐놓았다.

쓰쿠다는 휘둥그레진 눈으로 옆에 앉은 도노무라를 보았다.

"야마를 좀 불러줘."

부리나케 사장실을 뛰쳐나간 도노무라가 잠시 후 야마사키를 데리고 돌아왔다.

"니혼클라인에서 제조한 인공심장의 설계도래."

오는 동안 도노무라에게 사정을 들은 모양이다. 야마사키는 오른손을 턱에 댄 채 눈만 움직이며 자료를 뚫어져라 들여다보았다.

아마도 주요 부분을 발췌한 듯한 설계도가 열 장. 그리고 실험 데이터로 추정되는 자료는 두께가 10센티미터쯤 된다. 누구에게서 입수했는지는 모르지만 관계자 중에 사쿠마의 협력자가 있는 것이 틀림없다.

"오늘 사전 약속 없이 찾아오셨죠?"

쓰쿠다는 문득 궁금해져서 물었다. "거절하면 어쩔 생각이었습니까? 문전박대당할 수도 있었는데요."

"그때는 그때고요. 전화로는 거절해도 직접 찾아가서 부탁하면 만나주실 때가 많거든요."

직종은 다르지만 일하는 방식에서는 쓰쿠다 자신과 비슷한 면이 느껴졌다.

"그렇군요. 그런데 이 자료, 저희가 잠시 맡아두어도 될까요?"

쓰쿠다가 묻자 "그러려고 가져온 거예요" 하고 사쿠마는 대답했다.

"그럼 살펴볼 테니 시간을 좀 주십시오."

"부탁드립니다. 다만 회사 밖으로는 반출하시면 안 돼요."

사쿠마에게도 사쿠마의 사정이 있다.

"알겠습니다. 약속하겠습니다."

"감사합니다. 잘 부탁드릴게요."

사쿠마는 정중하게 인사하고 물러갔다. 회사 앞에 댄 경차에 올라타는 모습이 사장실 창문으로 보였다. 자동차가 시야에서 사라지자 쓰쿠다는 굳은 표정의 야마사키를 돌아보았다.

그 자리에서 바로 검토에 들어갔다.

"틀림없네요."

설계도를 체크하던 야마사키가 그중 한 장을 손끝으로 톡톡 두드렸다. 밸브 부분의 설계도다.

"이거, 그때 제가 설계한 겁니다, 사장님."

"역시 나카자토인가."

쓰쿠다는 혀를 찼다.

"아마 그때 데이터를 반출한 거겠죠. 제 감입니다만, 사야마제작소가 이 설계도를 가지고 니혼클라인에 새로운 밸브라고 제안한 게 아닐까요?"

확실히 그렇다면 니혼클라인이 쓰쿠다제작소가 아니라 사야마제작소에 밸브를 발주한 이유가 설명된다.

"어휴, 그 바보가." 쓰쿠다는 새삼 탄식했다.

"어떻게 할까요, 사장님?"

야마사키가 물었다.

"이 일은 나한테 맡겨줘. 이제부터는 가미야 변호사님이 나설 차례야."

"잘 부탁드립니다. 그리고 이 실험 데이터 말인데요."

야마사키는 사쿠마가 놓고 간 자료를 손가락으로 두드리며 뜻밖의 말을 꺼냈다. "이거 분명히 사야마제작소 쪽 데이터일 거예요."

"그걸 어떻게 알아?"

"품명이 SSV로 시작되잖아요. 사야마제작소에서 붙이는 제품 번호예요."

"정말이야?"

"네, 예전에 한 번 봤거든요. 제품 카탈로그에도 그렇게 돼 있을 겁니다."

쓰쿠다는 턱에 손을 대고 데이터를 다시 들여다보았다.

날짜와 시간이 기록돼 있었다. 틀림없이 니혼클라인이 사야마제작소에 시제품을 발주한 시기를 전후한 무렵이었다.

"즉, 밸브를 실험한 데이터라는 거군."

쓰쿠다가 말했다. "그런데 야마사키, 이 데이터만 보고 결함이 있다고 판단을 내릴 수 있을까?"

"뭐, 어려울지도 모르겠네요."

그렇게 말하면서도 야마사키는 시선을 고정한 채 데이터를 읽어나갔다. "다치바나에게 짬이 날 때 확인하라고 하겠습니다."

어중간한 추측을 기사로 썼다가는 곤란하다.

"그리고 지금은 이런 데 시간을 할애할 때가 아니니까요."

야마사키가 말했다.

데이코쿠중공업의 연소 시험이 눈앞에 닥쳤다.

시험 일정을 일주일 앞당긴 탓에 지금 기술개발부는 눈코 뜰 새 없이 바쁘다. 담당 팀원 중에는 회사에서 먹고 자며 작업을 하는 사람도 있을 정도다.

"이쪽도 저쪽도 사야마제작소라……."

쓰쿠다는 혼잣말을 중얼거렸다. "출신이 나사인지 나발인지는 모르겠지만, 일이 묘하게 흘러가는군."

## 7

기후네가 교수회를 마치고 방으로 돌아오자 구사카가 연락도 없이 와서 기다리고 있었다. 가면 같은 표정의 도도와 함께였다.

다른 볼일을 보는 김에 들른 줄 알았는데 구사카가 의외의 이야기를 꺼냈다.

"교수님, 저널리스트라는 여자가 다녀가지 않았습니까?"

"저널리스트?"

고개를 저은 기후네는 신경이 쓰여서 물어보았다. "무슨 일 있었나?"

"요전의 그 일, 유족 측이 받아들이지 못하고 재조사니 어쩌니 난리를 치지 않았습니까? 유족 측에서 정보를 흘렸는지 저널리스트라는 여자가 관계자들을 캐고 돌아다니는 모양입니다. 저희한테도 찾아왔어요."

도도가 복사한 명함을 내밀었다.

"사쿠마 노리코……."

명함 사본을 받아든 기후네는 "뭐하는 작자야?" 하고 물었다.

"의료와 관련된 사건을 전문으로 하는 저널리스트예요. 지인의 출판사에 잘 아는 사람이 있다기에 부탁해서 요 몇 년 사쿠마라는 기자가 쓴 기사를 몇 개 추려봤습니다."

구사카가 늘어놓은 기사는 전부 기후네의 기억 속에 있는 것들뿐이었다. 의료사고와 의료소송, 대병원•의 주먹구구식 경영, 뇌물수수…….

"이거랑 이게 저서고요. 아까 서점에서 사 왔습니다."

자극적인 제목의 책 두 권은 모두 진료와 의료기관에 숨겨진 병폐를 고발하는 논픽션이었다.

도도가 메모를 읽었다.

• 첨단 의료설비를 갖춘 특정기능병원 및 일반병상 500개 이상의 지역 병원.

"전직《마이아사》신문사 기자로 사회부와 문화부에 10년 있다가 후생노동성 직원과 결혼했고, 남편의 해외 부임을 계기로 퇴사했습니다. 귀국 후에 남편이 병원 치료 중 갑자기 사망하자 의료사고가 아니냐며 병원에 소송을 걸었고요. 그때부터 의료를 주제로 취재를 시작해, 통신사와 대형 주간지 등에 특집기사를 판매하는 프리랜서 저널리스트가 되었다고 합니다. 작년에 다케하시출판사가 주관하는 논픽션 대상을 수상하는 등 작가로서도 주목을 받고 있고요."

설명을 다 듣고 나자 기후네는 갑자기 기분이 언짢아져서 물어보았다.

"그런데 자네들한테는 뭘 취재하러 왔나?"

"사망한 고니시 사토루 씨에 대해서요. 임상시험에 사용한 코어하트에 대해 이야기를 듣고 싶다고 하더군요. 딱히 할 말이 없다고 취재는 거절했습니다. 그 후에 소재를 만드는 하청업체, 그리고 사야마제작소에도 갔던 모양이더군요. 어디도 취재에는 응하지 않았지만요."

"그럼 된 거 아닌가?"

"조금 마음에 걸리는 일이 있어서요."

성가신지 적당히 이야기를 마무리 지으려는 기후네에게 도도가 날카로운 눈빛을 던졌다.

"사쿠마가 소재를 납품하는 도쿄레이온의 담당자에게 설계도를 보여주며 어떤 소재를 공급하는지 물어봤다고 합니다."

"설계도를 보여줬다고? 그러니까 설계도가 유출됐다는 건가?"

기후네는 엉겁결에 몸을 내밀었다.

"아마도요. 하지만 저희 회사에서 유출된 건 절대 아닙니다. 무슨 말씀인지 아시겠죠?"

"우리 연구실에서 새어 나갔다는 건가, 지금?"

"그렇습니다" 하고 도도가 말했다. 할 말은 분명히 하는 남자다.

기후네는 나지막하게 끙 하고 앓는 소리를 내더니 못마땅한 표정으로 허공을 노려보았다.

"누구 짐작 가시는 사람은 없습니까?"

도도가 말없이 생각에 잠긴 기후네에게 거듭 물었다. "불만을 품고 있는 직원은 없을까요? 이번 일로 유족 편을 드는 사람이라든가."

"그 설계도를 복사할 수 있는 사람은 닥터급뿐이야. 그렇다면."

기후네가 고개를 들었다. "가사이, 아니면 미시마."

사망한 환자에게 응급처치를 한 수련의와 전화로 응급처치를 지시한 지도교수다. 둘 다 일이 터진 후에 섣부른 대응과 관련해 강한 비판을 받았다. 그들은 특수한 사례임에도 미리 적절한 지시를 받지 못했다고 반론했다. 최종적으로 그 주장은 인정됐지만 이번 사태에 강한 불만을 품고 있어도 이상할 것 없다. 하지만—.

"그 두 사람은 이쪽 계통을 모릅니다."

도도의 냉정한 지적에 기후네는 고개를 끄덕였다. 전공이 다르면 설계도에 접근하기는 힘들다.

"설마."

기후네는 작게 소리쳤다. "마키타인가!"

예민한 문제인 만큼 굳이 대답은 하지 않았지만 도도는 꿰뚫는 듯한 시선으로 말없이 긍정을 표현했다.

마키타는 심장혈관외과에서 이치무라의 뒤를 이어 기후네의 오른팔로 불린다. 이치무라와는 달리 기후네와 대학 동문이라 그야말로 굳건한 사제 관계를 자랑해왔다.

"설마 그 녀석이……."

"교수님."

도도가 기후네의 망설임을 단칼에 끊어내듯이 말했다. "인간은 궁지에 몰렸을 때 본성을 드러내는 법입니다. 교수님은 이번 일과 관련해 마키타 교수의 과실을 지적하셨죠. 유족 측이 싸울 의지를 보이는 이상, 마키타 교수는 지금 궁지에 몰린 셈입니다."

"그건 마키타의 과실이야."

기후네는 숨을 크게 들이마시고 다시 단언했다. "녀석의 세심하지 못한 면이 결국 이런 결과를 초래한 거지."

"마키타 교수가 과연 그 평가를 수긍할까요?"

도도는 덧붙여 말했다. "조심하십시오."

세 사람 사이에 뒤숭숭한 침묵이 내려앉았다.

"저널리스트는 개뿔!"

부아가 치미는 듯 기후네의 표정이 일그러졌다. "이러니까 의료기기를 개발하려는 의사도 제조사도 없는 거 아닌가!"

기후네는 마음속 깊은 곳에서 솟구친 말을 그대로 입 밖에 꺼냈다.

"다들 의료에 뭘 바라는 거야? 영원한 생명? 그런 건 없어. 완전무결한 의료기술? 그런 것도 없지. 의료는 어디까지나 실패를 통한 경험의 축적, 가설과 실증의 반복이야. 실패했다고 책망하면 의료는 진보하지 못해. 저널리스트랍시고 괘씸한 대병원을 상대로 정의의 펜을 휘두른다는 자아도취에 빠졌는지는 몰라도, 그런다고 의료가 진보하나? 긴 안목으로 보면 스스로 자기 목을 조르고 있는 셈이나 마찬가지야. 이 저널리스트가 쓴 기사를 읽고 병원을 악당 취급하는 작자들이 나중에 심장병에 걸렸을 때, 세계적인 수준보다 한참 뒤처지는 기술로 수술할 수밖에 없는 현실을 받아들일 각오가 되어 있을까? 웃기고 있네. 이딴 건 의료의 역사를 모르는 멍청이들의 헛소리야!"

기후네는 열이 올라 침을 튀기며 목소리를 높이다가 자기 무릎을 힘껏 내리쳤다.

## 8

"오, 잘 지내고 있어?"

쓰쿠다의 전화를 받았을 때, 나카자토는 아직 회사 컴퓨터 앞에서 실험 데이터와 분투하고 있었다.

오후 9시가 지났다. 할당된 개발 업무에 옭매여 자기 일을 하는 것만으로도 벅차다. 잔뜩 황폐해진 마음으로 뭔가에 씐 것처럼 오로지 숫자를 좇던 중이었다.

"네, 그럭저럭요. 어쩐 일이세요?"

나카자토는 경계하며 물었다. 사장이 퇴사한 직원에게 전화를 건다는 것 자체가 예삿일이 아니기 때문이다. 나카자토도 당연히 자신이 무슨 짓을 저질렀는지 잘 알고, 양심에 찔리기도 했다.

"아니, 그냥. 잘 지내면 됐어. 좋아하는 일은 하고 있어?"

"네, 뭐."

대답은 그렇게 했지만, 지금 눈앞에 있는 일이 원하던 일이라고 확언할 자신은 전혀 없었다.

"그렇구나. 그거 다행이군. 그런데 나카자토."

쓰쿠다는 약간 미적미적 말을 이었다. "세상과 회사에 누를 끼치지는 말도록 해. 알겠지?"

쓰쿠다 사장님은 알고 있다—.

나카자토는 알아차렸다. 설계 정보를 사야마제작소에 넘겼다는 사실을 눈치챘다. 그래서 이런 전화를 건 것이다.

화를 내지도 불만을 토해내지도 않고, 쓰쿠다답게 격려하는 말투로.

"네, 감사합니다."

나카자토는 그렇게 답하는 게 고작이었다.

"밤늦은 시간에 미안해. 아직 회사야?"

쓰쿠다가 물었다. "혹시 이쪽에 볼일 보러 나오면 한번 들러. 차 정도는 대접할게. 그럼 잘 있어."

쓰쿠다는 나카자토의 대답을 기다리지 않고 전화를 끊었다.

8장

# 진검승부

## 1

오후 7시가 지났을 무렵, 쓰쿠다는 품 안 가득 도시락을 들고 기술개발부에 얼굴을 내밀었다.

"다들 밥 먹고 해."

큰 소리로 부른 후 한복판에 있는 회의 책상에 도시락을 쌓아 놓고 자기도 하나 펼쳤다.

"잘 먹겠습니다."

짬이 나는 직원부터 차례로 와서 책상에 둘러앉았다. 연소 시험을 사흘 앞두고 쓰쿠다제작소는 그야말로 임전태세였다.

"사야마 덕분에 야근이라니. 그쪽에 식대를 청구하죠."

에바라도 영업부에서 와서 남은 도시락을 펼치며 말했다.

"내 말이. 하지만 이번 경쟁입찰에서 지면 식대고 뭐고 밸브 거래 자체가 날아가버리니까 최악이지."

쓰쿠다는 그렇게 말하며 벽에 붙은 포스터를 올려다보았다.

품질 하면 쓰쿠다, 쓰쿠다 프라이드

쓰쿠다제작소에서 일하는 사람 모두의 자부심을 대변하는 캐치프레이즈다.

쓰쿠다는 조금 떨어진 책상에서 묵묵히 작업하는 직원들에게 시선을 돌려 "이봐, 자네들도 와" 하고 불렀다.

다치바나와 가노다.

고개를 든 다치바나는 "감사합니다" 하고 대답했지만 중단할 낌새 없이 가노와 뭔가 데이터를 분석하는 데 열중했다.

"어쩔 수 없군."

쓰쿠다는 먼저 도시락을 다 먹고 남은 도시락을 책상까지 가져다주었다.

"뭘 그리 열심히 보고 있어?"

두 사람이 골똘히 들여다보고 있는 데이터에 눈길을 준 쓰쿠다는 멈칫했다.

사쿠마가 가져온 자료였기 때문이다.

"이거 분명 내구성 실험 데이터일 겁니다."

다치바나가 말했다. "동일한 압력하에서 평가한 걸 거예요."

"오오. 뭐, 남의 테스트 결과를 훔쳐보는 게 그리 떳떳한 일은 아니지만."

쓰쿠다는 슬쩍 물었다. "좀 어때?"

이것으로 사야마제작소의 실력이 어떤지 살짝 엿볼 수 있다.

"대단하네요."

다치바나는 감탄하는 표정을 지었다. "훌륭한 밸브입니다. 잘 만들었어요."

"정말 굉장한 데이터예요."

가노도 상기된 표정으로 말했다.

쓰쿠다제작소에서 설계 정보가 유출된 경위를 모르는 두 사람은 칭찬 일색이었다.

"그래? 그거 강적이로군."

쓰쿠다도 자료를 집어 들고 데이터를 확인해보았다.

확실히 내구성 평가 성적은 대단했다. 놀랄 만한 실력이다. 하지만—.

자료를 보는 동안 쓰쿠다의 가슴속에 위화감이 생겼다.

"왜 그러세요?"

갑자기 쓰쿠다의 표정이 험악해진 걸 보고 가노가 물었다.

"확실히 흠잡을 구석 없는 성적이야. 우리 밸브도 이런 성적을 얻기는 쉽지 않을걸. 하지만……."

쓰쿠다는 복잡한 표정으로 데이터를 노려보았다. "이 숫자, 너무 깔끔하지 않아?"

다치바나가 흠칫 놀란 눈으로 허둥지둥 데이터를 다시 확인했다.

"확실히…… 그렇다고 할 수도 있겠네요."

이윽고 고개를 든 다치바나의 얼굴에 의심이 뚜렷이 새겨져 있었다.

## 2

"사쿠라다 씨, 웬일로 이렇게 많이 마시세요?"

아까부터 사쿠라다는 데운 술을 직접 따라 마시고 있었다. 평소 술을 거의 입에 대지 않는데 벌써 두 병째였다.

사쿠라다와 이치무라는 후쿠이 시내의 단골 초밥집 카운터석에 앉아 있었다. 평소보다 늦은 8시경에 들어와 이럭저럭 두 시간 가까이 지났다. 자리를 대부분 채웠던 손님도 이제는 나이 든 커플 한 쌍을 제외하면 사쿠라다와 이치무라뿐이다.

밥 먹으러 가지 않겠느냐고 제안한 건 사쿠라다였다.

사쿠라다는 평소 자주 식사를 같이하자고 청하기에 이날도 딱히 특별하게 생각지는 않았다.

"저는 이치무라 교수님과 만나서 정말 행복합니다."

취했는지 사쿠라다가 술잔을 바라보며 그런 소리를 했다. "후쿠이같이 외진 데 오기 싫으셨을지도 모르지만, 교수님은 후쿠이의 보물이세요."

"뜬금없이 그게 무슨 말씀이십니까?"

이치무라는 웃고 나서 차분하게 말을 이었다. "저는 지금 직장으로 와서 잘됐다고 생각합니다. 뭐, 의사로서는 탄탄대로에서 미끄러진 셈이지만, 여기 있으면 빡빡한 출세 경쟁에 신경 곤두세우지 않고 좋아하는 연구를 할 수 있으니까요."

"교수님 정도 되시는 분이, 아깝습니다."

사쿠라다는 평소 아부를 하는 사람이 아니다.

"오늘 대체 왜 그러세요? 그리고 과음하시는 거 아닙니까?"

"교수님, 실은 드릴 말씀이 있습니다."

사쿠라다는 잔을 카운터에 탁 내려놓고 등을 쭉 폈다.

"가우디 프로젝트에 대해서요. 다음번 PMDA와의 면담에서도 진전이 없다면 그만둘 생각입니다. 죄송합니다, 교수님."

너무나 갑작스러운 폭탄 발언이었다. 사쿠라다는 카운터에 양손을 짚은 채 고개를 들려고 하지 않았다.

"고개 드세요, 사쿠라다 씨."

잠시 침묵이 흐른 후 이치무라는 "자요" 하고 사쿠라다의 잔에 술을 따라주었다.

양손으로 술을 받은 사쿠라다가 공손하게 한 모금 마시고 나서 잔을 내려놓았다.

"회사 사정 때문입니까?"

이치무라의 물음에 "면목 없습니다"라는 답변이 되돌아왔다.

"동생이 더 이상은 지원 못 해주겠다는군요. 회수할 전망이 보이지 않는 투자는 이제 그만두라면서……. 확실히 그 말이 옳을지도 모르겠습니다."

"이거 야단났군요."

이치무라도 술잔을 입으로 가져갔다. 술을 마신다고 문제가 해결되는 건 아니지만, 마시지 않을 수 없었다.

"사쿠라다 씨가 빠지시면 사업을 계속할 수가 없는데요."

"죄송합니다."

사쿠라다가 다시 사과했다. "실은…… 쓰쿠다 씨께는 요전에 만났을 때 말씀드렸습니다. 일단 이해는 하셨을 겁니다."

"그런데 사쿠라다 씨, 혹시 PMDA와의 면담이 잘 풀리면요? 그 후에도 역시 자금 면에서 불안하지 않겠습니까?"

"그때는 무슨 일이 있어도 회사를 설득해 자금을 지원받겠습니다."

사쿠라다는 굳센 결의를 내비쳤다.

"알겠습니다. 잘되면 좋겠네요. 아니, 잘되도록 힘내십시다."

그러기 위한 대책을 지금 쓰쿠다가 세우고 있다.

부탁합니다, 쓰쿠다 씨.

이치무라는 속으로 강하게 염원했다.

## 3

오전 6시.

쓰쿠다는 쓰쿠바 시내에 있는 비즈니스호텔의 객실에서 깨어났다. 잠을 이루지 못하고 마지막으로 시계를 보았을 때 새벽 3시경이었으니 세 시간 정도는 잔 셈이다.

머리맡에서 울리는 알람을 끄고 샤워를 한 후 나갈 채비를 마치고 방에 있는 전기포트로 인스턴트커피를 한 잔 타서 마셨다.

로비로 내려가자 머리에 까치집을 지은 야마사키가 기다리고 있었다. 야마사키 외 일곱 명. 이날 연소 시험에 참석하는 직원들과 함께 미니버스를 타고 쓰쿠바시 교외에 위치한 데이코쿠중공업 연구소로 향했다.

도착하자 오전 7시 반이었다.

엔진에 사용될 밸브는 전날 보내서 연소 시험용 엔진에 이미 장착했다.

야마사키가 개발 책임을 맡아 제조한 신형 밸브 시스템이다.

연소 시험 개시를 알리는 사이렌이 울려 퍼졌다. 쓰쿠다는 모니터룸에서 모니터에 비치는 엔진을 바라보았다.

할 수 있는 일은 다 했으니 이제 결과를 기다릴 뿐이다.

담당자가 카운트다운을 시작했다.

"……3, 2, 1, 엔진 점화."

쓰쿠다와 야마사키 그리고 데이코쿠중공업의 스태프를 포함한 전원이 모니터를 지켜보는 가운데 굉음과 함께 화염이 뿜어져 나왔다.

같은 날 아침 7시 반.

도노무라는 평소보다 한 시간이나 일찍 출근했다.

아침 일찍부터 연구소에 갔을 쓰쿠다 일행에게 혹시나 문제가 발생했을 때에 대비해 전철 첫차를 타고 왔다.

경리부 책상에 앉아 컴퓨터를 켰지만 마음이 어수선해 일도 손에 잡히지 않았다.

제발 무사히 끝나라.

잠시 후 여느 때 같으면 제일 먼저 출근할 총무 담당 하나무라 다미코가 모습을 나타냈다. 아무도 없을 줄 알았던 사무실에 도노무라가 있는 걸 보고 하나무라는 눈이 휘둥그레졌다.

"어쩐 일이세요, 부장님?"

"오늘 다들 쓰쿠바에 갔으니까요."

잔걱정이 많은 성격을 들킨 것만 같아 도노무라는 괜히 뒤통수를 긁적였다.

"어머나!"

하나무라는 오른손으로 마구 손사래를 치며 "부장님도 참 걱정도 팔자시라니까!" 하고 웃었다.

"하지만 생각해봐요."

도노무라는 고지식하게 반론을 시도했다. "만약, 어디까지나 만약이지만 이번 연소 시험에 실패하면 우리 회사에서 로켓밸브는 없어질지도 모른다고요."

"걱정 마세요."

하나무라는 변함없이 웃는 얼굴로 말했다. "좀 더 듬직한 모습을 보여주셔야죠."

오전 8시가 지나자 직원들이 하나둘씩 출근했다.

"오늘 오전 11시부터 정말로 주, 중요한 연소 시험이 진행되니 여러분도 성공을 기원해주시기 바랍니다."

평소처럼 조례를 하다가 도노무라는 말을 버벅댔다.

"부장님이 그렇게 긴장하시면 어떻게 합니까?"

에바라의 한마디에 모두가 일제히 웃었다.

"기다리는 자에게 복이 있다고 했어, 도노무라 씨."

쓰노가 웃으며 말했다. "사장님과 기술개발부 사람들이 가서 열과 성을 다하고 있을 테니 반드시 성공할 거야."

"그, 그럴까요?"

그래도 도노무라는 주눅 든 목소리로 말했다. "시험에 성공하면 제일 먼저 제게 연락이 올 겁니다. 여러분께도 바로 알려드리겠습니다."

그리고 지금.

도노무라는 홀로 경리부 책상에 팔짱을 끼고 앉아 쓰쿠다의 연락을 기다리고 있었다. 마음이 진정되지 않아 다리를 달달 떨며 책상 한복판에 놓아둔 휴대전화를 노려보았다.

오전 11시 20분.

휴대전화가 깜짝 놀랄 만큼 큰 소리로 울리기 시작했다. 못 듣기라도 하면 큰일이다 싶어 도노무라가 음량을 제일 크게 설정해 둔 탓이다.

"왔다!"

화면에 표시된 쓰쿠다의 이름을 보고 도노무라는 긴장된 표정으로 벌떡 일어나 휴대전화를 귀에 댔다.

"저, 정말입니까? 감사합니다. 축하드립니다!"

도노무라는 전화를 끊자마자 "여러분, 성공했습니다!" 하고 고래고래 소리를 지르며 경리부를 펄쩍펄쩍 뛰어다녔다.

"와, 진짜 풀무치 같네."

하나무라가 얼떨떨한 얼굴로 바라보며 혼잣말을 중얼거렸다.

## 4

그 무렵 데이코쿠중공업의 자이젠도 연소 시험 성공 소식을 기다리고 있었다.

본부장 미즈하라 시게하루를 필두로 한 우주항공본부 부장회의 석상이다. 자이젠은 호주머니에 넣어둔 휴대전화로 메일을 확인하고 안도의 한숨을 내쉬었다.

쓰쿠다제작소의 밸브 시험 성공은 이제부터 자이젠이 설계하려는 일의 이를테면 필수조건이다. 일단 그게 해결된 셈이다.

"그럼 다음 의제로 넘어가겠습니다. 자이젠."

잠시 후 진행을 맡은 부본부장이 자이젠을 지명했다.

"개발부에서 새로운 출자 안건을 제안드리겠습니다."

자이젠의 목소리가 고요한 실내 구석구석까지 울렸다.

"우리 회사와 쓰쿠다제작소의 거래 상황은 여러분도 잘 아실 겁니다. 그리고 현재 쓰쿠다제작소는 새로이 심장혈관외과 분야의 의료기기 개발에 나섰습니다."

프로젝터 화면에 가우디 프로젝트의 개요가 표시됐다. 호쿠리쿠의과대학, 주식회사 사쿠라다, 그리고 쓰쿠다제작소의 공동개발 구도를 설명하고 데이코쿠중공업의 조사부에서 파악한 개발 중인 인공판막이 야기할 의학적 의의와 경제적 효과를 언급했다. 자이젠의 설명은 꼼꼼하니 겹치거나 빠지는 부분이 없었다.

"우리 회사는 지금까지 검사기기 이외의 의료기기 분야에는 손을 대지 않았지만, 이번 건은 자금을 협력하는 형태로 참여를 검토해야 한다고 봅니다."

"건강개발본부는 어쩌고?"

본부장 미즈하라가 제일 먼저 꺼낸 질문은 그것이었다. 관료적이라 할 만큼 데이코쿠중공업은 어디까지나 종적 구조다. 다른 부서가 관리하는 영역에는 발을 들여놓지 않는 것이 불문율이다.

"안도 부장에게 확인해보니, 건강개발본부에서는 검사기기만 다뤘기 때문에 관련 있는 부서에서 검토해야 한다는 의견이었습니다."

"다시 말해 우리하고 관련이 있다고?"

"있습니다."

미즈하라의 질문에 자이젠은 딱 잘라 대답했다. 드디어 승부처다.

"말로 설명하기보다 실물을 직접 보시는 편이 낫겠죠."

자이젠은 가리개를 걷고 20센티미터 길이의 원기둥 모양 물체를 미즈하라 앞에 내려놓았다. 원기둥은 둔탁한 은색으로 빛났다.

"이건 뭐지?"

용도가 무엇인지 상상되지 않는 표정이었다. 미즈하라뿐만 아니라 회의실에 있는 모두의 얼굴에 같은 의문이 서렸다.

"분쇄기입니다."

자이젠의 대답에 일제히 탄성이 터져나왔다.

"분쇄기라고?"

미즈하라가 무심코 되뇌더니 물체를 손에 들고 요모조모 들여다보았다.

"우리가 개발해 발사하고 있는 로켓의 엔진은 결코 완벽하지는 않습니다. 엔진 내부에 혼입된 이물질이 다양한 문제를 일으키는 것이 사실입니다. 우리는 지금까지 발사 실패로 이어질 수 있는 이물질이 발생하지 않도록, 또는 혼입되지 않도록 다양한 노력을 해왔는데요. 이 분쇄기는 그 발상을 완전히 뒤집었습니다."

자이젠은 자신을 쳐다보는 사람들을 둘러보고 말을 이었다.

"만약 이물질이 혼입되면 그걸 초고감도 센서로 탐지해 이 분쇄기로 분쇄하는 겁니다."

회의실이 고요해지고, 한숨 소리가 들렸다. 경탄의 한숨이다. 자이젠은 이야기를 이어나갔다.

"이 분쇄기는 현재 개발 단계에 있으며 실용화하려면 기술적으로 상당한 개선이 필요합니다. 우리 로켓 발사 기술을 좀 더 확고하게 해줄 핵심기술로 자리 잡을 가능성이 엿보이는 만큼 지금부터 쓰쿠다제작소와 공동개발해야 한다는 것이 제 생각입니다."

"알았어."

미즈하라는 "그런데 그게 쓰쿠다제작소가 개발한다는 의료기기와 무슨 상관이야?" 하고 당연한 질문을 꺼냈다.

"이 분쇄기가 장차 로켓을 넘어 다양한 분야에 응용될 수 있다는 점에 주목해야 합니다. 그중 유력한 분야가 바로 의료고요. 쓰쿠다제작소가 개발 중인 인공판막, 또는 인공심장 같은 의료기기에서 가장 경계해야 할 요소는 혈전입니다. 항응고제, 항혈소판제로 녹이는 방법이 일반적이지만, 개인차가 있으며 의료기기 때문에 발생한 혈전을 전부 녹이는 데는 한계가 있습니다. 더 나아가 부작용이나 합병증에 따라서는 이러한 약품 자체를 사용할 수 없는 경우도 있고요."

"의료용 분쇄기를 만든다, 그건가?"

미즈하라의 지적에 자이젠은 고개를 끄덕였다.

"그렇습니다. 혈전 분쇄기라고 할까요? 쓰쿠다제작소와는 앞으로도 밸브 시스템과 관련해 협력 관계를 지속해나가겠지만, 그 이외에도 이러한 분야에서 공동개발에 착수하고 싶습니다. 그 첫 걸음으로써 쓰쿠다제작소가 현재 진행 중인 가우디 프로젝트에 출자해 파트너가 되었으면 합니다. 승인 부탁드립니다."

자이젠은 힘 있는 시선을 미즈하라에게 보낸 후 인사하고 자리에 앉았다.

괜찮지 않겠느냐고 소곤거리는 소리가 들렸다. 자이젠의 프레젠테이션은 회의 참석자들에게 어느 정도 높은 평가를 받았다.

"지원 금액은 어느 정도로 생각하고 있나?"

미즈하라가 한 걸음 파고들어 질문했다.

"당장 필요한 운영자금으로 1억 엔. 가우디 프로젝트부터 참여해 관계를 강화하고, 분쇄기 개발 현장에는 우리 회사 연구원을 투입시킵니다. 분명 의료 분야뿐만 아니라 우리 회사가 추진하는 다양한 제품에 기여하는 획기적인 연구개발로 성장할 겁니다."

회의실은 희미한 흥분에 감싸였다. 그때였다.

"그다지 찬성 못 하겠는데요."

타원형 테이블 오른쪽에서 사람들을 침묵시키는 한마디가 들렸다.

구매관리부의 이시자카였다. 이시자카는 안경테를 오른손으로 밀어 올리며 불쾌하기 짝이 없다는 표정으로 자이젠을 쳐다보았다.

"애당초 우리가 쓰쿠다제작소 같은 회사를 꼭 상대해야 할까요? 때마침 밸브 시스템 특허를 취득했다는 이유 때문에, 자재 구매관리를 담당하는 저희 입장에서는 탐탁지 않지만 함께할 수밖에 없었던 회사입니다. 여러분도 비슷한 인식을 가지고 계신 걸로 압니다만."

이시자카는 말을 이었다. "핵심기술은 자체 개발하는 것이 우리의 방침입니다. 그리고 현재 쓰쿠다제작소 대신, 더욱 최신형 밸브 시스템 기술을 보유하고 있는 사야마제작소와의 사이에서 공동개발 이야기가 나오고 있습니다. 또한 사야마제작소의 밸브 시스템을 탑재한 엔진의 연소 시험이 다음 주에 진행된다는 건 자이젠 부장도 알고 있을 텐데요, 어떻습니까?"

"물론 압니다."

자이젠은 대답했다. "하지만 사야마제작소는 아직 실적이 없습니다. 반면 쓰쿠다제작소의 밸브 시스템은……."

"과거의 실적을 따져서 어쩌자는 겁니까? 지금 앞으로의 이야기를 하는 중이잖아요."

이시자카는 불쾌함이 묻어나는 얼굴을 삐딱하게 기울인 채 "엔진용 밸브의 공동개발을 지향하는 사야마제작소와 손을 잡는 편이 유리합니다" 하고 단정했다.

"모르시는 분도 계실 테니 설명드리자면, 사야마제작소의 사장 시나 나오유키 씨는 오랫동안 나사 연구원으로 있었던 일류 기술자입니다. 뭐, 쓰쿠다제작소의 밸브가 국내에서는 실적이 있겠죠, 인정합니다. 하지만 그렇게 따지면 시나 씨는 나사에서 무수한 실적을 올렸다고 할 수 있습니다. 상대를 고르자면 어느 쪽이 우리 파트너로 적합할지는 자명하지 않겠습니까? 그리고 하나만 더 말씀드리겠습니다."

이시자카는 손가락을 하나 세우고 거들먹거리는 태도로 말을 이었다. "실은 사야마제작소도 인공심장 개발에 참여했습니다. 다만 이쪽은 니혼클라인, 그리고 아시아의과대학과 손을 잡았어요. 의학계의 권위, 기술력과 경제력, 예상되는 사회공헌도, 뭘 따져봐도 쓰쿠다제작소가 관여한 자잘한 사업과는 비교가 안 됩니다. 이 인공심장에도 사야마제작소의 밸브 시스템이 사용됩니다. 어차피 출자할 거면 사야마제작소 쪽에 출자하는 편이 백배 낫겠죠. 그리고 아까 그 분쇄기 말씀인데요."

이시자카가 밉살스럽게 결정타를 날렸다. "사야마제작소의 시나 사장 의견에 따르면 그런 건 언제 실현될지 모를 꿈같은 이야기라고 하더군요. 그런 데다 1억 엔을 투자하다니 돈을 하수구에 버리는 셈이나 마찬가지입니다."

자이젠은 눈썹을 살짝 치켜세우고 뒤에 대기 중인 도미야마를 힐끔 보았다. 딱딱한 표정으로 이야기를 듣고 있던 도미야마는 자이젠과 눈이 마주치자마자 거북한 듯 고개를 숙였다.

쓰쿠다제작소가 개발 중인 분쇄기에 관한 정보는 비공개로 해두어서 아는 사람은 일부뿐이다. 시인할 리 없지만 도미야마의 입에서 새어 나간 것은 의심의 여지가 없었다.

"세컨드 오피니언이 저래서야 영 미덥지 못한걸."

미즈하라가 한마디 했다. "이시자카 말마따나 사야마제작소 이야기는 확실히 매력적으로 들리는군. 사야마제작소의 연소 시험은 다음 주인가?"

미즈하라는 자이젠이 아니라 이시자카에게 물어보았다.

"그럼 일단 본건은 보류하도록 하지."

미즈하라의 결단은 빨랐다. "사야마제작소의 연소 시험 결과를 보고 재검토하자고. 그럼 되겠지?"

반론의 여지는 없었다. 자이젠은 말없이 그저 입술을 깨물었다.

## 5

"고생 많으셨습니다!"

그날 저녁, 도노무라가 활짝 웃는 얼굴로 쓰쿠다 일행이 탄 미니버스를 마중 나왔다. "다행이에요. 정말 잘하셨어요!"

이토록 기뻐하는 모습만 봐도 경리부장으로서 도노무라가 얼마나 걱정했는지 알 수 있었다.

"결과가 참 좋았어."

쓰쿠다는 오늘 시험을 그렇게 총괄했다. "목표로 했던 성능이 모조리 발휘됐지. 다들 애 많이 썼어."

몹시 지치기는 했지만 아직 흥분이 채 가시지 않은 직원들의 얼굴에도 성취감이 넘쳐났다.

할 수 있는 일은 남김없이 다했다.

이제 결과를 기다릴 뿐이다.

"그건 그렇고."

시험에 대해 도노무라에게 대강 설명한 후 쓰쿠다는 웃음을 지웠다. "외근 나간 사람들이 돌아오면 가우디팀을 모아줘. 할 말이 있어."

쓰쿠다는 복잡한 표정으로 한발 먼저 사장실로 돌아갔다.

그로부터 약 한 시간쯤 후, 다치바나와 가노, 그리고 에바라와 가와타가 사장실로 왔다. 야마사키와 도노무라도 함께였다.

"실은 오늘 데이코쿠중공업의 부장회의에서 가우디 프로젝트를 지원할지 말지 논의했대. 일단 경과는 설명해두려고."

굳은 시선들이 쓰쿠다에게 집중됐다.

"아쉽지만 결론은 보류됐어."

쓰쿠다는 자이젠에게 회의 내용도 자세하게 들었다.

"가령 사야마제작소의 밸브를 채택한다면, 그 편이 데이코쿠중공업에 이득이라 판단했다는 거겠죠?"

에바라가 이야기를 정리하자 분위기가 무거워졌다.

"사야마제작소의 연소 시험이 실패로 끝날 수도 있을까요?"

에바라가 거듭 물었다.

"가능성은 낮겠지."

쓰쿠다는 대답했다.

"그 대단하신 나사 출신이니까요."

빈정거림으로도 자포자기로도 들리는 투로 에바라가 말을 툭 내뱉었다.

"데이코쿠중공업이 정말 좋아할 만한 경력이잖습니까."

"우리보다 한 수 위라는 느낌이 딱 오니까요."

가와타의 한마디가 쓰쿠다의 가슴에 꽂혔다.

쓰쿠다와 시나. 나이로 따지면 같은 동년배지만, 기술자로서의 경력은 완전히 다르다. 국내 로켓공학 현장에서 경험을 쌓았지만 끝내 좌절한 쓰쿠다. 한편 시나는 나사라는 간판을 짊어진 만큼 화려한 경력을 쌓아 올렸다.

쓰쿠다가 흔해빠진 중소기업의 투박한 아저씨라면, 시나는 세련되고 홍보에 능한 기업인쯤 된다고 할까.

"요컨대 데이코쿠중공업의 지원은 받을 수 없을 것 같다는 말씀이시군요."

사쿠라다가 프로젝트에서 손을 뗄 가능성이 있는 만큼 다치바나의 눈빛은 심각했다.

"좀처럼 잘 안 되네요. 그래서 어려운 거겠지만요."

에바라가 말했다. "중소기업의 비애가 느껴집니다."

"미안해."

어떻게든 하고 싶은 마음은 굴뚝같았지만, 쓰쿠다가 할 수 있는 건 사과뿐이었다.

## 6

“이래 가지고는 글렀군.”

에바라는 온몸의 기운이 다 빠진 것처럼 한숨을 푹 내쉬었다.

“가우디 프로젝트는 어떻게 될까요?”

가와타가 선술집 안주로 나온 냉두부 샐러드를 먹으며 물었다.

“이대로 가면 분명 공중분해되겠지.”

에바라는 테이블 한곳을 바라보며 대답했다. 그리고 더욱 진지한 표정으로 “아니, 그뿐만이 아니야” 하고 말을 이었다.

“사야마제작소의 시험 결과에 따라서는 가우디 프로젝트가 날아가는 정도로 끝나지 않을걸. 데이코쿠중공업과의 거래 자체가 없어질지도 몰라.”

“기껏 시험에 성공했는데도요?”

가와타의 물음에 에바라는 생각해보라고 답했다. “데이코쿠중공업 내부에서는 이미 우리가 아니라 사야마제작소 쪽으로 의견이 기울었어. 예를 들어 이번 시험 일정만 해도 그렇잖아. 만약 우리가 준비가 덜 됐다고 하면 데이코쿠중공업에서 시험 일정을 변경해줄 것 같아?”

“뭐, 안 해주겠죠.”

가와타는 서글픈 표정을 지었다.

“그리고 가라키다 부장님께 들은 이야기인데, 사야마제작소가 정말로 시험 준비가 덜 된 건지 의심스럽다더라.”

“그건 또 무슨 소리예요?”

"우리한테 심술을 부린 게 아니냐는 거지. 나도 동감이야, 충분히 그럴 수 있어."

에바라는 눈앞의 벽을 노려보았다. "데이코쿠중공업의 자이젠 부장 밑에 도미야마 주임이라고 있잖아. 그 인간, 우리한테 감정이 별로 안 좋아. 그건 너도 알지?"

"그야 뭐."

가와타는 고개를 끄덕였다. "그렇다고 그런 짓까지 할까요?"

"내가 얻어들은 바로는 구매관리부 이시자카가 개발부에 일정을 조정해달라고 강하게 요청했대."

자이젠과 이시자카는 사내에서 라이벌이자 견원지간이라고 한다.

"그게 뭐야. 사내 권력투쟁의 불똥이 우리한테 튄 거잖아요."

가와타가 어이없다는 표정을 지었다.

"아무리 생각해도 우리에게는 승산이 없어."

둘이서 푸념하며 술잔을 주고받다 밤 11시가 넘어서야 가게를 나섰다.

거나하게 취한 에바라는 역 앞에서 가와타와 헤어져 걸어갈 만한 거리에 있는 집을 향해 한적한 주택가를 걸어갔다. 밤바람이 술기운으로 달아오른 얼굴을 기분 좋게 스치고 지나갔다.

"이상하네. 아직도 누가 남아 있나?"

언덕길을 똑바로 내려간 에바라는 회사 앞에서 걸음을 멈췄다.

기술개발부원들은 사장님이 고생을 치하하고자 회식에 데려갔을 것이다. 그런데 올려다보자 기술개발부가 있는 3층에 불이

켜져 있었다.

누구지?

에바라는 비밀번호를 눌러 출입구 잠금장치를 풀고 살그머니 안으로 들어갔다.

계단을 올라 3층 문을 연 에바라는 깜짝 놀라 발을 멈췄다.

텅 비어 있어야 할 3층에서 다치바나와 가노가 작업에 몰두하고 있었기 때문이다. 얼마나 집중했는지 둘 다 에바라가 온 줄도 모르는 듯했다.

작업하고 있는 책상 위에 펼쳐진 용지에 빼곡하게 나열된 숫자가 눈에 들어왔다. 작업에 열중한 두 사람에게서 숨 막힐 듯한 기백이 전해져왔다. 술에 취한 자신이 도저히 말을 걸 만한 분위기가 아니었다.

"이 녀석들, 진심이로군."

쓰쿠다의 이야기를 들은 후에도 두 사람은 스스로의 의지로 인공판막 개발에 온 힘을 기울이고 있다. 포기할 낌새는 전혀 보이지 않았다.

에바라는 가만히 문을 닫고 조용히 계단을 내려왔다. 가슴속에 자기혐오가 솟구쳤다.

"뭐가 잘났답시고 같잖은 소리나 하고 앉았냐, 에바라 하루키 이 등신아!"

저도 모르게 말이 나왔다. 자신에게 화가 나서 밖으로 나오자마자 "빌어먹을!" 하고 밤하늘에 대고 욕을 내뱉었다.

"미안하다, 다치바나. 면목 없다, 가노."

에바라는 3층 창문을 올려다보며 두 사람에게 사과하고 오른손으로 자기 머리를 쥐어박았다.

9장

# 완벽한 데이터

# 1

"사전에 성능을 진단해본 바로는 결과가 아주 괜찮았던 모양이던데."

"다 부장님이 도와주신 덕분입니다."

오테마치에 위치한 데이코쿠중공업. 손님용 응접실 중 하나에서 시나는 소파에 앉은 채 두 무릎에 손을 얹고 머리를 숙였다.

"원래는 우리가 밸브를 제조해야 했어. 그런데 '사고'로 외주를 주는 수밖에 없었고 지금에 이르렀지. 핵심기술은 자체 개발하는 게 우리가 추구하는 방침이지만, 처음부터 다시 시작할 시간은 없어. 자네 회사와 공동개발하는 게 최선이야. 물론 특허는 우리에게 양보해야 할 텐데, 괜찮겠지?"

"당연하죠. 딱히 특허로 돈을 벌 마음도 없는걸요. 그저 이번 일을 계기로 더욱 폭넓은 교류를 부탁드리고 싶을 따름입니다. 그게 저희가 바라는 바입니다."

고개를 든 시나가 보고 있는 건 이시자카가 아니라 사야마제작소의 밝은 미래일지도 모른다.

"자네는 쓸 만한 경영자야, 시나 사장. 경력도 대단하거니와 경영 수완을 높이 평가하는 사람들이 우리 회사에도 많아. 이번 일을 기회 삼아 점점 회사를 성장시키게."

"내년부터 주식 상장을 준비하겠습니다."

시나가 말했다. "언제까지고 중소기업에 만족하고 있을 수는 없으니까요. 데이코쿠중공업과 거래를 바란다면 그에 어울리는 회사가 되어야 하지 않겠습니까?"

시나는 문득 눈빛을 가다듬고 물었다. "그런데 쓰쿠다제작소의 연소 시험은 어땠습니까?"

"성공했어."

이사자카는 쾌활한 표정을 지우고 못마땅한 목소리로 말했다.

"출자 건은요?"

"그건 저지했지. 미즈하라 본부장도 밸브 특허 때문에 어쩔 수 없이 한 수 접고 쓰쿠다를 상대하고 있는 거야. 오냐오냐해줬더니 출자? 어림도 없지. 자네 회사의 밸브를 채택한 순간, 쓰쿠다제작소는 쳐낼 거야."

"거래를 중지하시겠다는 말씀인가요?"

과장되게 놀란 표정을 지은 시나의 눈에 남의 불행을 기뻐하는 빛이 서렸다.

"이번 시험은 형식적인 절차일 뿐, 밸브는 자네 회사에 발주할 거야. 그러니 일단 다음 주 연소 시험은 가볍게 통과해주게."

"알겠습니다."

시나는 환한 웃음을 지으며 공손하게 대답했다.

## 2

도쿄에 올라가기를 결정하기까지 이치무라는 몇 번이나 망설였다.

이틀 전 데이코쿠중공업의 출자를 받기가 어려워졌다고 쓰쿠다에게 연락을 받았다. 그 이전에 사쿠라다의 암담한 고백이 있었다. 그건 PMDA라는 굳게 닫힌 문을 앞에 두고 실질적으로 패배를 선언한 것으로 들렸다. 세상을 떠난 딸을 위해 사쿠라다는 지금까지 상당한 개인자산을 투입했고, 사쿠라다편직이라는 건실한 향토 기업의 사장 자리를 내던지면서까지 인공판막 개발에 몸바쳐왔다.

아이디어가 고갈되거나 기술이 부족한 탓이라면 납득할 수 있다. 하지만 고작 기후네와의 관계 탓에 사태가 경직되어 앞으로 나아가지 못하다니 승복할 수 없었다.

학회지 논문 게재를 방해하고, PMDA의 다키가와를 포섭해 개발 자체를 박살내려 한다.

이러다가는 '가우디'가 매장되고 만다—.

숙고한 끝에 이치무라는 기후네와 화해해야겠다는 결론을 내렸다.

기후네와 면담 약속을 잡은 이날, 이치무라는 오전에 연구실에서 사무 작업을 한 후 하네다행 비행기를 타고 옛 보금자리였던 아시아의과대학으로 향했다.

"오랜만에 뵙네요, 이치무라 교수님."

낮익은 기후네의 비서에게 안내받아 학과장실 소파에 앉았다. 약속시간에 딱 맞춰 왔지만 정작 기후네는 30분이나 지나서야 나타났다.

"오랜만일세."

기후네는 늦었는데도 사과 한마디 없이 맞은편 의자에 앉았다. 딱딱한 얼굴로 이 자리에 대한 불쾌감을 감추려 들지 않았다.

"오늘은 부탁이 있어서 찾아뵈었습니다."

이치무라는 입을 열었다. "저희 개발 사업에 힘을 보태주실 수 없을까 싶어서요."

"그것 참 묘한 소리를 하는군."

기후네는 의자에 등을 기대고 다리를 꼰 자세로 손톱을 들여다보았다.

"요전에 학회지에 실리기로 한 논문이 보류됐습니다. 내용상 실려도 전혀 이상할 것 없는 논문입니다. 기회를 한 번 더 주시면 안 되겠습니까?"

"객관적 평가에서 높은 점수를 받지 못했으니 실리지 않은 것 아니겠나?"

냉담한 답변이었다. "그야 자네 책임이지. 어린애도 아니니 결과에 깨끗하게 승복하게. 그게 과학이잖나."

뒤에서 손을 써서 방해하는 게 과학인가. 그렇게 말하고 싶었지만 이치무라는 꾹 참았다.

"논문은 새로 쓰겠습니다. 완성되면 교수님께서 사전에 훑어봐주셨으면 합니다."

“내가? 그게 무슨 소리인가?”

기후네는 언짢은 표정으로 물었다. “지도교수도 아닌데 왜 그래야 하나? 이상하잖아.”

“교수님, 인공판막 개발에 흥미가 있으시다고 하셨죠.”

“아아, 그거.”

기후네는 지금 생각났다는 듯이 말했다. “지금은 인공심장만으로도 벅차서 말이야. 인공판막은 자네가 애써주면 되겠지. 잘 되고 있잖아?”

“PMDA와의 사전면담 때문에 애먹고 있습니다.”

“흠…….”

기후네는 무관심을 가장했다. “그래서?”

“교수님이 어떻게 좀 도와주시면 안 되겠습니까?”

“날 호구로 보는 겐가, 이치무라 선생?”

기후네는 코에 주름을 잡으며 혐오감을 드러냈다. “자네, 내 제안을 거절했잖나. 제 힘으로 하겠다고 그랬지. 그런데 이제 와서 도와달라고? 말이 앞뒤가 안 맞지 않은가!”

“죄송합니다. 저희에게도 사정이 있어서요.”

이치무라는 고개를 조아렸다. “이 인공판막을 기다리고 있는 환자를 위해서라도 하루 빨리 실용화하고 싶습니다. 요전번에 무례하게 굴었던 건 사과드리겠습니다. 부디 선처 부탁드립니다.”

“대체 뭘 어쩌자는 건가?”

퉁명스러운 목소리가 머리 위에서 떨어져 내렸다. “선처라니 무슨 선처? 난 인공판막을 같이 만들자고 했어. 하지만 자네가 거절했지. 이제 와서 무슨 선처를 하라는 건지 통 모르겠군. 좀 가르쳐주겠나?"

"혹시 PMDA 심사 담당이 교수님께 의견을 여쭈어보면 인공판막 개발이 얼마나 큰 의의를 가지고 있는지 한마디 해주시면 안 되겠습니까?"

"그건 안 될 말이지. 난 자네들이 어떤 식으로 개발하고 있는지도 모르는걸. 우리가 같이 개발한다면 편의를 봐줄 수도 있겠지만, 아니잖나. 그럼 난 바빠서 이만."

그렇게 말하고 기후네는 자리에서 일어섰다.

"교수님, 제발 부탁드립니다."

이치무라는 걸음을 옮기는 기후네에게 매달렸다. "저희는 온 정성을 다해 인공판막을 개발하고 있습니다. 한 명이라도 많은 환자를 구하고자 죽을힘을 다해……."

하지만 문이 닫히는 소리가 무참하게 이치무라의 말을 막았다.

이치무라는 망연자실한 표정으로 제자리에 우뚝 서 있었다.

문을 두드리는 소리와 함께 들어온 비서가 "괜찮으세요, 교수님?" 하고 걱정스럽게 말을 걸었다. "지금 차를 가져올게요."

"아아, 됐어요."

이치무라는 나가려는 비서를 만류하고 말했다. "괜찮아요. 이만 갈게요."

혹시나 했던 기대감이 완전히 산산조각 났다.

학교를 나서서 휴대전화에 등록된 전화번호로 전화를 걸었다.

고탄다로 나와 도큐이케가미선을 탔다.

역 개찰구를 나서자 기다리고 있던 쓰쿠다가 "어서 오세요" 하고 푸근한 얼굴로 인사했다.

"기후네 교수의 반응은 어땠습니까?"

쓰쿠다가 회사로 차를 몰며 물었다.

"아쉽지만 문전박대나 다름없었습니다."

"기후네 교수에게 행복이란 뭘까요?"

어떤 상황이었는지 들은 쓰쿠다는 문득 그런 생각이 나서 물어보았다. "역시 지위와 명예와 돈일까요?"

"음, 원래 그런 사람은 아니었습니다."

이치무라는 말했다. "그랬다면 저도 스승으로 모시지 않았겠죠. 예전에는 사람의 생명을 최우선으로 생각하는 의사였죠. 교수님께 생명의 소중함에 대해 얼마나 많이 배웠는지 모릅니다."

"그런데 변했다는 겁니까? 무슨 일이 있었던 걸까요?"

쓰쿠다의 물음에 "조직 속에 있다 보니 출세에 눈을 떴는지도 모르겠습니다" 하고 이치무라는 재미있는 소리를 했다.

"저는 지방 국립대학 출신이라 애초에 무관합니다만, 구제국대학 계열은 학계를 좌지우지하는 파벌이니까요. 젊은 시절에는 어쨌거나, 점점 출세해서 권력이 생기자 그 마력에 취해버렸는지도 모르죠."

"그야 뭐, 의사의 세계에서만 그런 건 아닙니다."

쓰쿠다는 운전하면서 말했다. "조직은 종종 그래요. 출세를 결과가 아닌 목적으로 삼는 인간은 정말로 중요한게 무엇인지 잊어버리죠. 사람 목숨보다 눈앞의 성공을 우선하게 됩니다."

차창 앞으로 쓰쿠다제작소 건물이 보였다. 모퉁이를 돌아 지하 주차장으로 차를 몰고 들어갔다.

계단을 올라 사장실로 향하며 이치무라가 물었다.

"어떻게 하면 그런 사람이 눈을 뜰까요?"

"제일 확실한 방법이라면, 역시 좌절 아니겠습니까."

쓰쿠다는 잠시 생각하다 대답했다. "출세에 목숨 건 사람들은 출세 경쟁에서 밀려나면 마법이 풀린 것처럼 제정신을 차리는 경우가 있습니다. 대체 내가 뭘 하고 있었나, 인생에는 더욱 중요한 게 있지 않았나 하고요."

"그렇군요. 잘 아시네요."

웃음을 지은 이치무라에게 쓰쿠다는 당연하다는 표정으로 말했다.

"그야 저는 경험자니까요."

"그런가요."

이치무라는 그렇게 말하고 다시 웃었다. "하지만 기후네 교수님이 좌절할 것 같지는 않은데요."

"글쎄, 어떨까요……."

쓰쿠다는 말했다. "인생을 살다 보면 무슨 일이 일어날지 모르니까요. 우리 가우디 프로젝트도 정말로 끝나기 전까지는 어떻게 될지 모르는 법입니다."

## 3

"그럼 기후네 교수님의 협력은 없다는 거로군요."

사장실에서 이치무라의 이야기를 듣고 도노무라는 낙담의 한숨을 내쉬었다.

"죄송합니다. 제 힘이 부족한 탓에……."

"아니요, 무슨 말씀을."

도노무라가 고개를 숙인 이치무라를 달랬지만, 달리 묘안은 없었다.

"데이코쿠중공업이 출자해줄 가망성도 희박하니, 그야말로 어려운 국면이로군."

쓰쿠다가 말했을 때 "여러모로 생각해봤습니다만" 하고 이치무라가 차분한 표정으로 입을 열었다.

"이번 약사전략상담•은 취소하는 게 어떨까 합니다."

그 말에 야마사키가 고개를 번쩍 들고 이치무라를 보았다.

"지금 이대로 면담에 임해본들 PMDA가 태도를 바꿀 리도 없을 테니 헛수고 아닐까 싶어서요. 돈도 많이 들 테고."

PMDA의 면담에는 장난 아니게 돈이 든다.

"그러면 정말로 발을 빼는 거나 마찬가지입니다, 교수님."

쓰쿠다는 엄격한 표정을 지었다. "이번 면담료는 저희가 전액 부담할 테니 걱정 마세요. 그것보다 면담도 안 해보고 포기하시려고요? 그건 사쿠라다 씨의 의향입니까?"

• 의약품, 의료기기의 임상 개발 초기까지 필요한 시험 계획 등에 관한 상담.

이때까지 온화했던 분위기와는 딴판으로 매서운 말투였다.

"아니요, 제 생각입니다. 기후네 교수님의 협력을 얻으면 앞길이 보이지 않을까 싶었는데……."

"내막이야 어떻든 기후네 교수는 우리 개발과 무관하지 않습니까!"

쓰쿠다가 지적했다. "저는 이치무라 교수님의 아이디어, 그리고 이 개발의 장래성과 의의에 공감해 협력하기로 결정한 겁니다. 교수님은 어떻게 생각하실지 모르지만, 저희 같은 중소기업이 뭔가를 결정해 행동에 나서는 건 예삿일이 아닙니다. 일종의 각오를 다진 거라고요."

야마사키가 옆에 놓아둔 플라스틱 케이스를 열어서 이치무라에게 보여주었다.

꼼꼼하게 깔아둔 스펀지 위에 시제품이 하나 놓여 있었다. 인공판막, 가우디다.

"이게 작동 평가 시험 결과입니다."

이치무라는 야마사키가 내민 데이터를 뚫어져라 들여다보았다.

이윽고 고개를 들고 감탄한 표정으로 말했다.

"굉장하군요."

"이 정도로는 아직 만족하지 못할 겁니다."

쓰쿠다는 천장을, 즉 기술개발부가 있는 3층을 가리켰다. "좀 더 나은 걸 만들려고 기를 쓰고 있어요. 다치바나는 융통성 없이 고지식하지만, 달리 말하면 순수하고 타협을 모르는 성격이죠. 철저하게 성능 향상을 추구할 겁니다."

이치무라는 인공판막을 들고 쓰쿠다의 이야기에 귀를 기울였다.

"혹시 기회가 있으면 밤중에 저희 회사 앞을 지나가보세요. 3층 창문에 늘 불이 켜져 있을 테니까요."

쓰쿠다는 농담처럼 말했다. "요즘 녀석들에게 야식을 사다 바치는 게 제 일과라니까요."

가만히 귀를 기울이고 있던 이치무라가 입술을 질끈 깨물었다.

"저 자신이 부끄럽네요."

"그것보다 개발 현장을 한번 봐주십시오."

쓰쿠다는 이치무라를 데리고 3층으로 올라갔다.

"저기입니다."

쓰쿠다가 멀리서 말하자 이치무라는 제자리에 멈춰 섰다. 수작업을 하고 있는 다치바나와 가노의 모습이 너무나 진지해 그만 압도당한 것이다.

"이봐! 이치무라 교수님이 오셨어."

쓰쿠다가 다가가서 말을 걸자 그제야 알아차린 듯 다치바나가 "요전에는 감사했습니다" 하고 웃음을 보이며 허리를 꾸벅 숙였다.

"저야말로 아이들에게 신경 써주셔서 감사했습니다. 그리고 아까 새로 만든 인공판막 봤습니다. 대단하던걸요."

벽 앞에 놓인 큼지막한 작업 책상이 다치바나와 가노의 주 무대다. 그리고 근처 벽에는 다양한 아이디어와 데이터, 연락사항 등이 적힌 종이가 한 면 가득 붙어 있었다. 벽을 빼곡하게 덮은 난잡한 모습이 오히려 장관을 연출했다.

"저건?"

이치무라가 뭔가에 빨려들 듯이 벽으로 다가가 제일 눈에 띄는 한복판을 들여다보았다.

사진 한 장이 붙어 있었다. 프라모델 박스와 책을 안은 아이들과 찍은 기념사진이다.

"이 아이들이 저희 선생님이에요."

다치바나가 말했다. "이제 틀렸다 싶으면 이 사진을 보죠. 그럼 지지 말라고, 힘내라고 응원해주는 것 같은 기분이 들어요."

"그렇습니까. 실은……."

이치무라가 양복 안주머니에서 봉투 하나를 꺼냈다. "게이타가 두 분께 전해달라고 했어요. 다치바나 씨와 가노 씨 앞으로 보낸 편지입니다."

> 프라모델 선물해주셔서 감사합니다. 다치바나 아저씨와 가노 누나가 돌아간 후에 이치무라 선생님이 말씀하셨어요. 우리한테 필요한 중요한 부품을 만들어주시는 분이라고요. 정말 기뻤어요. 수술을 받고 저는 퇴원할 수 있었어요. 하지만 세상에는 우리랑 같은 병으로 힘들어하는 친구들이 엄청 많대요. 그 친구들을 위해 꼭 힘내세요. 응원할게요. 정말 감사합니다!

어린아이답게 짤막한 편지에 사진이 동봉되어 있었다.

완성된 성 프라모델을 들고 포즈를 취한 소년의 사진이다.

"게이타는 건강한가요?"

편지를 읽은 가노가 눈물을 글썽거리며 물었다.

"얼마 전에 진찰을 받으러 왔습니다. 건강했어요. 정말 상태가 좋았습니다."

그렇게 대답한 이치무라는 눈물이 가득한 눈으로 천장을 올려다보았다.

"뭔가를 만든다는 건 이런 거군요."

이치무라가 쓰쿠다를 돌아보았다. "다시 출발점이네요."

"맞습니다."

쓰쿠다는 작업 책상 위에 놓여 있는 시제품 하나를 집어 들고 대답했다. "그리고 우리의 도전은 이제 막 시작된 참입니다."

## 4

자이젠에게 전화가 걸려왔을 때 쓰쿠다는 에바라가 운전대를 잡은 업무용 차량 조수석에 앉아 있었다. 거래처에 영업을 나갔다 돌아가는 길이었다.

"오늘 예정됐던 사야마제작소의 연소 시험은 성공했습니다."

"그렇군요. 알려주셔서 감사합니다."

쓰쿠다는 감사를 표한 후 궁금했던 걸 물어보았다. "평가는 어땠습니까?"

"이제부터 자세한 분석에 들어가겠지만, 쓰쿠다제작소 쪽이 높은 평가를 받았습니다. 나중에 보여드릴게요. 과연 대단하십니다."

아자, 하고 쓰쿠다는 속으로 쾌재를 불렀다. "감사합니다."

자동차는 도로를 달리다 교차로에서 좌회전했다.

"시험 결과에 입각해 다음 주 부서회의에서 발주처를 정식으로 결정할 겁니다. 저는 당연히 이 성적을 근거로 귀사를 추천할 생각이니 잘 부탁드립니다."

자이젠답게 담담한 말투로 통화를 끝냈다.

결과야 어떻든 성능 평가에서 사야마제작소를 앞섰다는 건 자랑스러워해야 할 사실이다.

"자이젠 부장입니까?"

전화를 끊자 에바라가 물었다.

"응. 사야마제작소도 연소 시험에 성공했나 봐. 다만 우리가 더 높은 평가를 받았대. 다음 주 부서회의에서 발주처를 결정한다고 하는군."

에바라가 핸들을 탁 두드려 기쁨을 표현했다.

"해냈군요, 사장님!"

"아니, 아직 몰라."

성능 평가에서 앞섰다고 해서 발주로 이어진다는 보장은 없다. 데이코쿠중공업은 독특한 기업 논리를 내세우고 있기 때문이다.

"평가는 평가일 뿐이야. 논의가 꼭 공명정대한 결과를 이끌어내지는 않아. 대기업이란 그런 곳이야."

쓰쿠다는 창밖을 흘러가는 익숙한 광경을 응시했다.

## 5

"시나 씨, 실은 좀 골치 아픈 일이 생긴 것 같습니다만."

니혼클라인의 도도가 시나를 찾아와 진지한 눈으로 말했다.

데이코쿠중공업의 연소 시험을 성공리에 끝마친 다음 날이었다.

"골치 아픈 일이라고요?"

어제 연소 시험을 마친 후, 쓰쿠바에서 도쿄로 돌아오자마자 데이코쿠중공업의 이시자카에게 불려가 긴자에서 밤늦게까지 축하주를 마셨다. 물론 술값은 전부 시나가 부담했다.

"사야마제작소에서 개발 정보가 새어 나가고 있습니다."

"뭐라고요?"

숙취로 멍한 머리에 말뜻이 스며들기까지 약간 시간이 걸렸다.

"그게 무슨 소리입니까?"

다혈질인 시나가 언성을 높이자 도도가 어떤 자료의 사본을 펼쳐서 보여주었다.

"이거 여기 거 아닙니까?"

"이건 어디서?"

자사 데이터라는 걸 한눈에 알아볼 수 있었다.

"저널리스트가 여기저기 냄새를 맡으며 돌아다니고 있습니다."

도도는 명함 사본을 건네며 말을 이었다. "코어하트의 불량 때문에 아시아의과대학에서 의료사고가 발생했다고 주장하고 싶은 모양이에요. 요전에 우리 거래처에 취재를 하러 왔을 때 이 자료를 보여줬다고 합니다. 협력하는 척 자료를 받아서 사본을 우리 쪽에 보내줬습니다."

도도는 감정 없는 눈으로 시나를 바라보았다. "사야마제작소의 자료가 틀림없죠?"

"네, 뭐."

시나가 마지못해 인정하자 "이거 큰 문제인데요" 하고 도도는 비난조로 말했다.

"의료기기 개발에 기밀 보안이 얼마나 중요한데, 이런 자료가 유출되다니요. 대체 관리를 어떻게 하시는 겁니까?"

"미안합니다."

시나는 사과했다. 아직 남아 있던 축하연 기분이 싹 날아갔다.

"어떤 데이터가 언제, 어떻게 새어 나갔는지 즉시 조사해서 보고해주시기 바랍니다. 이건 우리 거래의 근간에 관련된 문제라는 걸 잘 알아두시기 바랍니다."

"무, 물론이죠."

속에 천불이 나서 시나의 목소리가 떨렸다.

"그럼 부탁드리겠습니다. 구사카 부장님도 빠른 보고를 기다리고 계시니까요."

도도는 싸늘한 한마디를 남기고 돌아갔다.

시나는 호주머니에서 휴대전화를 꺼내 사야마의 공장에 있는 쓰키시마에게 전화를 걸었다. 쓰키시마는 어제 끝까지 함께하지 않고 막차 시간에 맞추어 돌아갔다. 오늘은 평소대로 공장에 출근했을 것이다.

"방금 니혼클라인의 도도가 왔다 갔어. 우리 데이터가 유출됐대. 당장 조사해봐."

"유출됐다고요……?"

다급한 시나의 말에 쓰키시마가 의아한 목소리로 물었다. "어떤 데이터인지 알 수 있을까요?"

"지금 사본을 보낼게. 반드시 범인을 밝혀내! 서둘러!"

시나는 비서를 불러 쓰키시마에게 데이터를 팩스로 보내라고 지시한 후, 명함 사본을 집었다.

"사쿠마 노리코."

컴퓨터로 가서 그 이름을 검색하자 저서와 기사가 떴다. 시나의 가슴속에서 위기감이 급속도로 부풀어 올랐다.

거래처를 돌아다니며 쓸데없는 소리를 떠든다.

자칫 이 일이 확산되면 코어하트의 앞날에 먹구름이 낀다. 그러면 그저 기후네의 실적이 날아가는 것으로 그치지 않는다. 니혼클라인이 인공심장 개발에 들인 5년 가까운 세월과 막대한 자금이 물거품으로 사라질 가능성도 있다. 물론 그때는 사야마제작소도 무사하지 못하리라.

발밑에서 공포와 초조함이 기어올라왔다.

## 6

"정말 질 나쁜 상대입니다. 어찌나 이리저리 쑤시며 떠들고 다니는지 몰라요. 열 받아 죽겠습니다."

니혼클라인의 구사카가 한 말이 기후네의 심정을 고스란히 대변했다.

구사카가 기운을 좀 찾자며 데려간 롯폰기의 일식집이었다. 주인이 예전 가게에서 독립했을 때부터 단골이라 구사카가 예약하면 아무 말 없어도 방을 내어준다.

"유족 쪽은 변호사에게 맡겼네."

뒷일은 알 바 아니라는 듯 기후네가 말했다. "문제는 호시탐탐 이쪽을 어슬렁거리고 있는 저널리스트야. 돼먹지 않은 기사를 써서 우리에 대한 악평이 횡행하는 일은 없겠지?"

"그런 일은 없을 것 같지만, 교수님."

구사카는 기후네의 안색을 살피듯 치뜬 눈으로 "설계도의 출처는 알아내셨습니까" 하고 물었다.

"글쎄……."

기후네는 기분이 언짢아져 인상을 찌푸렸다.

"그럼 말씀드리겠습니다만."

구사카는 약간 머뭇거리며 목소리를 낮추었다. "역시 마키타 교수 말고는 없습니다. 도도에게도 코어하트에 문제가 있었던 거 아니냐고 따져 물었답니다."

기후네의 눈동자가 미세하게 흔들리는 것처럼 보였다. 구사카는 말을 이었다. "이번 일로 여기저기서 불만을 토해냈고, 최근에는 나가노 원장과도 각별히 지내는 모양이에요."

병원장 나가노의 이름이 나온 순간 기후네는 술잔을 입으로 가져가던 손을 딱 멈췄다.

"정말인가?"

"교수님도 짚이는 구석이 있으실 텐데요."

구사카가 탐색하듯 바라보자 기후네는 묵묵부답으로 응했다. 구사카가 다시 입을 열었다. "교수님, 생각 좀 해보시는 게 어떻겠습니까?"

"생각하다니 뭘?"

기후네는 구사카의 속내가 짐작가지 않아 물었다.

"쳐낼지 회유할지, 어느 쪽이 득일지를 말씀입니다. 지금 이대로라면 마키타 교수는 나가노 원장에게 붙을 겁니다."

"말이 심하군. 마키타는 내 직계 제자야."

"껍데기는 계속 교수님 제자겠죠. 하지만 알맹이는 아닙니다. 그런 관계가 제일 껄끄럽지 않습니까?"

기후네 생각에도 확실히 그렇기는 했다. 처음부터 적이면 차라리 낫다. 제일 위험한 건 배신하고 뒤에서 덮치는 아군이다.

"마키타 교수도 경력이 제법 되니, 슬슬 다른 대학에 알맞은 자리를 마련해줘도 되지 않겠습니까?"

구사카는 침울한 표정의 기후네에게 제안했다. "이번 일은 결국 누군가 책임을 져야 했어요. 그렇다면 주치의인 마키타 교수가 책임을 지는 게 당연합니다. 그렇지만 그건 표면상의 논리에 지나지 않죠. 패자가 살 길도 고려해주셔야 해요."

"패자가 살 길?"

"다시 말해 책임져야 할 쪽이 달아날 구멍 말씀입니다."

구사카가 타이르듯 말했다. "마키타 교수 입장에서 보면 햇병아리가 미숙하게 대처한 책임을 죄다 뒤집어쓴 셈입니다. 덕분에 기후네 교수님에게까지 피해가 오는 건 피했죠. 그러니 그러한 사정을 참작해 인사발령을 내리시면 어떨까요?"

기후네에게는 인사권이 있다. 마음만 먹으면 대학 부교수급을 계열 병원의 노른자위 직책으로 이동시키는 건 일도 아니다.

"고치현에 병원이 새로 생긴다면서요?"

구사카가 계속해서 말했다. "마키타 교수도 고치 출신이었을 텐데요. 사건을 질질 끌기보다 현장을 떠나 심기일전하는 편이 마키타 교수를 위해서도 좋을 겁니다."

기후네는 고개를 들었다.

"확실히 그게 나을지도 모르겠군."

"이번 사건 때문에 미뤄졌지만, 슬슬 임상시험을 재개해도 괜찮지 않을까 싶은데요. 마키타 교수를 떠나보내면 병원 입장에서도 이번 사건에 마침표를 찍는 셈 아니겠습니까."

"그렇군."

감탄한 목소리로 말한 기후네는 문득 생각난 것처럼 구사카를 빤히 바라보았다. "책략가가 따로 없어. 정말 대단해."

## 7

"나카자토."

부르는 소리에 부스에서 일어서자 쓰키시마가 매서운 표정으로 손짓했다. 나카자토는 회의실로 들어갔다.

나카자토가 맞은편에 앉자마자 쓰키시마가 뭔가의 사본을 내밀었다.

"이게 뭔지는 알겠지. 솔직히 대답해."

쓰키시마가 험악한 눈빛으로 물었다. 분위기로 보건대 예삿일이 아니라는 걸 짐작하고 얼른 사본을 받아서 확인했다. 데이터였지만 얼핏 봐서는 뭔지 알 수가 없어 쓰키시마를 쳐다보았다.

"니혼클라인용 밸브의 실험 데이터야! 자네가 요전에 보여달라고 했잖아."

"아아."

나카자토는 그제야 생각이 났다.

"아아는 무슨. 이봐, 그 데이터 어떻게 했어?"

"어떻게 했냐니요?"

질문의 의도를 헤아리지 못해 되묻자 쓰키시마는 뜻밖의 말을 꺼냈다.

"USB에 내려받았잖아. 다 알아. 기록이 남아 있어."

"컴퓨터로 열람하기는 했지만 USB에는……."

"기록이 남아 있다니까, 기록이!"

움직일 수 없는 증거라는 듯이 쓰키시마는 서버에서 출력한 로 그 기록을 테이블에 내팽개쳤다.

확인해보니 쓰키시마 말대로였다.

그때 나카자토의 머릿속에 다른 일이 떠올랐다.

"아니요, 제가 그런 게 아닙니다."

나카자토는 고개를 저었다.

"기록이 똑똑히 남아 있는데도 딱 잡아떼겠다는 거야?"

"그, 컴퓨터를 켜놓은 채 쉬러 가는 바람에……."

나카자토는 얼렁뚱땅 둘러댔다. "어쩌면 그 사이에 누가 USB에 내려받았을지도 모르겠네요."

쓰키시마의 시선이 나카자토의 얼굴에 꽂혔다.

"나보고 그걸 믿으라고?"

"믿어달라는 말씀밖에 드릴 수가 없네요."

나카자토는 딱 잘라 말하고 험악한 표정의 쓰키시마와 대치했다.

"이봐, 사쿠마 노리코라는 저널리스트 알지?"

"아니요, 모릅니다."

"그럼 휴대전화 좀 보여줘봐."

쓰키시마가 뜻밖의 말을 꺼냈다. "모른다면 연락처도 없겠지, 안 그래? 자네의 개인정보니까 강제할 순 없어. 만약 자네 말에 조금이라도 힘을 싣고 싶다면 자발적으로 보여줘."

나카자토는 하는 수 없이 호주머니에서 휴대전화를 꺼내 잠금을 해제하고 쓰키시마에게 보여주었다.

휴대전화를 낚아챈 쓰키시마는 사쿠마의 이름을 검색하고, 발신과 수신 이력을 훑어보더니 더더욱 불쾌한 표정으로 휴대전화를 되돌려주었다. 사쿠마의 흔적을 찾아낼 수 없었기 때문이다. 당연하다. 나카자토는 사쿠마라는 저널리스트를 모른다.

쓰키시마가 아무 설명도 해주지 않았지만 이쯤 되자 무슨 일이 일어난 건지 대강 상상이 갔다.

"저는 그런 저널리스트와 접촉한 적도, 데이터를 외부에 유출한 적도 없습니다. 지금 그걸 의심하시는 거죠?"

"하지만 말이야."

쓰키시마는 긍정도 부정도 하지 않고 가차 없는 목소리로 말을 이었다. "자네가 접속한 정보는 우리 회사의 극비 데이터야. 그런 걸 남이 볼 수 있도록 놔두고 자리를 비우다니, 왜 그렇게 부주의해? 설령 자네가 정보를 유출한 범인이 아니더라도 그건 문책받아 마땅해."

쓰키시마는 입술을 일그러뜨리고 비난을 퍼부었다. "그렇게 허술하니까 여태 개발에 성공할 전망이 보이지 않는 거야."

입이 열 개라도 할 말이 없었다.

"이만 됐어. 냉큼 돌아가서 1분이라도 빨리 밸브를 완성시켜. 쓰쿠다제작소 출신 팀장님!"

쓰키시마는 밉살스럽게 말을 내뱉고 쌩하니 회의실에서 나갔다.

문이 쾅 닫혔지만 나카자토는 정신이 멍해 한동안 일어설 수가 없었다. 머릿속에서 다양한 사실이 혼란스럽게 얽히고설켰다.

나카자토는 자신의 꿈을 실현하기 위해 이 회사에 왔다.

그런데 내 꿈이 뭐였더라?

꿈을 좇기는커녕 일상에서 일어나는 온갖 일에 짓눌려 찌부러질 것만 같다. 오로지 현실에 내둘려 마모되어 간다.

"정보 유출이라."

나카자토는 나직이 중얼거렸다.

누가 범인인지는 알고 있다.

그날 밤 나카자토는 휴게실 자판기에서 캔 커피를 사서 자기 자리로 돌아가려다 문득 발을 멈췄다. 널찍한 휴게실 한구석에 요코타가 있었기 때문이다. 마침 다른 사람은 아무도 없었다.

"요코타."

말을 걸자 턱을 괸 채 뭔가 생각하며 밖을 보던 요코타가 눈만 나카자토 쪽으로 돌렸다.

"잠깐 이야기 좀 할까."

테이블 앞 의자에 앉은 나카자토는 "내가 무슨 말을 하려는지는 알겠지" 하며 요코타의 표정을 살폈다.

"우리 개발 데이터를 저널리스트한테 넘긴 거, 당신이지?"

잠깐의 침묵 후 요코타가 고개를 돌려 나카자토를 보았다.

"그럼 쓰키시마에게 그렇게 말하지 그랬어?"

깜짝 놀랄 만큼 될 대로 되라는 식의 말투였다.

"날 감쌀 것 없었잖아."

"딱히 감싸주려고 입 다문 건 아니야."

나카자토는 말했다. "데이터를 외부에 유출해서 대체 당신에게 무슨 이득이 있는지 그게 좀 궁금해서. 애초에 유출할 목적으로 나한테 데이터를 보고 싶다고 한 거야?"

나카자토가 닦달하자 요코타는 다리를 바꿔 꼬고 "데이터를 보고 싶었던 건 정말이야" 하고 시큰둥한 목소리로 답했다.

"그리고 그 정보를 유출해봤자 내게는 아무 이득도 없어."

그렇게 말하고 마시다 만 커피 컵을 바라보았다.

"그럼 어째서?"

"다시 묻겠는데 그 데이터, 네가 보기에는 어땠어?"

요코타가 나카자토의 말을 끊고 물었다.

"어땠느냐니, 딱히……."

요코타의 강한 눈빛에 기가 죽어 나카자토는 말을 머뭇거렸다.

대체 거기에 무슨 문제가 있었다는 말인가. 적어도 나카자토가 보기에 실험 데이터는 완벽했다. 아무 문제도 없었다. "당신이 시험했을 때는 잘 안 풀렸으니까 신경 쓰이는 건 알아. 하지만 최종적으로 개발은 성공했어. 아무 문제도 없었잖아."

"훗!"

요코타의 입술이 일그러지는가 싶더니 빈정거림으로 가득한 웃음이 맺혔다. "너도 그 정도였구나."

무시하는 말투였다.

"대체 뭐야?"

더 이상 참지 못하고 나카자토도 언성을 높였다. "그 데이터에 문제가 있다면 말해봐. 난 전혀 모르겠으니까."

요코타는 조용히 커피를 한 모금 마시고 시선을 창밖으로 던졌다가 다시 되돌리는가 싶더니 예상외의 한마디를 꺼냈다.

"……그 데이터, 숫자가 너무 딱딱 맞아떨어지지 않았어?"
"뭐라고?"
나카자토는 저도 모르게 요코타의 얼굴을 쳐다보았다. 요코타가 거듭 물었다.
"확실히 데이터는 완벽해. 하지만 반대로 생각하면 너무 완벽한 것 같지 않아?"
"너무 완벽하다고……?"
지금까지 그런 생각은 머릿속 어디에도 없었기 때문에 뒤통수를 얻어맞은 것 같은 충격을 받았다. 그리고—.
그게 의미하는 바는 하나밖에 없다.
"설마…… 데이터 날조?"
경악해서 눈이 휘둥그레진 나카자토를 요코타가 연민 어린 눈으로 쳐다보았다.
"지금 우리가 공급하는 정밀도라면 0.1퍼센트, 즉 밸브 천 개에 한 개 정도의 비율로 불량품이 나올 거야."
"즉 그게 임상시험에서 사고로 이어졌다고?"
그렇다면 불운이라고는 할 수 없다.
이건 필연이다.
"그거 알아? 코어하트 임상시험이 재개된다나 봐."
요코타가 흐릿한 눈빛을 던졌다. "이대로 가면 또 사고가 발생할 거야. 내 이익만 생각할 때가 아니라고."
이건 내부고발이다.
경악한 나카자토의 머릿속에 그 사실이 깊숙이 새겨졌다.

"이봐, 요코타, 가르쳐줘."

요코타가 커피를 들고 일어서려 하자 나카자토는 황급히 물었다. "그럼, 그렇다면…… 내가 지금 개발 중인 밸브는 뭐야. 뭘 위한 거냐고?"

"결국 나도 쓰키시마 씨도 90일의 보증기간조차 달성하지 못했어."

요코타는 감정 없는 가면 같은 표정으로 말했다. "그래서 쓰쿠다제작소의 밸브 제작 기술에 기대하고 널 채용한 거지. 네게 일부러 높은 개발 목표를 안겨주었지만, 회사가 바라는 건 180일이나 되는 보증기간이 아니야. 90일, 현행 밸브의 보증기간 동안만 내구성을 유지하면 된다고. 그게 본심이야."

"그런……."

나카자토는 아연실색해 잠시 할 말을 잃었다. "그럼, 혹시…… 정말로 데이터를 날조했다면……."

날벼락 같은 사실이 도무지 믿기지 않아 나카자토는 고개를 내저었다. "쓰키시마 씨가 그런 거야? 사장님은 모르시고?"

"그래 보여도 쓰키시마는 소심한 인간이야. 스스로 이렇게 어마어마한 일을 벌일 수 있겠어? 사장이 모를 리가 있나. 하지만 누구는 알고 누구는 몰랐다는 게 이제 와서 다 무슨 소용이야."

요코타가 핵심을 찌르는 말을 꺼냈다. "사야마제작소는 데이터를 날조하면서까지 부품을 출하했고, 사실상 그게 원인이 되어 사람이 죽었지. 이것만으로도 충분해. 난 이번 달을 끝으로 회사 그만둘 거야."

요코타는 감정이 담기지 않은 목소리로 말을 이었다. “이미 다음 직장도 정해졌지. 너도 빨리 탈출하는 편이 좋을걸, 나카자토. 이 회사는 침몰하는 배야.”

## 8

데이코쿠중공업 우주항공본부 부서회의는 화요일 오후 3시에 예정대로 시작됐다.

참석자는 본부장 미즈하라를 필두로 각 부서의 책임자인 부장이 여덟 명. 그리고 부장을 보좌하는 주임급과 주임을 보좌하는 직원이 벽 앞에 진을 쳤다. 어쩐지 엄숙한 분위기가 감돌았다.

프로젝트 관리 담당이 앞으로 예정된 로켓 발사에 관해 큰 틀에서 진척 상황을 발표한 후, 각 부서마다 세부사항을 자세하게 발표했다.

우주개발부를 통괄하는 자이젠의 순서가 금방 돌아왔다. 의제는 밸브 선정이다.

“지난 주와 지지난 주에 쓰쿠바 연구소에 있는 시험장에서 연소 시험을 실시해 엔진의 성능을 평가했습니다. 개선한 차기 엔진은 소기의 목적을 달성하는 성적을 거두었으며, 연소 시험은 두 번 다 문제없이 성공했음을 보고드립니다.”

자이젠은 시험 결과를 개략적으로 설명한 후 그에 부수되는 문제점과 결정해야 하는 사항 등을 차례대로 언급했다. 밸브 선정도 거기에 포함되어 있었다.

"요전에 안건으로 올렸던 밸브 말씀입니다만, 연소 시험에서는 쓰쿠다제작소의 밸브가 비교 대상이었던 사야마제작소의 밸브보다 높은 성적을 거두었습니다. 이 결과에 근거해 현재 예정되어 있는 발사 계획에는 쓰쿠다제작소의 밸브를 채택하고 싶습니다. 어떠십니까?"

"이봐, 요전에 말했던 사야마제작소는 어떻게 된 거야?"

본부장 미즈하라가 물었다. "나사에서 첨단기술을 배워왔다지 않았던가?"

김샌 기분이 섞인 말투였다.

"제가 한 말씀 드려도 되겠습니까?"

아니나 다를까 이시자카가 손을 들고 발언권을 요청했다.

"이번 연소 시험은 밸브만 시험하는 게 아니라서 전제가 되는 엔진이 다소 다르게 세팅돼 있었습니다. 지금 자이젠 부장이 쓰쿠다제작소의 밸브가 더 높은 성적을 거두었다고 보고했는데요. 그럼 두 밸브는 과연 얼마나 차이가 날까요? 사실 별 차이 없습니다. 세팅에 따른 오차 범위 안에 들어간다고 봐도 될 겁니다."

확실히 엄밀하게 말하자면 엔진 설정은 다르지만, 밸브 성능 평가에 영향을 줄 정도는 아니다.

"각 밸브에 맞춰 엔진을 세팅했으니 완벽히 동일하지는 않았습니다. 인정합니다. 하지만 지금까지 비교 시험에서 거둔 실적을 보면 역시 쓰쿠다제작소의 밸브가 우수하다고 판단됩니다."

자이젠이 반박했지만 "그러나 둘 다 성공했지 않습니까" 하고 이시자카가 되받아쳤다.

"사야마제작소의 밸브는 우리와 공동개발을 전제로 하고 있고, 이번에도 우리와 의견을 교환해가며 밸브를 제조했습니다. 분명 현재 시점에서는 쓰쿠다제작소의 밸브 성능이 근소하게 앞서겠지만, 그것만 보고 결정하는 건 경솔한 판단 아닐까요? 오히려 앞날을 고려하면 사야마제작소의 밸브를 채택해야 회사에 이익이 될 겁니다. 따져보면 자체 개발이나 마찬가지이니 핵심부품은 자체 개발한다는 사장님의 방침에도 부합합니다. 성능에 다소 차이는 있을지언정 어느 쪽이든 무방하다면 사야마제작소의 밸브를 채택해야죠."

"하지만 로켓 발사는 단 한 번의 실패가 어마어마한 피해를 초래합니다. 설령 근소하더라도 성능이 더 좋은 부품을 채택해야 하지 않겠습니까?"

자이젠은 반론에 나섰다. 하지만 사장 방침이라는 한마디에 사야마제작소 쪽으로 기운 분위기를 뒤집을 만한 설득력은 없었다.

"성능 차이가 정말로 근소한가?"

미즈하라가 날카로운 질문을 던졌다. 근소한 차이라고 볼 수도 있겠지만, 그 차이 때문에 결과가 크게 달라질 수도 있다. 여기에 있는 모두가 알고 있는 사실이다.

"어디까지나 근소한 차이에 불과합니다, 본부장님."

이시자카가 회의실을 감싼 침묵을 깨고 강력하게 주장했다.

"앞으로 공동개발에 나서면 순식간에 격차가 좁혀지고, 금방 기술적 우위에 설 겁니다. 우리 구매관리 방침에 비추어봐도 사야마제작소에 발주하는 게 타당합니다. 다른 방침은 고려할 가치도 없습니다."

"알았네."

미즈하라는 그만 됐다는 듯 오른손을 들었다. "뭐, 그렇다면 이번에는 사야마제작소의 밸브를 채택하자고."

자이젠이 우려하던 결재가 떨어졌다.

이시자카가 만족스레 의자 등받이에 몸을 기대고 의기양양한 웃음을 자이젠에게 던졌다.

모든 것이 헛수고로 돌아갔다.

회의가 끝나자 자이젠은 쓰쿠다에게 회의 결과를 알리기 위해 무거운 마음으로 자기 방으로 돌아갔다.

"그렇습니까. 네, 알겠습니다."

그것이 데이코쿠중공업에서 온 연락임을 그 자리에 있던 모두가 눈치챘다.

쓰쿠다는 마침 기술개발부에서 밸브 개발에 참여한 직원들과 함께 회의 결과를 기다리고 있었다.

안절부절못하고 초조해하다가, 누군가의 농담에 왁자지껄 웃기도 하고, 그러다가 느닷없이 조용해지기도 했다.

기다림은 고통이라고 쓰쿠다는 생각했다. 이러는 동안에도 자신들의 힘으로는 어찌 할 수도 없는 곳에서 논의가 진행돼 결론이 나온다. 쓰쿠다와 직원들은 그저 기다리는 수밖에 없다.

그리고 지금—.

자이젠과 통화를 마친 쓰쿠다는 자신을 바라보는 직원들에게 말했다.

"이번에는…… 안 됐어."

견딜 수 없는 침묵이 찾아왔다. 고개를 숙이고 머리를 끌어안는 사람. 팔짱을 끼고 천장을 올려다보며 눈물을 흘리는 사람. 눈을 감고 감정의 폭풍이 지나가기를 기다리는 사람. 그리고 분노를 드러내는 사람. 애석했다.

비탄에 젖은 직원들 앞에서 쓰쿠다는 애석함을 곱씹었다.

"우리는 지지 않았어."

함께 연락을 기다리던 에바라가 약간 벌게진 눈으로 말했다.

"성능으로는 이겼잖아. 우리가 더 좋은 밸브를 만들었으니까 다들 당당하게 어깨 펴자고."

"이걸로 다 끝난 건 아니잖아."

야마사키가 직원들을 하나하나 격려했다. "다음에 다시 도전하자. 한 번 졌다고 마음에 담아둘 것 없어."

확실히 그럴지도 모른다.

하지만 이때 쓰쿠다는 깨달았다. 변두리 공장 기술자로서 대형 로켓엔진의 핵심부품을 제조한다는 자부심. 회사가 작고 유명하지 않을지언정 그것이야말로 쓰쿠다제작소 직원들의 긍지였음을.

"맞습니다, 여러분. 다음에 또 도전합시다. 열심히 해보자고요."

도노무라가 눈물 고인 눈으로 애써 웃으며 젊은 기술자들의 어깨를 두드렸다.

"전투에서 이겼지만 전쟁에는 졌네요."

가라키다가 냉정하게 분석했다.

그 말이 맞는다고 쓰쿠다는 생각했다.

하지만 기술에서 아무리 앞서봤자 이건 사업이다. 수주를 받지 못하면 기술을 살릴 수 없다. 그런 의미에서 자신에게 모자랐던 것은 데이코쿠중공업에 대한 영업 전략이 아니었을까 쓰쿠다는 반성했다. 어설피 특허를 보유한 탓에 밸브 단독 개발 말고 다른 발상이 없었다. 지나치게 정공법으로 밀고 나갔는지도 모른다.

그렇게 생각하자 한층 큰 회한이 쓰쿠다를 덮쳐왔다.

"자네들의 기술을 살릴 만한 지혜가 모자랐어. 이건 내 책임이야. 미안하다."

쓰쿠다는 사과하고 입술을 깨물며 밀려드는 감정을 꾹 참았다.

## 9

"축하해, 시나 사장."

"감사합니다."

스푸만테를 따른 잔이 부딪치는 맑은 소리가 실내에 울려 퍼졌다.

긴자에 있는 고급 이탈리안 레스토랑이다.

"전부 이시자카 부장님과 도미야마 주임님 덕분입니다."

시나는 잔을 내려놓고 다시 한 번 "감사합니다" 하고 두 사람에게 고개를 숙였다.

"보통 같으면 쓰쿠다에게 갔을 일을 이쪽으로 도로 끌고 왔으니 이시자카 부장님의 수완 덕분이죠, 사장님."

도미야마가 이시자카를 치켜세웠다. "회의에서 부장님이 하신 말씀을 들려드리고 싶네요. 얼마나 설득력이 넘쳤는지 모릅니다. 한다 하는 자이젠 부장이 끽소리도 못 했다니까요. 본부장님이 '알았네'라고 했을 때는 그야말로 머리털이 쭈뼛 설 정도였습니다."

도미야마는 미즈하라의 흉내까지 내며 상사 자이젠이 한 방 먹어서 속이 시원하다는 듯한 표정을 지었다.

"이봐, 자네는 자이젠의 부하직원이잖아. 말이 너무 심한 거 아니야?"

"그런 야속한 말씀은 마세요, 부장님. 자이젠 부장 밑에 가기 전에는 내내 동고동락하지 않았습니까."

이시자카의 짓궂은 농담에 도미야마는 눈썹을 처량하게 축 늘어뜨렸다.

"뭐, 그렇지."

사실 도마 사장이 스타더스트라는 거대한 프로젝트를 시작하기 전까지 도미야마는 구매관리 부서에서 정밀기계와 관련된 일을 했다. 자재 평가가 주된 업무로, 이시자카와는 오랫동안 상사와 부하 관계였다. 우주항공본부라는 새로운 본부가 생겨 이동할 때까지 10년 넘게 한솥밥을 먹은 사이다.

"그나저나 연소 시험에서 밸브의 성능이 좀 더 뚜렷이 드러나

게끔 신경을 썼어야 했는데."

도미야마가 반성하는 투로 말했다. "완전히 똑같은 조건이었다면 사야마제작소의 완승이었으리라고 믿습니다만, 밸브 말고도 여러 부품을 시험할 필요가 있었거든요. 성적에 차이가 생긴 건 분명 그 탓입니다."

"아니요, 저야말로 실력을 제대로 내지 못해 죄송합니다."

시나는 미간에 주름을 잡고 민망하다는 표정을 지었다.

"그런 시험에 운은 으레 따르기 마련이야, 시나. 맘에 담아둘 것 없어."

이시자카가 딱 잘라 말했다. "시험은 딱 한 번뿐이지. 하지만 그 한 번으로 실력을 평가하면 잘못이 생기기 마련이야. 그래서 부서 회의에서 논의를 거쳐 편견과 선입관을 제거하고 올바른 결과를 도출할 필요가 있는 거지. 난 그 과정을 도운 것에 지나지 않아."

"마음 써주셔서 몸 둘 바를 모르겠습니다."

시나는 입술을 깨물며 송구스러워했다.

"시나, 자네 회사에는 나사에서 갈고닦은 기술과 노하우가 있어. 그 모든 걸 우리 회사와 공유해줬으면 해. 함께 성장하며 세계에서 제일가는 로켓을 만들자고. 잘 부탁해."

"맡겨만 주십시오. 저희 기술력의 정수를 모아 세계 최고의 밸브를 제공하겠습니다."

시나는 눈에 결의를 담고 똑똑히 말했다.

"암, 그래야지."

이시자카가 다시 잔을 들었고 그에 맞춰 다시 건배했다.

그 후 화기애애한 분위기 속에서 잡담을 하면서 시나는 입담을 발휘했다. 화제도 무궁무진했다. 일본인 우주비행사, 스페이스셔틀을 발사할 때 느낀 흥분과 감동. 그리고 두 번의 안타까운 실패. 눈물을 자아내는 열변과 과학자다운 냉철한 발언에 이시자카와 도미야마는 매료된 듯 귀를 기울였다. 어느덧 세 시간이 훌쩍 지나갔다.

“이야, 덕분에 오늘 참 재미있었어. 고마워.”

이시자카는 만족스러운 웃음을 지으며 가게 앞으로 부른 콜택시에 올라탔다.

“주임님, 혹시 시간 괜찮으시면 한잔 더 어떠십니까?”

내일 아침 일찍부터 회의가 있다는 이시자카를 배웅한 후 도미야마에게 제안하자 도미야마는 기다렸다는 듯이 웃음을 흘렸다.

“하지만 사장님이 가시는 가게는 비싼 곳들뿐이라.”

“에이, 무슨 말씀이세요. 제가 쏘겠습니다. 근처에 좋은 데가 있으니 가시죠.”

애초에 돈을 낼 마음은 털끝만큼도 없는 도미야마와 함께 걸음을 옮겼을 때 시나의 가방에서 휴대전화가 진동했다.

아까부터 몇 번이나 전화가 왔다는 건 안다. 오늘은 중요한 용건이 있으니 전화는 걸지 말라고 말해두었는데.

“잠깐 실례하겠습니다.”

시나가 내심 불쾌한 기분으로 전화를 받자 “사장님, 당장 회사로 돌아오셔야겠습니다” 하는 쓰키시마의 비명 같은 목소리가 귀에 꽂혔다.

10장

# 정당한 보상

## 1

"대체 무슨 일이야!"

접대 도중에 호출을 받은 시나가 잔뜩 화난 표정으로 신주쿠의 본사로 돌아오자 주간지 한 권이 기다리고 있었다.

다음 날 발매된다는《주간폴트》의 견본이다.

"이런 기사가 실린답니다."

쓰키시마가 떨리는 손으로 펼친 페이지에 표제가 대문짝만 하게 박혀 있었다.

최신식 인공심장 코어하트에 중대한 의혹 제기

3개월 전, 아시아대학병원에서 심부전 환자 고니시 사토루 씨(향년 40세)가 사망했다. 병원에서는 병세가 악화돼 환자의 상태가 급변한 탓이라고 설명했다. 하지만 아버지 마나부 씨(74세)에 따르면 사토루 씨는 사망하기 일주일 전에 대학병원에서 임상시험 명목으로 최신식 인공심장 코어하트 이식 수술을 받은 후 사망하기 전날까지 매우 건강한 상태였다고 한다.

그런데 왜 상태가 급변한 것일까. 마나부 씨는 병원에 수차례 조사를 요구했지만 병원 측은 조사 필요성을 부인하며 완강하게 거부했다. 그런 가운데 인공심장을 공동개발 중인 니혼클라인의 하청기업 사야마제작소가 실험 데이터를 날조했다는 중대한 의혹이 제기됐다.

이에 대해 니혼클라인은 취재를 전면 거부했다. 하지만 필자의 취재에 응한 사야마제작소의 관계자 A씨는 이렇게 말했다.

"사람 목숨이 달린 의료기기의 실험 데이터를 날조하고도 그 사실을 은폐하고 임상시험을 진행하다니, 그냥 보고만 있으면 몇 명이 목숨을 잃을지 모릅니다."

그런 이유로 내부고발을 결심한 A씨는 핵심 실험 데이터를 제공하는 한편, 개발에 관련된 모든 부정행위를 필자에게 밝혔다.

4페이지짜리 탐사 보도 기사였다. 필자는 사쿠마 노리코.

"여기저기 쑤시고 돌아다니던 그 여자입니다."

"중지시켜! 지금 당장!"

시나는 고함을 질렀다.

"편집부와 몇 번 접촉을 시도해보았지만 응할 낌새가 전혀 안 보입니다."

쓰키시마가 갈라진 목소리로 답했다.

"너무 일방적이잖아!"

시나는 버럭 화를 냈다. "한 번이라도 우리랑 이야기했어? 아무리 취재를 거부했기로서니 당사자에게 확인하지도 않고 이런 기사를 꾸며낸다면 이쪽에도 생각이 있다고 전해. 이건 그냥 억측에 불과해. 웃기고 자빠졌네. 명예훼손으로 고소해버릴 테다."

설령 억측이라 해도 이런 기사가 나면 사야마제작소의 사회적 신용에 결정적인 타격을 받는다. 그러면 데이코쿠중공업과의 거래도, 니혼클라인에 들인 공도 전부 물거품으로 돌아간다.

"저도 그렇게 말했지만, 증명할 자신이 있다고 우기더라고요."

쓰키시마는 당장이라도 부러질 것 같은 나뭇가지처럼 메마른 목소리로 하소연했다.

"내가 전화하지."

시나는 가까이 있던 전화 수화기를 거머쥐고 쓰키시마가 내민 메모를 보며 전화번호를 눌렀다.

"네, 《주간폴트》입니다."

"당장 편집장 바꿔!"

남자가 퉁명스러운 목소리로 전화를 받자마자 시나는 소리를 질렀다. "사야마제작소 사장이 전화했다고 해."

전화 저편에서 흐릿한 목소리가 들리더니 보류 멜로디가 흘러나왔다.

"네, 편집장 이즈카입니다."

이번에는 조금 나이가 있는 남자 목소리가 들렸다.

"사야마제작소 사장 시나요. 잡지 견본 봤는데, 그런 사실무근의 일을 기사라고 써놓으면 어쩌자는 거야? 얼마나 피해를 끼치는 줄 알기나 해? 당장 기사 내려."

뱃속에서 치밀어오르는 것은 분노뿐만이 아니었다. 초조함도 함께였다.

"저희는 철저한 취재와 검증을 거쳐 기사를 싣기로 결정했습니다. 사실무근의 일을 기사로 쓴 적은 없습니다."

이즈카가 뜻밖에 정중한 말투로 대답했다.

"철저한 취재? 언제 우리를 취재했는데?"

시나는 바락바락 악을 썼다. "대충 취재해서 이딴 기사를 쓰면 회사가 어떻게 되는지 알아? 사람 목숨 운운하며 거창하게 써놨던데, 당신들 기사 하나 때문에 회사와 직원들의 인생이 작살나는 건 아느냐고!"

"물론 그러한 측면도 이해하려고 노력하고 있습니다."

이즈카는 공식적인 태도를 유지하며 냉정하게 대답했다. "하지만 관계자의 증언을 얻었으니까요. 신빙성은 충분하다고 보고 자신 있게 보도하고자 합니다."

"그러니까 우리 쪽 취재는 어쨌느냐고!"

시나는 감정이 격해져 고함을 질렀다. "일방적으로 이러기야? 고소하는 수가 있어."

"취재를 거절하시지 않았습니까? 사쿠마 씨에게 그렇게 들었는데요. 몇 번이고 요청했지만 전혀 상대해주지 않았다고요."

시나는 입술을 깨물며 수화기를 쥔 손에 힘을 주었다. 이런 기사가 나올 줄 알았다면 취재 요청을 받아들여 잘 구슬릴 걸 그랬다. 하지만 이미 늦었다.

"근거라고 해봤자 제보뿐이잖아. 우리한테 앙심을 품은 인간이 엉터리로 흘린 정보일 뿐이야. 우리는 데이터를 날조하지 않았어. 당장 기사 빼!"

"저희가 판단하기에 신빙성은 충분하다고 말씀드렸을 텐데요. 기사는 못 뺍니다."

이즈카는 단호하게 말했다.

"잘못된 기사라고 했잖아!"

시나는 수화기에 대고 고래고래 소리를 질렀다. "주간지랍시고 이런 횡포를 부려? 꼭 소송을 걸어서 후회하게 만들어줄 테니까 각오해."

"그러세요? 알겠습니다. 다만 저희도……."

시나는 이즈카의 말을 끝까지 듣지 않고 수화기를 쾅 내려놓았다.

"이런 빌어먹을!"

이어서 욕설을 내뱉으며 책상에 있던 메모패드를 바닥에 힘껏 내던졌다.

"어이, 쓰키시마."

시나는 어깨를 들썩이며 숨죽인 개발부 매니저를 핏발 선 눈으로 쳐다보았다. "문제없겠지? 빠져나갈 수 있는 거겠지?"

하지만 쓰키시마는 아무 대답도 없었다.

무거운 침묵이 둘 사이에 내려앉았다.

"주간지가 떠드는 동안은 잡아뗄 수 있을지도 모릅니다. 하지만 경찰이 수사에 나서면 더는 어렵겠죠."

쓰키시마는 절망의 구렁텅이에 빠진 사람 같은 표정이었다. 머릿속으로는 이 고비를 넘길 방책을 모색하느라 기를 쓰는지 눈동자가 이리저리 흔들렸다.

"착오라고 하면 어떨까?"

잠시 후 시나가 입을 열었다. "날조할 의도는 없었다. 그냥 실수였다고 하면 되지 않을까?"

대답은 없었다. 다만 극도로 긴장된 얼굴로 시나를 바라볼 뿐이다. 시나는 마치 가면을 쓴 사람에게 말하고 있는 것만 같았다. 그런데 갑자기 그 가면에 금이 가는가 싶더니 쓰키시마가 몸을 부들부들 떨기 시작했다.

"어떻게든 좀 해주십시오, 사장님."

쓰키시마의 눈에는 공포가 그득했다. "이대로 가면, 이대로 갔다가는……."

"다 자네 탓이잖아!"

시나가 책임을 전가하자 사시나무 떨듯 하던 쓰키시마의 몸이 움직임을 멈췄다.

"제 탓이라고요?"

"자네가 능력이 없었던 탓이야. 나카자토의 설계도를 니혼클라인에 보여주자고 제안한 것도 자네잖아. 제대로 만들지도 못하는 주제에 결국은 멋대로 데이터까지 날조해? 전부 자네 짓이잖아! 대체 어떻게 할 거야!"

시나는 쓰키시마의 코끝에 손가락을 들이대고 호통을 쳤다.

"자네가 전부 망쳤으니 책임져, 쓰키시마."

"제가요?"

억지웃음이 어중간하게 일그러지더니 "왜, 저입니까" 하고 쓰키시마가 말했다.

"이게 왜 제 책임인가요. 전부 사장님의 지시로……."

"닥쳐!"

격한 감정에 겨워 시나는 책상에 양손을 짚고 이를 악물었다.

반드시 살아남겠다.

시나는 스스로에게 다짐했다. 나는, 나는 이런 일로 끝장날 사람이 아니야.

## 2

"사장님, 사장님!"

도노무라가 큰 소리로 부르며 노크도 없이 뛰어 들어왔다. "이것 좀 보세요. 오늘 발간된 《주간폴트》에 사야마제작소에 관한 기사가 실렸어요."

읽고 있던 서류에서 고개를 든 쓰쿠다는 큼지막한 표제를 보자마자 "뭐야?" 하고 저도 모르게 목소리를 높였다.

"니혼클라인의 그 밸브겠죠?"

"그렇겠지. 잠깐만 기다려."

내선으로 야마사키를 부르자 당장 달려왔다.

"야마. 우리가 거래를 놓친 밸브, 실험 데이터를 날조했대. 사쿠마라는 그 저널리스트의 기사야."

야마사키는 기사를 유심히 읽은 후 손가락을 턱에 대고 생각에 잠겼다.

“확실히 데이터가 너무 잘 뽑히기는 했어요. 사장님 생각도 그러셨죠?”

“뭐, 그렇지.”

“사장님, 그게 무슨 말씀이신가요?”

도노무라가 쓰쿠다에게 물었다.

“그 밸브는 엄청나게 고난도야. 금속으로만 만든다면 그나마 낫겠지만, 지정된 헤파린• 코팅을 적용하면 내구성을 유지하는 데 상당한 기술력이 필요하지.”

“그랬군요.”

문득 궁금해졌는지 도노무라가 물었다. “우리는 그 밸브, 만들 수 있습니까?”

“있습니다.”

야마사키가 시원스럽게 대답했다. “그러니까 도면을 그린 거죠.”

“나카자토가 반출했다는 그 도면이요?”

그간의 경위는 도노무라에게도 이미 말해두었다.

“그 도면은 이를테면 시범판 같은 거예요. 실제로 만들겠다고 그대로 따라해도 잘 안 되죠. 소재를 이해할 필요가 있고, 요구되는 기능에 맞춰 미세조정도 해야 하거든요.”

야마사키가 대답했다.

“그 말은 곧.”

“거기서부터는 몹시 전문성이 높은 장인의 기술이 필요하다는

• 혈액 응고를 방지하는 작용을 하는 물질.

뜻이지."

쓰쿠다가 말을 받았다. "일단 어느 수준을 넘어서면 일반론만으로는 품질을 이야기할 수 없어, 도노. 그다음부터는 경험이야. 축적된 경험이 노하우를 만들지. 밸브는 하루아침에 이루어지지 않는다고나 할까?"

"그렇군요."

감탄을 토한 도노무라가 "그건 그렇고 사야마제작소는 어떻게 될까요?" 하고 라이벌 기업이 처한 상황에 눈살을 찌푸렸다.

"어떻게 되느냐보다 어떻게 하느냐겠지."

쓰쿠다는 말했다. "도산했을 때 야반도주하는 사장과 꿋꿋이 제자리에 남아 사죄하는 사장이 있잖아. 그거랑 똑같아. 이제 경영자의 그릇에 달렸어."

"확실히 그렇군요."

동의한 야마사키가 "사장님이라면 어떻게 하실래요?" 하고 물었다.

"우리가 고의로 데이터를 날조할 일은 없겠지만, 그때는 즉시 인정하고 사과하는 수밖에 없겠지."

쓰쿠다는 아주 진지한 표정으로 대답했다. "어마어마한 난리가 날 테고 경우에 따라서는 회사가 도산할지도 몰라. 하지만 잘못을 알고도 바로잡지 않는 인간은 절대로 살아남지 못해. 일시적인 눈 가리기가 통할 만큼 이 세상은 만만치가 않거든."

"악의가 없어도 궁지에 몰릴 때 역시 많지만요."

야마사키의 말에 쓰쿠다는 고개를 끄덕였다.

"다치바나와 가노가 애쓰고 있는 인공판막도 어쩌면 사고나 사건에 휘말려 불합리한 비판이나 비방을 당할지도 몰라. 하지만 거기서 달아나지 않을 만한 각오가 있어야지. 가우디 프로젝트를 추진하기로 했을 때 난 각오를 다졌어."

쓰쿠다는 주저 없이 말했다. "요즘 세상에 성실함이나 한결같은 노력을 강조하면 구식이라고 비웃음당할지도 모르지만, 결국 사람이 마지막으로 의지할 건 그것뿐이야."

"그럴지도 모르겠네요."

도노무라는 점잖은 표정으로 한숨을 내쉬더니 사장실에 들어왔을 때와는 반대로 정중하게 인사하고 조용히 자기 자리로 돌아갔다.

**3**

"본인은 부정하고 있다고 합니다."

긴급 소집된 이사회에서 기후네는 해명에 진땀을 빼고 있었다.

"있다고 합니다? 그게 무슨 말씀입니까?"

이사 고마가타가 말꼬리를 잡았다. "기후네 교수님, 확인 안 해 보셨습니까?"

"니혼클라인에는 즉시 문의했습니다."

기후네의 이마에 구슬땀이 맺혔다. "제조를 의뢰한 니혼클라인이 그쪽과 거래를 하고 있어서, 그……."

"하나 여쭤봅시다. 교수님이 데이터를 날조하라고 지시했다든가 그런 사실은 없습니까? 그걸 의심할 수밖에 없는 사태인 것 같은데요."

"아니요, 결코 그런 적 없습니다."

기후네는 속이 부글부글 끓는 기분이었다.

인공심장 개발로 세계 의료의 선두에 설 생각이었다. 임상시험도 재개됐으니 실용화를 향한 첫걸음을 내디딜 수 있다. 그렇게 안도한 찰나 엄청난 스캔들이 터졌다.

"그나저나 이 인공심장의 아이디어는 기후네 교수님이 독창적으로 제안하신 게 아니라면서요?"

고마가타의 말에 기후네는 몸이 굳어버릴 만큼 깜짝 놀랐다. 누구에게 들었지? 자신을 응시하는 고마가타의 표정을 살폈지만, 단서는 찾을 수 없었다.

"제가 듣기로 기본적인 아이디어와 설계는 이치무라 교수님 작품이라던데요. 제자의 아이디어를 가로채 자기 공으로 삼았다고 일부에서 수군대는 모양입니다. 사실입니까, 교수님?"

"아닙니다. 절대로 그런 적 없습니다. 이치무라 선생은 제 지도하에 인공심장에 대해 연구했을 뿐이에요."

기후네는 해명하며 둥근 테이블의 대각선으로 오른쪽에 앉아 있는 병원장 나가노를 힐끗 보았다. 서류에 시선을 떨어뜨린 채 기후네의 변명에 귀를 기울이고 있는 나가노는 밉살스러울 만큼 천연덕스러운 표정이었다.

"이야기가 좀 빗나갔는데, 이번 고발로 학교가 큰 문제에 봉착했다는 건 잘 알고 계시겠죠, 기후네 교수님?"

"네, 물론입니다."

기후네는 고개를 떨구었다.

기사에도 등장한 유족과는 분명 배상 문제로 발전할 거라고 회의 초반에 고문변호사가 보고했다.

"지금도 그 사고가 사건이 아니라고 단정할 수 있겠습니까?"

이사장 다니하라 히로타카의 말은 질문으로 들리는 동시에 비난으로도 들렸다.

"설마 데이터를 날조했을 줄은 꿈에도 몰랐습니다."

기후네는 위장이 뒤틀리는 듯한 고통을 맛보았다. "만약 수준 미달인 부품이 사용됐다면 기계의 오작동이 원인일 가능성은 부정할 수 없습니다."

"그렇다면 교수님 판단과는 달리 꼭 마키타 교수의 책임이라 할 수는 없겠군요."

다니하라는 서류를 펄럭 넘기면서 말했다. "조사도 제대로 해보지 않고 너무 선불리 판단한 거 아닙니까?"

다니하라는 깊은 피로감이 느껴지는 한숨을 푹 내쉬고 동석한 고문변호사를 돌아보았다.

"역시 학교에 조사위원회를 설치해야 할까요?"

"물론입니다. 제삼자인 전문가로 조직해야겠죠."

변호사는 은발을 반짝이며 대답했다. "피를 볼 각오로 임하지 않으면 도리어 세간의 비난에 직면할 겁니다."

깊은 한숨이 회의실 바닥을 가득 메웠다.

제삼자에게 흙발로 짓밟히는 꼴을 봐야 하다니 병원 입장에서는 그야말로 굴욕이다. 기후네가 그 원인을 제공한 셈이다.

"면목 없습니다."

고개를 숙인 기후네의 가슴속에 미친 듯이 휘몰아치는 건 반성이 아니었다. 오로지 후회뿐이었다.

긴급 소집된 이사회가 끝난 후.

"자네들, 대체 어떻게 할 건가!"

기후네의 성난 목소리는 방 밖까지 들릴 만큼 컸다. 기후네는 부아를 참지 못하고 벌떡 일어서서 눈앞의 두 사람을 노려보았다.

"죄송합니다!"

구사카는 양손을 테이블에 짚고 납작 엎드려 머리를 숙였다. 그 옆에서 고개를 숙이고 있는 덩치 큰 백발 남자는 니혼클라인의 사장 스즈키 겐시로다.

"데이터를 날조하다니. 니혼클라인이 모든 책임을 지도록 해! 지금까지 공들인 탑이 우르르 무너지게 생겼어!"

"정말 죄송합니다."

이번에는 스즈키가 사죄의 말을 꺼냈다.

"사야마제작소가 일으킨 불미스러운 일은 저희에게도 그야말로 청천벽력이라 지금으로서는 뭐라 드릴 말씀이 없습니다. 어제 소식을 듣자마자 사내에 조사위원회를 설치해 지금까지의 경위를 조사하는 중입니다."

"구사카!"

기후네는 스즈키 옆에서 숨을 죽이고 있는 구사카를 거칠게 불렀다. “자네, 정말로 몰랐던 거겠지? 혹시 알고 있었다면 지금 여기서 솔직히 말하게.”

“다, 당치도 않습니다!”

구사카는 눈알이 튀어나올 만큼 눈이 휘둥그레져 고개를 절레절레 흔들었다. “저희도 피해자입니다. 정말입니다, 교수님.”

기후네는 진실인지 거짓인지 확인하듯 구사카의 얼굴을 빤히 들여다보았다. 하지만 그것도 잠시, 눈에서 감정이 사라지고 아수라 같은 얼굴에서도 넋이 나가버렸다.

기후네는 실이 끊어진 인형처럼 의자에 털썩 주저앉아 고개를 푹 숙였다. 마치 혼이 없는 시체 같았다. 분노와 절망, 초조함과 수치. 성난 파도처럼 밀려오는 감정에 휩쓸려 기진맥진한 듯했다.

“저어, 교수님?”

스즈키가 머뭇머뭇 말을 걸었다. “이 사태는 교수님 잘못이 아닙니다. 전부 저희 책임입니다. 교수님은 선의의 제삼자세요. 어떻게든 조치를 취할 테니 시간을 좀 주시면 안 되겠습니까?”

대답은 없었다.

움직임도 없었다.

가만히 지켜보던 두 사람의 얼굴에 곤혹스러움이 서렸을 때, 기후네가 벌겋게 핏발이 선 눈을 갑자기 위로 쳐들었다.

“입만 살아가지고.”

기후네의 입에 비웃음이 맺혔다. “세상에는 그런 놈들뿐이야. 엄청난 실패를 해놓고 아무 방도도 없으면서 어떻게든 하겠다고 큰소리를 떵떵 치지. 그런 건 자네들같이 적당히 얼버무리고 넘어가도 되는 분야에서 일하는 사람들에게나 통용돼. 우리 의사는 실패하면 사람이 죽는다고. 죽은 사람이 살아나겠나? 시간을 주면 살릴 수 있어? 그럼 죽어버린 고니시라는 환자를 한번 살려봐!"

너무 흥분한 나머지 마지막 말은 절규에 가까웠다. 머리가 흐트러지는데도 아랑곳없이 침을 튀기며 소리치는 기후네는 마치 다른 사람 같아 보였다.

기후네의 과격한 발언에 스즈키와 구사카는 할 말을 잃고 망연자실한 표정을 지었다.

"만약 할 수 있다면 내 경력을 원래대로 되돌려주게. 엎질러진 물을 담을 수 있다면 해보라고."

날선 칼 같은 그 말을 마지막으로 기후네는 입을 꾹 다물었다.

## 4

"사야마제작소는 어땠어?"

구사카는 녹초가 되어 회사로 돌아왔다.

기후네를 필두로 사장과 함께 아시아의과대학과 부속 병원의 온갖 부서를 돌아다니며 사과만 하다 왔다.

"시나 사장은 계속 부정하고 있습니다."

도도가 감정이 담기지 않은 목소리로 대답했다.

"이 마당에 와서도?"

구사카는 어이없다는 듯 말하고 지친 몸을 부장실 소파에 던졌다. "사야마는 끝났군."

"신주쿠 본사를 보고 왔는데, 신문기자와 방송국 관계자가 우글거려서 드나들기도 힘들 지경이었습니다."

니혼클라인도 주간지에 기사가 실린 어제 바로 기자회견을 열어 사죄와 함께 진상을 철저히 조사하겠다고 약속했을 정도다. 그래도 후생노동성의 현장조사는 면할 수 없으리라.

"업무상 과실치사 혐의도 받고 있으니까요."

차가운 덩어리가 구사카의 뱃속에 툭 떨어졌다. 그렇다면 후생노동성은 물론이고 경찰의 수사대상이 될 가능성이 크다. 이번 사태가 얼마나 커질지, 과연 어떻게 마무리될지 전혀 상상이 되지 않았다.

"자네는 아무것도 몰랐지?"

구사카는 확인하듯 물었다.

"물론입니다"라는 도도의 대답에 구사카는 안도했다. 알면서도 넘어갔다면 니혼클라인도 공범이 되기 때문이다.

"시나는 어떻게 발뺌할 생각일까?"

"실험 환경에 문제가 있어 착오가 생겼다고 주장하는 모양인데, 얄팍한 변명이죠. 나사에서는 그게 통하나 보죠."

도도는 신랄하게 비꼬아 말했다. "우리 회사 입장에서는 이번 데이터 날조 사건을 하청기업의 독단적인 범행으로 몰고 갈 수 있느냐 없느냐가 중요합니다."

"시게요시 변호사의 의견은?"

시게요시 마사오는 니혼클라인이 계약한 가구라자카 법률사무소의 주임변호사다.

"우리 쪽 납품 검사가 타당했는지가 쟁점 중 하나라는데, 그건 어떻게든 될 것 같답니다. 문제는 사회적 이미지를 악화시키지 않으려면 반성 표명과 사죄, 철저하고도 신속한 사실 공표에 심혈을 기울일 필요가 있답니다. 아까부터 감사실과 홍보실이 그 건에 대해 대응을 협의하고 있습니다."

"그렇군……."

거기까지 듣고 구사카는 힘이 다한듯이 고개를 푹 꺾었다.

"그리고?"

"그러고는 저희의 책임 문제랄까요?"

도도는 구사카의 속내를 꿰뚫어본 듯 말했다.

"만에 하나 회사 운영체제에 잘못이 있었다는 지적이 나오면 우리도 무사하지 못하겠지. 그때는 각오해야 할 거야, 도도."

구사카는 도도의 담담한 얼굴에 대고 말했다.

"만약 그렇게 되면 우리는 끝장이야."

**5**

"고의는 아니다라."

회의실 텔레비전으로 함께 뉴스를 보던 도노무라가 말했다.

"딱 잡아떼려고 작심한 것처럼 보이는데요."

어제 주간지 보도로 불붙은 인공심장 실험 데이터 날조 사건은 순식간에 언론의 주목을 받아 뉴스에서도 거론할 만큼 사태가 커졌다. 시나가 완강하게 혐의를 부정하자 아침 방송에서도 달려들었고, 사야마제작소의 기자회견을 생중계하기에 이르렀다.

"뭐, 타산지석으로 삼아 저희도 경각심을 가져야겠죠."

도노무라다운 소감이 나왔을 때였다.

"일이 재미있게 돌아가는데요."

오후에 데이코쿠중공업의 상황을 살피러 갔던 에바라가 흥분한 기색으로 뛰어 들어왔다. "지금 데이코쿠중공업 우주항공본부가 시끌시끌 난리도 아닙니다. 납품된 사야마제작소의 밸브를 어떻게 할지 긴급회의에 들어간대요."

"그 데이터도 날조했을 가능성을 배제할 수 없으니까요."

도노무라의 말이 맞는다.

"그것도 그렇지만 이번 일로 이미 기업윤리상의 문제가 대두됐습니다."

에바라의 말에 쓰쿠다도 무릎을 쳤다.

"만에 하나 인공심장 부품의 데이터를 날조했다고 판정되면 데이코쿠중공업 입장에서는 공동개발은커녕 거래 자체가 물 건너가요. 자이젠 부장이 그렇게 당황한 표정을 짓는 거 처음 봤습니다."

"프로젝트 관리 일정은 무조건 엄수해야 하니까. 도중에 밸브가 변경되면 진행에 차질이 생기겠지."

야마사키가 말했다.

"그래서 그런지 자이젠 부장이 문의하더군요. 지금까지처럼 계속 밸브를 공급할 수 있는지 사장님께 여쭤달랍니다. 직접 통화해보시는 게 어떨까요?"

에바라의 목소리에는 생기가 넘쳤다. 사야마제작소는 안중에도 없는 모습이었다.

"알았어. 지금 전화해볼게."

쓰쿠다는 호주머니 속 휴대전화를 꺼내 자이젠에게 전화했다.

"번거롭게 해드려 죄송합니다."

바로 전화를 받은 자이젠은 사과부터 했다. "4시부터 열릴 긴급회의에서 재검토를 제안하려고 하는데요. 그러려면 쓰쿠다 씨의 의향을 여쭤볼 필요가 있어서요."

쓰쿠다는 벽시계를 보았다.

현재 3시 45분. 15분 남았다.

"알겠습니다. 반드시 대응하겠습니다. 결과가 나오면 바로 알려주시겠습니까? 저희도 생산 계획을 변경해야 하거든요."

쓰쿠다는 그렇게 답하고 통화를 마쳤다.

"다시 기회가 왔어!"

"해냈습니다!"

도노무라가 주먹을 불끈 쥐었다.

사람들에게 알리러 가려는지 에바라가 회의실을 뛰쳐나가더니 젊은 직원들을 줄줄이 이끌고 돌아왔다. 누가 시킨 것도 아니건만 다 함께 기다리자는 분위기였다.

화이트보드로 다가간 에바라가 옆에 끼고 있던 것을 펼쳐 자석으로 붙였다. 늘 기술개발부 벽에 붙어 있는 포스터다.

품질 하면 쓰쿠다, 쓰쿠다 프라이드

그때 박수가 터져 나왔다. 여기에 있는 모두가 그 표어를 바라보며 똑같은 마음을 품었다.

"기다립시다!"

도노무라의 목소리에는 의욕이 철철 넘쳤다.

## 6

"모두 모였나?"

미즈하라가 회의실에 모인 사람들을 빠르게 한 번 둘러보고 말했다. "시작하지."

"저부터 말씀드리겠습니다."

보통 때와는 달리 긴장된 분위기 속에서 자이젠이 일어섰다.

"사야마제작소가 니혼클라인의 인공심장에 제공한 부품의 데이터를 날조했다는 의혹이 불거졌습니다. 더구나 이 인공심장을 임상시험하는 도중에 사망자가 한 명 발생해 사회적으로 큰 관심을 받고 있습니다. 사야마제작소에서는 사실무근이라며 부정하고 있지만, 증명은 하지 못했습니다. 한편《주간폴트》의 기사는 내부고발자의 증언을 토대로 하고 있어 신빙성이 높은 상황입니다. 가령 그 기사가 사실이라면 우리 회사의 윤리규범에 저촉되므로 얼마 전 채택하기로 결정한 사야마제작소의 밸브는 공동개발을 포함해 전면 재검토에 들어가야 합니다. 그렇지 않으면 프로젝트 진행에 중대한 차질이 생길 겁니다."

자이젠은 당면한 상황을 간결하게 설명하고 본론에 들어갔다.

"개발부 입장에서는 지난번 결정을 백지로 돌리고 예전처럼 쓰쿠다제작소의 밸브를 채택하는 편이 낫다고 판단됩니다."

자이젠은 떨떠름한 표정으로 팔짱을 끼고 있는 남자를 보며 말했다.

"이시자카 부장, 괜찮겠죠?"

대답하기 전에 이시자카는 인상을 확 구겼다.

"고작 주간지 기사입니다. 이런 걸 믿고 판단을 바꾸겠다는 겁니까, 자이젠 부장? 직접 확인도 안 해보고요?"

"어떻게 직접 확인을 합니까? 시나 사장은 부정으로 일관하며 조사를 받아들이지 않겠다고 주장하고 있어요. 검증할 방법이 없단 말입니다."

"그는 나사 출신 기술자라 일거리가 넘쳐납니다. 왜 니혼클라인이 발주한 밸브 하나 때문에 그런 날조를 하겠습니까?"

이시자카는 날조 의혹에 어디까지나 부정적인 태도를 취했다.

"이시자카 부장은 시나 사장과 각별하게 지내는 것 같더군요. 이번 일에 대해 직접 물어봐줬으면 합니다만."

자이젠의 지적에 이시자카의 얼굴에서 표정이 사라졌다. 자신의 허물을 결코 인정하지 않는 한편, 요전번 회의에서 강력하게 추천한 시나와 각별한 사이라는 점은 덮어두고 싶어 하는 꿍꿍이가 훤히 들여다보였다.

"무슨 소리야. 딱히 각별한 사이는 아니요."

이시자카는 활활 타오르는 눈으로 자이젠을 노려보았다. "아무튼 데이터를 날조한 적 없다고 기자회견에서 본인 입으로 말했으니 그 말이 맞겠죠."

"가령 프로젝트를 진행하는 도중에 부정행위를 저질렀다는 사실이 판명되면 돌이킬 수 없습니다. 그럴 일이 절대로 없을 거라 장담할 수 있겠습니까?"

이시자카의 얼굴이 벌겋게 물들었다.

"그럼 부정행위가 있었다고 장담할 수 있습니까?"

이지자카가 그렇게 물고 늘어졌다. "만약 아무 일도 아니었다면 우리 밸브 개발은 또 몇 년이나 뒤처질지도 모릅니다. 그래도 되겠습니까? 이 소동이 어떻게 끝날지는 모릅니다. 하지만 사야마제작소의 기술력이 높은 건 확실해요. 회사의 이익을 고려한다면 사야마제작소와의 밸브 공동개발을 우선해야 한다는 게 제 생각입니다. 이런 작은 문제를 신경 쓰다 기술력에서 뒤떨어지면 누가 책임질 겁니까?"

"작은 문제일까?"

대화를 가만히 듣고 있던 미즈하라가 끼어들었다. "가령 데이터를 날조한 게 사실이라면 사야마제작소는 존속이 위태로워지겠지. 밸브 공동개발 이야기도 암초에 걸릴 테고. 충분히 무게감 있는 사건 같은데."

"요컨대 언론을 믿느냐, 시나 사장을 믿느냐의 문제입니다, 본부장님."

이시자카가 말을 꺼냈을 때였다.

"아닙니다."

자이젠의 또렷한 목소리가 실내 공기를 흔들었다.

"이건 단순히 어느 쪽을 믿느냐는 비교의 문제가 아닙니다. 위험 부담의 문제죠."

자이젠은 이사자카를 똑바로 바라보며 말했다. "주간지가 옳은지 그른지는 모릅니다. 하지만 만에 하나라도 옳다면 우리 프로젝트에 엄청난 영향이 미칠 겁니다. 그래도 괜찮겠습니까? 본인이 부정했으니 곧이곧대로 믿었다는 변명이 사장님께, 아니 로켓사업의 고객에게 통할까요?"

"자이젠 말이 맞아."

미즈하라가 고개를 끄덕였다. "내가 보기에는 논쟁의 여지가 없는 것 같은데."

회의실 어디에서도 대답은 나오지 않았다.

반론의 실마리를 찾으려는지 앞쪽을 노려보며 뭔가 생각하던 이시자카가 힘이 다한 듯 눈을 내리깔았다.

"이시자카, 시나 사장과 회식을 자주 한다면서?"

그때 미즈하라가 예상치 못한 말을 꺼냈다.

"개인적으로 응원하는 건 알 바 아니지만, 개인적인 감정을 회사까지 끌고 오지는 마. 그 때문에 공적 결정이 잘못된 방향으로 나아가서는 안 돼."

미즈하라의 얼굴에는 분노가 가득했다. 평소 냉정한 만큼 이번 사태를 얼마나 괘씸하게 여기는지가 여실히 드러났다.

"그리고."

미즈하라가 말을 이었다. "사야마제작소의 잘잘못이 확실히 가려질 때까지 공동개발을 비롯한 모든 거래를 즉각 동결시켜. 과거의 경력은 결국 과거에 지나지 않아. 필요한 건 현재 경영자로서의 실력이야."

미즈하라는 깊은 한숨을 내쉬고 자이젠에게 시선을 주었다.

"쓰쿠다제작소에 당장 연락해서 이번 일은 미안했다고 쓰쿠다 씨에게 전해줘. 그럼 이만 볼일들 보게."

미즈하라는 자리에서 일어나 빠른 걸음으로 회의실을 나갔다.

뚱한 표정으로 자리에 앉아 있던 이시자카가 눈을 돌려 "후회할 거야, 자이젠" 하고 으름장을 놓았다.

"공동개발은 결백이 증명되고 나서도 늦지 않습니다. 그리고."

자이젠은 자리에서 일어서며 덤덤하게 말했다. "이미 이번 사태에 대해 후회 중입니다. 굳이 성능에서 쓰쿠다에 뒤지는 사야마의 밸브를 채택했더니만 이 꼴이 났어요. 조금쯤은 반성하는 척이라도 하는 게 어떻겠습니까, 이시자카 씨?"

굴욕에 못 이겨 이시자카가 벌떡 일어섰지만 자이젠은 상대할 가치도 없다는 듯이 등을 휙 돌렸다.

## 7

연락이 오자 어수선하던 실내가 물을 끼얹은 듯이 고요해졌다. 정적 속에서 쓰쿠다가 통화하는 목소리만 들렸다.

"감사합니다."

이윽고 쓰쿠다가 그렇게 대답하자 에바라가 말없이 주먹을 쳐들었다.

"최선을 다하겠습니다. 네, 연락 감사합니다."

"우와아!"

쓰쿠다가 전화를 끊자마자 직원들이 환성을 지르며 환희를 폭발시켰다.

마치 축제 같았다. 쓰쿠다는 그 분위기를 만끽하며 직원들 하나하나와 하이파이브를 했다.

"사장님!"

도노무라가 감격에 겨웠는지 활짝 웃는 얼굴로 눈물을 글썽거리며 쓰쿠다를 와락 끌어안았다.

"다행입니다, 다행이에요, 정말 잘됐어요!"

도노무라의 걱정거리는 자금 조달만이 아니다. 쓰쿠다제작소라는 회사의 마음가짐과 존재 의의도 포함된다. 그걸 쓰쿠다도 알고 있었다.

데이코쿠중공업에서 제조하는 로켓엔진의 핵심부품인 쓰쿠다제작소의 밸브는 변두리 공장의 기술, 경험, 지혜, 그리고 노력의 결정체다.

그리고 그건 여기 있는 모두의 긍지 그 자체다.

에바라가 발 빠르게 캔 맥주를 마련해왔다. 역시 에바라다웠다. 마침 오후 5시도 지났으니 축하 기분을 내기 딱 좋았다.

"그럼 사장님, 건배에 앞서 한 말씀 부탁드립니다."

"그래."

고개를 끄덕인 쓰쿠다는 직원들에게 말했다. "모두의 노력이 정당한 보상을 받은 셈이야. 다들 고마워. 연구원에서 사장이 된 지 10년도 넘었네. 그동안 정신없이 달려오면서 배운 게 많아. 회사는 이렇게 성장해나가는 거겠지. 모두 함께 성공을 지향하며 때로는 뭔가 잃고, 때로는 뭔가 얻어. 결국 그 반복일지도 모르겠어. 결코 편한 길은 아니야. 그래서 더욱 서로 격려하고 지탱해줘야 해. 오늘은 그걸 배웠어. 앞으로도 잘 부탁해 그리고…… 요스케와 아키."

쓰쿠다는 이쪽을 보고 있는 두 사람을 불렀다.

"다음은 자네들 차례야. 힘내!"

"기대할게, 요스케!"

가와타가 장난기 넘치게 맞장구치자 웃음이 일었다.

"그럼 오늘은 우리를 위해 건배할까?"

쓰쿠다는 선창했다. "쓰쿠다의 품질과 프라이드, 그리고 승리를 위하여!"

마음을 가득 채운 충족감을 모두와 공유하고 있다는 게 느껴졌다.

직원들과 함께 어디까지 갈 수 있을지는 모른다. 하지만 이들과 함께라면 어떤 역경과도 맞서 싸울 수 있다.

"정말 기뻐, 도노."

모두 환희에 젖은 가운데 쓰쿠다는 곁에 있던 도노무라에게 뭉클한 마음으로 말했다.

"벽에 부딪쳐 좌절할 때도 있었지만, 역시 인생은 살아볼 만해."

눈물이 쓰쿠다의 뺨을 타고 흘러내렸다.

"다치바나 씨, 또 일해요?"

가노는 작업 책상에 앉아 있는 다치바나에게 말을 걸었다. 보이지 않는다 싶더니 회의실을 빠져나와 혼자 데이터와 씨름하고 있었던 모양이다.

"다들 2차 간다는데, 안 갈래요?"

"아니, 난 됐어. 다녀와. 회식은 안 빠지는 주의 아니었어?"

"다치바나 씨가 안 가면 저도 안 갈래요."

가노는 기술개발부 가장자리에 있는 커피메이커로 커피를 내려서 가져왔다.

"사장님이 다음은 자네들 차례라고 하시기도 했고."

그러더니 "아직 뭔가 마음에 안 드는 부분이 있어요?" 하고 다치바나에게 물었다.

"글쎄. 모르겠지만, PMDA와의 면담이 모레잖아. 시간이 허락되는 한 붙잡고 있으려고."

다치바나다운 자세다.

"철저히 물고 늘어지겠다 그거로군요. 저도 동참할게요."

뭔가 말하려고 고개를 든 다치바나는 가노의 진지한 표정을 보고 더는 아무 말도 하지 않았다.

"하지만 우리가 아무리 완벽하게 만들어봤자 또 중소기업 운운하며 짜게 평가하면 솔직히 힘들겠죠."

가노는 평소 품고 있던 불안을 털어놓았다.

"중소기업은 중소기업이니까 그건 어쩔 도리가 없지."

다치바나는 달관한 듯 말했다. "결국 우리가 할 수 있는 일은 좀 더 완벽에 가까운 물건을 만드는 것뿐이야."

"바꿀 수 있는 것과 없는 것이 있다면, 바꿀 수 있는 것에 집중해야겠죠."

두 사람의 작업은 시제품 제작과 테스트의 반복이다. 이치무라의 의견을 듣고 사쿠라다와 가공법을 상의한다. 시간과 돈은 들지만 그렇게 차근차근 쌓아올려야만 완성되는 것도 있다.

중소기업이니까 상대할 가치도 없다고 한다면 그걸로 끝이다.

그래도 도전한다.

"헛수고로 끝나지 않으면 좋겠네요."

문득 가노가 말했다.

"결과는 생각하지 마."

다치바나가 나지막이 대꾸했다. "그것보다는 이유가 더 중요하잖아. 우리가 이 일을 하고 있는 이유 말이야."

"그렇죠, 맞아요."

가노는 납득한 얼굴로 벽을 올려다보았다. 즐거워 보이는 아이들의 사진이 두 사람을 내려다보았다.

얘들아, 응원해줘.

가노는 마음속으로 중얼거리고 진지한 눈빛으로 시제품과 마주했다.

## 8

오전 6시에 일어난 사쿠라다는 아내가 차려준 아침을 먹고 나갈 채비를 했다.

조상 대대로 살아온 후쿠이 시내의 낡은 단독주택은 지은 지 80년이나 됐지만, 뼈대가 의외로 튼튼해 어쩐지 이 땅에 뿌리내린 사람들의 기질이 그대로 반영된 것처럼 느껴지기도 했다.

"드디어 오늘이구나."

"응."

사쿠라다는 아내에게 고개를 끄덕이고 방 안쪽에 있는 영정사진 앞에 앉았다.

"유이, 다녀올게."

사진 속 딸을 보며 말을 걸었다. "여러 가지로 힘들겠지만, 아빠 열심히 하고 올게. 그러니 힘을 빌려다오."

합장한 사쿠라다의 머릿속에 딸의 기억이 어제 일처럼 선명하게 되살아났다. 기억의 단편들에 묻혀 딸과의 추억에 젖자 뜨거운 감정이 샘솟았다.

바빠서 좀처럼 어디 데리고 가지 못했다. 생일에 사쿠라다가 사준 곰 인형을 끌어안고 기쁘게 웃던 얼굴. 크리스마스 아침에 산타클로스가 준 선물을 소중하게 품에 안고 보여준 표정.

책가방이 폴짝폴짝 뛰어다니는 것처럼 보였던 귀여운 유이. 어느 순간 조금 건방지게 굴며 사쿠라다와는 별로 말을 나누지 않게 된 유이. 지망하던 고등학교에 합격하자 신입생 소집일 전날 전철과 버스를 갈아타며 통학하는 연습을 했더랬지. 토요일이라 마침 집에 있었던 사쿠라다에게 "버스에서 학교 선생님이랑 마주쳤어!" 하고 들뜬 표정으로 말하던 열여섯 살의 유이.

설마 그로부터 1년이 채 지나기 전에 이 세상에서 유이가 사라질 줄은 상상도 못 했다.

"다녀올게."

웃음을 띤 유이의 사진을 보며 말하자 뺨에 눈물이 흘렀다. 사쿠라다는 손수건으로 눈물을 닦고 다시 사진을 바라보았다.

응원해주렴.

마음속으로 말한 사쿠라다는 아내가 운전하는 차를 타고 서둘러 고마쓰 공항으로 향했다.

그날 쓰쿠다 일행은 오전 11시에 하네다 공항으로 이치무라와 사쿠라다를 마중 나갔다.

공항에서 간단히 밥을 먹고 일단 쓰쿠다제작소로 두 사람을 안내했다. 기술개발부장 야마사키, 개발 담당자 다치바나, 가노와 함께 마지막 절차를 협의했다. 여기에 영업부 에바라까지 일곱 명이 이번 PMDA 면담에 임하는 팀이다.

면담 예정 시간은 오후 3시.

에바라가 운전하는 승합차를 타고 가스미가세키로 이동해 면담 시간 15분 전에 접수처에 도착을 알렸다.

지난번과 같은 방으로 안내받았다.

화이트보드에 가까운 자리에 이치무라가 앉고, 사쿠라다, 쓰쿠다, 야마사키, 다치바나, 가노, 에바라가 차례대로 줄지어 앉았다. 에바라는 프로젝터에 연결된 컴퓨터의 조작을 맡았다.

"자, 마음 편하게 해봅시다."

이치무라가 말했다.

"도저히 편해지질 않는걸요."

가노가 긴장해서 창백해진 얼굴로 말했다. 이번 면담 결과가 시원치 못하면 사쿠라다가 빠지고 팀이 해산될지도 모른다. 그러면 다치바나와 가노의 연구개발 자체가 물거품으로 돌아갈 가능성이 높다.

쓰쿠다는 면담 시간 5분 전을 가리키고 있는 시계를 올려다보았다. 초침이 움직일 때마다 무거운 긴장감이 쓰쿠다 일행을 뒤덮었다.

눈을 감고 긴장된 시간을 흘려보내던 쓰쿠다가 몇 번째인가 깊은 심호흡을 했을 때 문을 두드리는 소리와 함께 심사 담당자들이 줄줄이 들어왔다.

다키가와도 있었다. 요전번과 같은 멤버다.

"잘 부탁드립니다."

진행을 맡은 다키가와의 말에 쓰쿠다 일행도 고개를 꾸벅 숙였다. 드디어 두 번째 면담이 시작됐다.

"뭐야, 멤버의 변화가 없군."

느닷없이 다키가와가 그런 말을 중얼거렸다. "뭐, 일단 이야기는 들어보겠지만."

다키가와는 거만한 태도로 실소를 머금었다. 초장부터 분위기가 불안했다.

"가우디 프로젝트의 의의 등에 대해서는 지난번에 설명드렸습니다. 이번에는 쓰쿠다제작소가 보충해 의료기기로서 성능이 현저히 진화한 새로운 인공판막의 특징, 그리고 저희가 진행 중인 실험 내용과 결과 등을 고찰하며 설명하겠습니다."

방의 불이 꺼지고 프로젝터를 조작하는 에바라의 도움을 받아 이치무라가 설명을 시작했다.

"이번에 개발된 인공판막, 개발 코드네임 '가우디'는 주식회사 사쿠라다에서 제조한 특수소재와 쓰쿠다제작소의 최첨단 기술, 그리고 저희 호쿠리쿠의과대학 심장혈관외과의 임상 경험에서 얻은 노하우를 응축해 세계 최고 수준의 성능과 범용성을 실현하는 데 성공했다고 자부합니다."

그 후 이치무라가 실험으로 얻은 데이터를 해석했고, 미국에서 제조된 인공판막과 가우디를 비교 분석했다. 또 코어 부분의 소재와 형태, 심장에 봉합할 때 조작성을 향상시키기 위해 개선한 손잡이, 사쿠라다의 편직 기술을 활용한 소재의 장점에 대해 설명했다.

"이 인공판막의 가장 큰 특징은 어린 환자의 심장질환에도 대응할 수 있다는 점입니다."

이치무라가 주장했다. "그리고 무엇보다 수술이 간편해졌다는 걸 빼놓을 수 없습니다. 쓰쿠다제작소에서 심혈을 기울여 개선한 손잡이는 봉합할 때 인공판막을 단단히 고정해 수술에 도움을 주는 한편, 단 한 번에 제거가 가능합니다. 이 혁신적인 기술의 특허만으로도 전 세계 인공판막 제조사에서 수주를 받을 수 있으리라 예상됩니다."

이건 다치바나와 가노가 기울인 노력의 결정체다. 의료기기는 사용하기 쉬우면 쉬울수록 수술 시간이 단축된다. 또한 수술 시간이 짧아지면 환자의 부담은 물론, 감염증에 걸릴 위험성도 줄어든다.

"조금 과장해서 말씀드리자면, 가우디를 사용하면 명의가 될 수 있습니다. 수술시 쓸데없는 조작을 줄임으로써 가령 지금까지 네 시간이 걸렸던 수술을 30분이나 단축시킬 수 있죠. 가우디가 심장혈관외과 수술에 비약적인 진화를 가져오리라고 확신합니다."

이치무라의 설명이 끝났다.

불이 켜지자 다키가와가 의자에 삐딱하게 앉아 심술궂은 눈빛을 던지는 모습이 보였다. 가노가 가우디 시제품을 나누어주었지만 만져보려 들지도 않았다.

"자화자찬입니까?"

아니나 다를까 다키가와는 그런 말로 면담실 분위기를 단숨에 냉각시켰다. "기껏해야 인공판막을 이렇게까지 치켜세우는 그

상상력이 감탄스럽습니다. 그야말로 장밋빛 이야기지만, 정작 중요한 게 빠졌네요. 만에 하나의 경우가 발생했을 때는 어떻게 할 것인가!"

다키가와가 쓰쿠다 일행에게 베일 듯이 날카로운 시선을 던졌다. "가우디 때문에 의료사고가 발생했을 때, 여러분들 힘으로 책임을 지기는 힘들 텐데요. 돈 없는 곳들뿐이니, 원. 아닙니까?"

시비조의 도발이다. 심사 담당자라는 우월한 지위를 전제로 한 막말이다.

쓰쿠다는 입술을 깨물고 침묵을 지켰다. 말싸움을 벌여봤자 손해를 보는 건 이쪽이다.

"다키가와 씨, 말씀대로 저희는 대기업이 아니라서 돈은 없습니다. 하지만 인공판막에 기울인 열정과 기술만은 인정해주시리라 믿습니다."

이치무라가 부드러운 말투로 이야기를 진행시키려 했다.

"이치무라 교수님, 지금까지도 심장판막증을 치료해왔지 않습니까? 여지껏 아무 문제도 없었을 텐데요."

다키가와는 어깨를 흔들며 무시하는 듯한 웃음을 흘리더니 물었다. "그럼 된 거 아닌가요? 여러분이 인공판막 개발에 참여하는 의미는 별로 없는 대신에 위험성만 눈에 띄는 것 같은데."

거북한 침묵이 흘렀다. 한없이 패배에 가까운 맛이 나는 침묵이다. 옆에서 사쿠라다가 입술을 깨물었고, 이치무라가 한숨과 함께 고개를 숙였다.

이대로는 안 된다. 답답한 대치 상황 속에서 쓰쿠다는 안간힘을 다해 이야기를 전진시킬 스위치를 찾았다.

"저어, 다키가와 씨. 하지만 말이죠……."

무슨 말이든 설득을 시도하려고 쓰쿠다가 입을 열었을 때였다.

"말씀대로 지금까지도 인공판막 수술은 해왔습니다. 하지만 수술이 필요한 아이들이 모두 수술을 받은 건 아니에요!"

의연하게 반론하는 목소리에 깜짝 놀라 쓰쿠다는 고개를 돌렸다.

다치바나였다.

평소의 착실하고 얌전한 모습은 온데간데없이 벌떡 일어나 형형하게 빛나는 눈으로 다키가와를 노려보고 있었다.

"인공판막 크기가 맞지 않는다는 이유로 수술이 미뤄지고 병이 악화되는 바람에 친구들과 맘껏 뛰어놀지도 못하는 아이들이 지금 우리나라에 있다고요."

다치바나는 집게손가락으로 테이블을 세게 두 번 두드리며 날카롭게 말했다.

"네, 작고 돈 없는 곳만 모였습니다. 하지만 수많은 아이들이 가우디가 완성돼 임상에서 사용될 날을 기다리고 있습니다. 회사 크기를 척도로 생명의 존엄함을 가늠할 수 있겠습니까? 어떤 회사든 인명을 구하겠다는 강한 의지를 품고 성실하게 제품을 만들었다면, 회사 규모는 제쳐놓고 제품의 우수성을 척도로 본질적인 논의를 해야 마땅합니다."

다치바나는 또박또박하게 말하고 나란히 앉은 여덟 명의 심사 담당자와 대치했다. "방금 나눠드린 저희의 인공판막, 가우디를 면밀히 살펴주시기 바랍니다."

그때였다.

"앉으세요, 다치바나 씨."

심사팀장 야마노베가 입을 열었다. "기술적인 부분에 대해 몇 가지 물어보고 싶은데, 괜찮을까요?"

뭔가 말하려는 다키가와를 제지하고 야마노베는 말을 이었다.

"이 코어 부분 소재 말인데요. 다른 소재와 비교해 보았을 때 코발트와 크롬 합금은 강도에 어느 정도 차이가 있습니까?"

뭔가가 움직이기 시작했다.

"그건 제가 답변하겠습니다."

살짝 손을 든 야마사키가 소재에 관해 설명했다.

쓰쿠다와 다치바나, 가노도 가세해 어려운 전문용어를 주고받는 모습을 이치무라와 사쿠라다가 숨을 죽인 채 지켜보았다.

"귀사는 이 소재로 제품을 제조한 실적이 있습니까?"

베테랑 전문위원이 질문했다.

"한 번 있습니다."

야마사키가 대답했다. "로켓엔진 밸브의 부품 일부에 사용했습니다."

그 한마디에 보드에 뭔가 적고 있던 야마노베도 고개를 들었다.

"그럼 이건 로켓엔진 부품에 사용되는 것과 같은 소재란 말씀이신가요?"

야마노베가 물었다. "그거 놀랍군."

"로켓도 여러 가지일 텐데요. 시험용 미니 로켓일 게 뻔하지."

서로 얼굴을 마주보고 있자니 다키가와가 내뱉듯이 말했다.

너무 어처구니가 없어서 쓰쿠다는 아무 말도 하지 않았다.

무슨 로켓인지는 지난번에 배부한 회사 팸플릿 첫 페이지에 쓰여 있다.

"다키가와 씨."

옆자리에 앉은 전문위원이 보다 못해 그 페이지를 펼쳐서 보여주자 다키가와는 머쓱한 표정으로 입을 다물었다.

"실례했습니다. 대단한 걸 개발하시는군요."

다키가와 대신 야마노베가 사과했다.

다음 순간 고대하던 평가의 말이 나왔다.

"지금까지는 작은 동물로 실험하신 모양인데, 실험 데이터가 이만큼 쌓였으니 한 단계 올려 큰 동물로 실험해보면 어떨까요?"

진지함으로 가득했던 다치바나의 얼굴이 활짝 펴졌다. 가노는 당장이라도 울 것 같았다.

틀림없이 가우디 프로젝트를 크게 전진시키는 한마디였다.

예정을 훌쩍 넘겨 두 시간이나 이어진 면담을 마친 후 모두가 엘리베이터에 올라탄 순간, 가노가 결국 참았던 눈물을 흘렸다.

"다치바나 씨, 끝내줬어요. 정말 최고였다고요!"

가노가 씩씩하게 맞서 싸운 다치바나를 울면서 칭찬했다.

"아무렴. 정말 멋있더라. 잘했어."

에바라가 다치바나의 어깨를 탁탁 두드렸다.

다치바나는 수수하고 고지식한 성격답게 쑥스럽게 웃으며 그저 고개만 끄덕였다.

"앞으로도 잘 부탁드리겠습니다."

쓰쿠다는 그 모습을 벌게진 눈으로 보고 있는 사쿠라다에게 오른손을 내밀었다.

"네, 이렇게 된 이상 어떻게든 함께하겠습니다. 무슨 일이 있어도 해냅시다."

두 사람은 힘 있는 악수를 나누었다.

"그런데 아까 여러분이 열띤 논쟁을 벌이고 있을 때, 데이코쿠중공업의 자이젠 부장이 이런 메일을 보냈습니다."

1층 홀로 나서자 쓰쿠다는 휴대전화 화면에 띄운 메일을 읽었다. "PMDA와의 면담에 맞추지 못해 죄송합니다. 가우디 프로젝트에 출자하기로 했습니다. 방금 임원진의 결재를 받았습니다."

사쿠라다가 얼떨떨한 표정으로 그저 쓰쿠다를 바라보았다.

"안심하세요."

쓰쿠다는 말했다. "이제 중소기업 떨거지라는 말은 아무도 못할 테니까."

11장

# 설계도의 주인

## 1

"시나는 이제 글렀습니다, 교수님."

구사카는 바싹 다가앉아 심각한 표정으로 말했다. "머지않아 고소당하겠죠. 당장 이번 주에라도 압수수색이 들어오지 않을까 싶은데요."

"잠깐."

기후네는 몸을 바르르 떨며 물었다. "그럼 우리 쪽에도 들어올 가능성이 있다는 건가?"

이번 일은 인공심장을 구성하는 부품 중 단 하나에 관련된 사건에 지나지 않는다. 하지만 그게 임상시험에서 죽음을 초래한 이상, 도저히 작은 사건으로는 끝나지 않을 터였다.

"학교뿐만이 아닙니다. 당연히 저희 회사에도 들어오겠죠."

"미치겠군."

기후네는 말을 내뱉었다. "그랬다가는 난 끝장이야."

해질녘이라 학과장실에 오렌지색 석양이 길게 비쳐들었다. 격자 모양으로 어우러진 빛과 그림자가 팔걸이의자에 앉은 기후네의 얼굴을 비스듬히 가로질렀다.

"교수님은 피해자십니다."

달래듯이 구사카는 이전의 주장을 되풀이했다. "이런 일로 결코 코어하트 개발이 지체돼서는 안 됩니다."

의자에 몸을 깊숙이 묻은 기후네는 아무 대답도 없었다.

"사야마제작소 대신 부품을 만들 회사를 급히 찾겠습니다."

"어려운 부품이라면서?"

기후네가 앓는 사람 같은 목소리로 말했다.

"어떻게든 해보겠습니다. 사야마제작소의 동향을 살피느라 연락은 아직이지만, 수소문해보겠습니다. 걱정 마세요, 교수님."

구사카는 안심시키듯이 말했다. "시간이 지나면 이번 소동도 가라앉을 겁니다. 임상시험은 당분간 중단되겠지만, 그 덕에 새로운 파트너와 재출발할 준비를 할 수 있습니다. 그렇게 생각하면 나쁜 것만은 아니에요."

상심한 기후네를 격려하듯 구사카는 말에 힘을 주었다.

"전 세계에 교수님의 인공심장을 기다리는 환자들이 있습니다. 어떻게든 이번 위기를 이겨내십시다."

기후네는 대답 대신 감정이 깃들지 않은 시선을 던졌다. 학회의 대단한 교수가 기력이 쇠진한 노인으로 보였다.

"교수님?"

구사카가 부르자 기후네는 눈을 감고 혼까지 빠져나올 것 같은 한숨을 푹 쉬었다.

그 무렵.

"사장님, 가미야 변호사님 오셨습니다."

도노무라의 말과 함께 변호사 가미야가 서글서글한 얼굴로 사장실에 들어왔다.

이미 와 있던 야마사키, 다치바나와 함께 가우디 특허 신청을 위한 회의를 시작했다.

세부 내용에 이르기까지 사실을 정리하고 평가하는 데 두 시간쯤 걸렸을까. 가미야는 전문 기술 분야를 너끈히 소화했다.

"변호사님, 이 이야기와는 별개로 상담하고 싶은 일이 하나 더 있는데요."

쓰쿠다의 말에 가미야는 서류를 가방에 넣던 손을 멈췄다.

## 2

가미야와 상담한 다음 날, 쓰쿠다는 인터넷에서 뉴스 속보를 보았다.

데이터 날조 혐의를 받고 있는 사야마제작소에 경찰이 압수수색을 실시했다. 관련기관인 아시아의과대학과 코어하트 제조사인 니혼클라인도 동시에 압수수색당했다. 수사원이 압수한 자료가 담긴 박스를 차례차례 나르는 모습이 영상에 나왔다.

덧붙여 사야마제작소 사장 시나와 개발부 매니저 쓰키시마가 임의동행을 요청받아 경찰의 조사를 받고 있다고 한다.

"나카자토는 괜찮을까?"

쓰쿠다는 그날 오후 기술개발부에서 야마사키와 이야기를 나누었다. "무슨 연락 없었어?"

야마사키뿐만 아니라 기술개발부원 모두에게 던진 질문이었지만 아무도 연락을 받지 못했는지 다들 고개를 저었다.

"아침에 메일을 보내봤는데 답장은 없었어요."

그렇게 말한 다치바나나도 표정이 흐렸다.

"설마 녀석도 날조에 가담한 건 아니겠지."

쓰쿠다가 걱정스레 말하자 "그러지 않았기를 빌어야죠" 하고 야마사키도 불안한 심정을 드러냈다.

"사야마제작소도 마음이 급했을 겁니다. 우리에게서 설계도를 가로챈 것까지는 좋았지만, 생각대로 잘 안 만들어졌겠죠. 그래서 나카자토의 기술에 의지한 게 아닐까요. 하지만 과연……."

야마사키는 팔짱을 끼고 창밖에 시선을 주었다. "나카자토가 그 밸브를 만들 수 있었을지는 의문입니다."

"나카자토의 노하우로는 아직 무리겠지."

쓰쿠다가 말했을 때 "사장님, 도노무라 부장님 전화입니다" 하고 근처에 있던 직원이 불렀다.

"니혼클라인이?"

내선전화를 받은 쓰쿠다의 말에 야마사키가 고개를 돌려 상황을 살폈다. 근처에 있던 직원들도 그 한마디에 하던 일을 멈추고 쓰쿠다를 쳐다보았다.

"이봐, 야마. 니혼클라인에서 만나고 싶다는데."

쓰쿠다가 말했다.

"이제 와서 무슨 볼일일까요?"

야마사키는 불쾌감을 굳이 감추지 않았다.

"글쎄. 무슨 이야기인지 한번 들어나 보자고."

구사카와 도도가 쓰쿠다제작소를 찾아온 건 결국 2주가 지나서였다. 코어하트 개발 담당이라는 이유로 경찰에 몇 번이고 소환되어 진술해야 했기 때문이다.

그 때문인지 구사카는 눈 밑이 시커멓게 그늘졌고 완전히 초췌한 인상이었다. 곁에 있는 도도는 변함없이 삭막한 분위기를 풍기며 기분 나쁠 만큼 빤히 이쪽을 바라보았다.

쓰쿠다제작소 쪽은 쓰쿠다와 야마사키, 도노무라 외에도 한 명이 더 두 사람과 마주 앉았다. 고문변호사 가미야다. 가미야는 피로에 찌든 니혼클라인 쪽 두 사람을 어쩐지 흥미진진한 눈으로 쳐다보았다.

"이미 알고 계시겠지만 저희 회사의 인공심장에 불상사가 생겨서요. 압수수색을 받느라 2주간 일을 거의 못 했습니다."

구사카는 자조적으로 웃으며 "관계된 분들께 피해를 끼쳐 죄송할 따름입니다" 하고 고개를 꾸벅한 후 본론을 꺼냈다.

"오늘 시간을 내주십사 한 건, 사야마제작소에 제조를 의뢰한 밸브를 귀사에 부탁드리고 싶어서입니다."

쓰쿠다는 바로 대답을 꺼내지 않고 팔짱을 꼈다. 애당초 이쪽에 발주해놓고 사야마제작소로 갈아탄 건 니혼클라인이다. 아무래도 반길 기분이 들지 않았다.

"일단 물어보겠습니다만."

쓰쿠다가 입을 열었다. "이번 데이터 날조 사건, 니혼클라인은 관계없습니까?"

"없습니다. 당연하죠."

구사카는 똑똑히 부정했다. 경찰에서 몇 번이나 같은 말을 한 탓인지 입에 밴 것처럼 들렸다.

"저희는 피해자입니다, 쓰쿠다 사장님. 시나 사장에게 속아 정말이지 피해가 이만저만 아니에요. 지금 말씀하신 것처럼 당치 않은 의심도 받고 있고요. 하루라도 빨리 진실을 해명해 의혹을 벗고 싶습니다. 믿어주십시오."

아무리 그렇게 주장한들 반쯤 에누리해서 들어야 마땅하다.

"그리고 발주하고 싶은 밸브는 이겁니다."

쓰쿠다가 승낙도 하지 않았는데 도도가 설계도를 펼쳤다. 자신들이 부탁하면 거절할 리 없다는 자신감이 뒷받침된 태도로 보였다.

야마사키가 옆에 앉은 가미야에게도 잘 보이도록 설계도 방향을 틀었다.

세세히 뜯어보는 두 사람은 아랑곳없이 도도가 말을 이었다.

"일전에도 말씀드렸지만 장차 대량생산을 목표로 하고 있고, 그때도 쓰쿠다제작소에 발주할 예정이니 시제품 단계에서는 단가를 낮춰주셨으면 합니다."

뻔뻔한 이야기다.

“아무래도 한 번 그런 일을 겪고보니 무조건 신용할 수는 없겠는데요, 도도 씨.”

“그건 무슨 말씀이십니까?”

도도는 굳은 표정으로 쓰쿠다에게 넌지시 불만을 표출했다.

“전에도 생산을 전제로 시제품을 만들지 않았습니까? 그 약속을 손바닥 뒤집듯 뒤집은 건 그쪽이잖아요. 또 똑같은 짓을 할지도 모르죠.”

“이건 비즈니스입니다.”

도도가 그럴싸한 원칙론을 꺼냈다. “그건 저희 설계 변경에 귀사가 대응하지 못했기 때문이지 않습니까.”

“이게 그때의 설계도입니까?”

쓰쿠다가 묻자 “그렇습니다”라는 대답이 돌아왔다.

쓰쿠다는 옆에 앉은 야마사키에게 슬쩍 눈짓하고 물어보았다.

“이 설계도는 누가 그린 겁니까?”

“누구냐니, 당연히 저희 직원이죠.”

도도는 무슨 생뚱맞은 소리냐는 투로 대답했다.

“아, 그래요?”

쓰쿠다는 싸늘한 목소리로 “정말입니까” 하고 재차 물어보았다.

“무슨 말씀을 하고 싶으신 겁니까?”

도도가 딱딱한 목소리로 물었다. “쓰쿠다제작소의 기술로는 이 설계도대로 만들 수 없다, 그런 말씀이십니까?”

“설마요.”

쓰쿠다는 피식 웃었다. “물론 만들 수 있습니다. 이 밸브는 원래 우리가 설계한 거니까요."

그 순간 침묵이 화학 변화를 일으킨 듯 실내 분위기를 바꾸었다.

"네? 무슨 되잖은 소립니까, 그게?"

도도가 의아하다는 목소리로 무시하듯 말했다.

"도도 씨, 방금 직원이 이 설계도를 그렸다고 했죠? 그리고 이 밸브는 대량생산을 전제로 한다고도요."

대답은 없었다. 분노가 깃든 눈으로 쓰쿠다를 쏘아볼 뿐이었다. 쓰쿠다는 말을 이었다.

"작년에 귀사에서 밸브 시제품 제작을 의뢰했을 때, 설계에 몇 가지 문제점이 있는 걸 알아차렸습니다. 그래서 문제점을 해결하고자 여기 있는 야마사키가 나중에 니혼클라인에 제안할 생각으로 밸브를 새로 설계했어요. 그게 이겁니다."

"무슨 말도 안 되는 소리를……."

구사카가 답답하다는 듯 옆에서 끼어들어 반론했다. "이건 저희가 설계한 겁니다. 쓰쿠다제작소 거라니 그런 억지가 어디 있습니까, 사장님?"

"이거 실은 사야마제작소에서 가져온 설계도 아닙니까? 그걸 그저 채택하신 거, 아닙니까?"

쓰쿠다의 지적에 구사카는 몸을 움찔하며 옆에 있는 도도를 흘끔 보았다. 아무래도 정곡을 찌른 모양이었다.

"그 정도까지 알고 계신다면, 뭐 좋습니다. 이 설계도는 저희가 사야마제작소에 아웃소싱한 거예요. 그러니 저희가 설계한 거라고 봐도 무방하겠죠."

도도는 코에 주름을 잡고 노골적으로 못마땅한 표정을 지었다.

"그래서 대체 어쩌자는 겁니까?"

"예전에 우리 회사에 있던 직원이 설계 정보를 사야마제작소에 유출한 의혹이 있습니다. 그 설계도가……."

쓰쿠다는 테이블에 펼쳐진 설계도를 가리켰다. "이겁니다."

서로 어떻게 나올지 탐색하는 듯한 침묵이 찾아왔다. 도도가 그 침묵을 깼다.

"만에 하나 그게 사실이더라도 그건 쓰쿠다제작소와 사야마제작소의 문제 아닙니까?"

도도는 비웃음을 머금었다. "아니면 자사 설계라고 인정해야 밸브를 만들어주시겠다? 기도 안 차는군."

도도는 툭 내뱉더니 곁에 있는 구사카에게 말했다. "부장님, 아무래도 쓰쿠다제작소는 할 마음이 없는 것 같으니 다른 회사를 찾아보시죠."

대신할 회사는 얼마든지 있다고 으스대는 것이리라.

"그럼 그러시죠. 다만 그 설계도대로 제작하진 마시고요."

"이봐요, 적당히 좀 합시다."

쓰쿠다의 말에 도도가 눈에 불을 켜고 대들었다. "당신한테 그렇게 말할 권리가 어디 있어? 이게 당신네 설계도라는 증거도 없잖아. 자꾸 설치지 마."

"증거라면 있습니다."

옆에서 목소리가 들렸다. 가미야였다.

가미야는 손에 든 서류를 넘겨 두 사람에게 보여주었다.

"이건 쓰쿠다제작소가 3년 전에 특허를 신청해 인가받은 신형 밸브 도면입니다. 자, 한번 보시죠."

자세히 보이도록 니혼클라인에서 가져온 설계도와 나란히 놓았다.

몸을 내밀고 들여다보던 구사카가 움직임을 멈췄다. 가만히 확인하던 도도의 눈이 휘둥그레지는가 싶더니 당황한 표정으로 설계도와 서류를 들고 꼼꼼히 비교하기 시작했다.

잠시 후, 구사카가 비틀하더니 소파에 몸을 털썩 기댔다.

도도의 손에서 도면이 툭 떨어졌다. 쳐든 얼굴에 분한 기색이 가득했다.

가미야가 두 사람에게 말했다.

"니혼클라인에서 제조하는 이 밸브 말씀입니다만, 쓰쿠다제작소는 특허실시권을 인정하지 않았습니다."

"특허실시권?"

도도가 동그래진 눈으로 가미야를 쳐다보았다.

"알기 쉽게 말하면 니혼클라인의 밸브가 특허권을 침해했다는 뜻입니다. 또한 이미 시제품을 제조한 사실에 대해서도 쓰쿠다제작소의 대리인으로서 즉각 제조 중지를 요청하는 바입니다. 나중에 문서로 정식 통보하겠습니다."

공포로 굳어진 두 사람의 표정이 이윽고 절망에 물들어갔다.

"구사카 씨, 도도 씨, 비즈니스의 근간은 신뢰입니다."

무거운 침묵을 깼고 쓰쿠다가 말했다. "니혼클라인이 제조하는 인공심장이 얼마나 의의 있는 물건인지는 잘 압니다만, 비즈니스인 이상 니혼클라인과 거래를 할 마음도, 특허 사용 허가를 내줄 마음도 없습니다. 그럼 우리도 다음 일정이 있어서요. 이만 돌아가 주시겠습니까?"

할 말을 잃은 두 사람을 내버려둔 채 쓰쿠다는 천천히 자리에서 일어났다.

## 3

오후 6시가 지나도록 거래처를 돌아다닌 쓰쿠다는 나가하라역에서 걸어서 회사로 돌아왔다.

7월 하순, 장마가 끝났다는 일기예보가 나왔다. 기온은 높지만 습도가 낮아 기분 좋은 저녁이다. 주택가 너머로 기우는 해가 흰색 쓰쿠다제작소 건물을 비스듬히 비추었다.

무거운 가방을 다른 손으로 바꿔 들고 뒷주머니에서 손수건을 꺼내 이마를 닦았을 때 어떤 사람이 눈에 띄었다.

한 남자가 주차장 가장자리에 서서 사옥을 올려다보고 있었다. 걸음을 멈춘 쓰쿠다는 그 남자가 현관 앞에서 머뭇거리다가 다시 주차장으로 돌아오는 모습을 멀리서 바라보았다.

"뭐지, 영업하러 왔나?"

영업사원치고는 너무 적극성이 없다고 생각하며 가까이 다가가서야 깜짝 놀라 소리쳤다.

"나카자토!"

이름을 부르자 나카자토가 고개를 홱 돌리고 "사장님" 하며 놀란 표정을 지었다.

"왜 여기서 이러고 있어?"

"아니⋯⋯ 실은 근처에 올 일이 있어서요."

나카자토는 송구스럽다는 듯이 머리를 꾸벅 숙였다. 오기는 왔는데 얼굴을 내비칠까 말까 망설였던 모양이다.

"아, 그래서 들렀구나. 덥지? 안에서 시원한 거라도 한잔 마시고 가."

쓰쿠다가 빠른 걸음으로 안으로 들어가자 나카자토도 맥없이 쓰쿠다를 따라왔다.

"자자, 나카자토를 데려왔어."

도노무라에게 한마디 하고 "얼른 들어와" 하고 사장실로 안내했다.

에어컨을 켜고 한숨 돌린 쓰쿠다는 일찍이 부하직원이었던 남자를 바라보았다.

인상이 이랬나.

그런 생각이 제일 먼저 떠올랐다. 쓰쿠다제작소에 있었을 때 나카자토는 건방지지만 눈빛이 예리했다. 어쩐지 야심이 느껴지는 남자였다. 당시 쓰쿠다는 그것도 나쁘지 않다고 생각했다. 회사에는 다양한 직원이 있는 편이 좋다.

하지만 지금 쓰쿠다 앞에 앉은 남자는 여위어서 뺨이 쑥 들어간 것이 마치 전의를 잃고 달아나는 늑대 같았다. 다만 눈 속에 한 줄기 빛이 남아 있는 것만이 위안이었다.

야마사키도 바로 사장실로 와서 "좀 어때?" 하며 쓰쿠다 옆에 앉았다.

"힘들었지?"

쓰쿠다가 묻자 나카자토는 입술을 깨물고 고개를 숙였다. 그리고 천천히 고개를 들더니 "저어, 사장님, 오늘은 사과를 드리러 왔습니다" 하고 단단히 각오한 목소리로 말을 꺼냈다.

"실은 제가 야마사키 부장님이 작성한 설계도를 사야마제작소 사장에게 넘겼습니다. 정말 죄송합니다."

나카자토는 일어서서 머리를 깊이 숙였다.

"아아, 그거."

쓰쿠다는 야마사키와 얼굴을 마주 본 후 "자, 앉아" 하고 일단 나카자토를 앉혔다.

"이제 그 일은 됐어."

쓰쿠다는 말을 이었다. "그 설계도가 어떻게 됐는지는 자네도 알 거야. 들었는지는 모르겠지만 요전에 니혼클라인에서 우리를 찾아와서 그 일은 결판을 지었어."

"그 이야기는 들었습니다. 좀 더 빨리 사과드리려고 했지만, 용기가 나지 않았습니다. 뭐라고 용서를 빌어야 할지 모르겠네요."

이번에는 앉아서 두 무릎에 손을 얹고 머리를 조아렸다.

"그것보다 회사는 어때?"

쓰쿠다는 그게 걱정이었다. "야단나지 않았어?"

"네. 실은 오늘도 요 근처 회사에 차후 거래를 어떻게 할지 협의하러 갔었습니다. 인정사정없는 이야기만 나올 뿐이라 솔직히 앞으로 어떻게 될지 모르겠습니다."

나카자토의 말에 따르면 사야마제작소는 전무가 사장 자리에 올라 영업을 계속하고 있다고 한다. 시나가 구속되면서 '나사'의 간판도 잃었다. 한 번 떨어진 신용이 쉽게 회복될 리 없으니 도산하는 것 아니냐는 목소리도 나오는 모양이다.

"지금 남은 직원들끼리 어떻게든 버티고 있는 중이지만 하나 둘씩 그만둬서 솔직히 힘겹습니다."

"그래서 어떻게 하려고?"

쓰쿠다는 물었다. "회사에 남을 건가?"

"남을 겁니다."

지금까지 눈을 내리깔고 있던 나카자토가 고개를 들어 쓰쿠다를 똑바로 바라보며 또렷하게 대답했다.

"회사가 이렇게 된 건 제 책임이기도 합니다. 마지막까지 남아서 회사를 위해 온 힘을 다하겠습니다."

"도망치지 않고?"

"네."

나카자토가 망설임 없이 대답하자 "훌륭한 마음가짐이야" 하고 쓰쿠다는 격려했다.

"그렇게 마음먹었다면 끝까지 맞서. 설령 실패하더라도 그 경험이 반드시 앞으로의 인생에 도움이 되겠지. 지금 회사는 아수라장이겠지만, 아수라장에서만 경험할 수 있는 일도 있어."

"명심하겠습니다. 이런 몹쓸 놈에게 따뜻한 말씀 해주셔서 감사합니다. 어떻게 해서든 끝까지 최선을 다하겠습니다."

나카자토는 자리에서 일어나 공손하게 인사하고 돌아갔다.
"괜찮을까요?"
홀로 돌아가는 나카자토의 뒷모습을 현관에서 배웅하며 야마사키가 말했다.
"글쎄, 어떨까."
쓰쿠다는 대답했다. "잘될 수도 있고 잘 안 될 수도 있겠지. 하지만 저 녀석 눈 봤어?"
야마사키는 무슨 소리냐는 듯한 표정을 지었다.
"아직 안 죽었더라고. 눈빛이 살아 있었어."
열린 자동문에서 미지근한 바람이 불어들어 두 사람은 안으로 돌아갔다.
"뭐, 일도 많고 탈도 많고 복도 많고."
쓰쿠다는 말했다. "그런 게 인생 아니겠어?"
"그러게요."
그렇게만 말하고 후리후리한 야마사키는 천천히 계단을 올라 사라졌다.

# 12장

# 기술자들의 긍지

# 1

"교수님?"

학과장실 문을 열고 들어가자 환한 빛이 가득해 구사카는 눈을 깜박였다.

3월 하순의 화창한 오후다.

블라인드를 올린 창문으로 아직 잎이 맺히지 않은 포플러 가로수와 그 너머 아시아의과대학이 자랑하는 최신 병동이 보였다.

창가에 선 기후네는 구사카가 들어와도 돌아보지 않고 창밖의 풍경을 응시했다.

"저 왔습니다."

구사카도 창가에 서서 기후네의 시선을 좇아 아래에 펼쳐진 풍경을 내려다보았다.

뭔가 재미있는 볼거리라도 있나 싶었지만, 평소와 다름없는 풍경이었다. 기하학적인 무늬를 넣은 콘크리트 중앙정원, 벤치에 둘러싸인 수목, 명색뿐인 화단. 환자와 가족, 병문안을 온 사람들이 중앙정원 너머 가로수가 늘어선 포장길을 쉴 새 없이 오갔다.

연구동과 병동 사이로 뻗은 왕복 2차선 도로에서는 경비원이 지나가는 차를 세우고 주차장으로 안내하고 있었다.

질리지도 않는지 아까부터 기후네는 그러한 광경을 소중한 보물이라도 되는 양 황홀한 표정으로 바라보고 있었다.

"산다는 건 참 좋은 거야."

잠시 후 기후네가 불쑥 꺼낸 말에 구사카는 허를 찔린 기분으로 돌아보았다. "어때, 구사카. 그렇지 않나?"

"네, 뭐, 아주 좋죠."

장단을 맞추어주는 것이 고작이었다. 무슨 바람이 불었길래 이런 소리를 하는 걸까.

시선을 기후네 뒤쪽으로 돌리자 이사 준비에 한창이었는지 골판지 박스가 쌓여 있었다.

정신을 갉아먹는 일련의 소동과 학교 내 인사 문제에서의 뼈아픈 패배. 그렇게나 출세와 명예를 원하던 남자가 지금까지 쌓아 올린 것이 한순간에 무너져 내렸다. 구사카는 이 사태의 한복판에서 그 어마어마한 몰락을 직접 목격했다.

얼마 전까지만 해도 병이 나는 게 아닐까 싶을 만큼 마음앓이가 심했던 모양이었다. 하지만 근 한 달쯤 못 본 사이에 심경의 변화가 있었던 듯하다.

"이왕이면 건강하게 사는 게 더 좋겠지. 안 그런가, 구사카?"

또 기후네답지 않은 말이 나와서 구사카는 당황했다.

"지당하신 말씀입니다."

드디어 창가에서 물러난 기후네는 면바지에 폴로셔츠를 입은

전에 없이 털털한 차림새로 팔걸이의자에 앉았다.

마침 비서가 가져온 뜨거운 녹차를 한 모금 마시고 "뭔가 좋은 일이라도 있었나" 하고 기후네가 물었다.

"아쉽게도 전혀 없습니다, 교수님."

시나 나오유키가 업무상 과실치사 혐의로 구속된 지 반년도 넘은 지금, 모든 것은 공중분해된 채 내팽개쳐졌다.

임상시험은 중지됐고 코어하트 개발은 암초에 걸렸다. 이 불상사에 대한 책임으로 기후네는 학회장에서 물러나는 것과 동시에 아시아의과대학 학과장 자리에서도 경질됐다. 게다가 지바현의 계열병원 병원장으로 부임하기로 지난번 이사회에서 결정됐다.

기후네의 야심에 마침표가 찍힌 셈이다.

적잖이 의기소침할 것이 걱정되어 보러 왔지만, 기후네는 무거운 짐이 떨어져 나간 듯 묘하게 개운한 표정이었다.

"그런가, 하나도 없나. 허허, 그거 참!"

기후네는 웃고서 말했다.

"대체 지금까지 내가 뭘 한 겐지. 학장이니, 학회니 하며 출세에 급급해왔지만 전부 아무 의미도 없었어."

대답할 말을 찾지 못하는 사이 기후네가 말을 이었다.

"환자를 위한다면서 어느새 나 자신만 우선했지. 하지만 구사카, 의사는 어디까지나 의사야. 환자 곁에서 환자와 마주해야 비로소 의사지. 지위와 돈의 굴레에서 벗어나고서야 생각이 났어."

"교수님."

촉촉하게 젖은 기후네의 눈을 보고 구사카는 말을 삼켰다.

놀랍게도 마음이 조금 찡했다.

기후네의 말은 고스란히 구사카에게도 해당된다.

사람의 생명을 구하는 의료기기를 만들고 싶다. 그게 구사카가 니혼클라인에 취직한 이유였다.

하지만 영업 실적과 목표 수익에 쫓기는 사이 어느덧 고매한 이상은 옆으로 밀려나고, 오로지 수익과 효율을 추구하는 나날을 보내왔다.

회사가 번창해도 마음은 피폐해진다. 결국은 마음이 피폐해진다는 것조차 깨닫지 못하게 된다. 이만큼 볼썽사납고 어리석은 일이 어디 있을까.

"살다 보면 좋은 일도 있지 않겠습니까."

구사카는 저도 모르게 목소리가 떨렸다. "교수님의 코어하트를 기다리는 환자들이 많습니다. 한 번 더 도전해보시지 않겠습니까? 환자들을 위해."

"그래야겠지."

기후네는 온화한 표정으로 다시 창밖에 시선을 던졌다. 한때 권세를 자랑하던 남자는 비로소 한 명의 의사로 되돌아갔다.

## 2

그로부터 3년 후 10월, 쓰쿠다 일행은 마지막 임상시험이 될 수술을 견학하기 위해 후쿠이를 방문했다.

수술 전날 쓰쿠다 일행은 한발 먼저 후쿠이로 가서 소아병동을 둘러보았다. 아이들에게 책과 장난감을 선물하고 대화를 나누며 격려해주었다. 다치바나와 가노가 제일 먼저 시작한 이후 일종의 연례행사처럼 자리 잡았다.

탈의실에서 옷을 갈아입고 호쿠리쿠대학병원의 수술실이 있는 층으로 계단을 올라갔다.

이치무라의 비서에게 안내받아 수술실로 들어가자 이미 전신 마취된 환자가 인공호흡기를 기관에 삽관한 상태로 누워 있었다. 초등학생 남자아이이다. 인공판막 '가우디' 치환이 필요한 중증 심장판막증 환자다.

어제 병동을 둘러보았을 때 아이는 침대에 가만히 누워 천장을 올려다보고 있었다.

쓰쿠다는 축구를 아주 좋아한다는 아이에게 축구공을 선물했다.

"내일 수술 받고 나면 축구를 해도 거뜬할 거야."

축구공을 건네자 아이는 산소마스크를 낀 채 기쁜 표정으로 공을 꼭 끌어안았다. 그리고 지금—.

문이 열리고 소독한 양손을 올린 자세로 이치무라와 보조의 두 명이 들어왔다. 간호사가 수술용 장갑을 끼워주어 수술 준비를 마쳤다.

"나카시마 기요토. 7세. 체중 15킬로그램."

간호사가 든 보드를 이치무라가 읽었다. "심장판막증으로 인해 승모판을 인공판막으로 치환하는 수술로, 가우디의 최신 임상 시험입니다. 시작하지."

"잘 부탁드립니다."

의사와 간호사가 인사하고 절개에 앞서 수술 부위를 꼼꼼히 소독했다. 그리고 전기메스로 정중절개에 들어갔다.

흉골을 절개해 개흉기로 고정했다. 이어 심막을 절개하자 노출된 작은 심장이 쓰쿠다 일행이 응시하는 모니터에 비쳤다.

"이제 인공심폐로 이행할 겁니다. 첫 고비네요."

곁에 서 있는 마노가 설명했다.

대정맥과 대동맥에 인공심폐기를 연결하고 심박수를 모니터링하면서 이치무라가 세세한 지시를 내렸다. 지시를 받는 인공심폐기사는 두 명. 최첨단 기기라도 미세한 조정은 전부 수작업이다. 겸자로 유입량을 조절하는 그들은 수술대 곁에 선 이치무라와 일심동체가 된 것처럼 보였다.

대동맥으로 심정지액을 주입하고 마치 비행기를 착륙시키는 것처럼 균형을 조정하며 인공심폐로 이행했다.

20분쯤 지났을까.

"잘된 것 같습니다."

마노의 한마디와 함께 수술대 위의 움직임이 활발해졌다.

"좌심방 절개."

이치무라의 목소리가 들렸다. 두 개의 판막엽이 닫히지 않는 승모판이 노출되자 병변 부위의 절개에 들어갔다.

"어려서 그런지 심장이 깨끗하네요."

많이 봐서 익숙한 마노와 달리 쓰쿠다는 그럴 생각을 할 여유가 전혀 없었다. 눈을 깜박이는 것도 아까운 기분으로 모니터에 붙어 서서 이치무라의 일거수일투족을 지켜보았다.

이치무라는 망설임 없이 집도했다. 어디를 어떻게 가를지 판단이 재빠르면서도 적확했다.

“대단하군.”

마노가 혼잣말을 중얼거렸다. 저절로 튀어나온 찬사다.

“이렇게 빠르고 깔끔하게 집도할 수 있는 의사는 얼마 안 됩니다. 역시 신의 손이네요.”

자이젠도 모자와 마스크 사이로 보이는 눈을 동그랗게 뜨고 있었다. 임상시험은 호쿠리쿠의과대학뿐만 아니라 지정된 다른 병원에서도 행해지고, 그중 몇몇을 쓰쿠다와 자이젠도 보았다.

절개가 완료됐다.

“가우디.”

간호사가 쟁반에 얹힌 가우디를 이치무라에게 건넸다.

“가장 중요한 순간이로군요.”

쓰쿠다 뒤에 있던 야마사키가 나직하게 말했다. 그 옆에 서 있는 다치바나가 침을 꿀꺽 삼켰다. 손에 잡힐 듯한 긴장감이 쓰쿠다에게까지 전해졌다.

작은 인공판막, 수술이 용이하도록 손잡이가 달린 가우디를 환부에 대고 접합할 위치를 결정했다. 수술용 실을 연결한 바늘이 들어갔다.

“접합합니다.”

마노가 설명하는 동시에 가우디가 승모판이 있던 자리인 심장 판막륜과 하나로 꿰매어졌다.

이치무라가 치환한 가우디를 손끝으로 체크했다.

"오케이."

이치무라의 목소리에 보조를 맡은 두 의사도 고개를 끄덕였다.

"그럼 이만 끝내지."

말만 들으면 더없이 간단한 한마디와 함께 이치무라가 손잡이에 달린 슬라이드 버튼을 눌렀다.

다치바나가 고생해서 개발한 버튼이다. 손잡이를 환부에 꿰맨 인공판막에서 단번에 떼어낼 수 있다. 쓰쿠다제작소의 특허 기술이다.

"절개한 좌심방을 닫겠습니다."

이치무라가 봉합을 시작했다. 인체에 주는 부담을 최소화하기 위해 인공심폐를 사용하는 시간은 짧으면 짧을수록 좋다.

심박수가 되돌아오자 초음파 영상이 모니터에 비쳤다.

수술대 곁에 있던 사람들이 모두 손을 멈추고 모니터를 바라봤다. 수술실에 아무 움직임 없이 고요한 정적이 찾아왔다. 쓰쿠다, 야마사키, 자이젠, 다치바나 등 다른 사람들도 숨을 죽인 채 지켜보았다.

답답한 시간이 흘러갔다.

"됐어!"

이윽고 한층 큰 목소리가 정적을 깨자 마법이 풀린 것처럼 모두가 바쁘게 움직이기 시작했다.

인공심폐기의 관리에서 완전히 벗어나자 출혈하는 피를 배액하기 위한 드레인이 삽입됐다.

봉합이 다시 시작됐다.

"마지막 스퍼트입니다."

이치무라의 손놀림이 더욱 빨라지자 마노가 말했다. 순식간에 심막을 봉합하고 절단한 흉골을 재결합했다.

이미 세 시간이 지났지만 이치무라는 집중력을 잃지 않고 물 흐르듯 유려하게 손을 놀렸다.

밀어 넣었던 지혈거즈를 겸자로 뽑아내자 드디어 가슴 피부를 꿰매는 마지막 봉합만 남았다. 평소 같으면 보조의에게 맡기고 수술대를 떠나겠지만 이번에는 이치무라가 직접 봉합에 나섰다.

쓰쿠다는 그것이 한 생명을 자아내는 작업의 마지막 기도처럼 느껴졌다. 이번 수술은 이치무라에게, 아니 여기 있는 모두에게 무척이나 소중하고 중요하다.

드디어 마지막 한 땀을 꿰매자 혼이 빠져나간 듯한 정적이 찾아왔다.

이치무라가 빨갛게 물든 수술 장갑을 벗고 오른손을 들었다.

쓰쿠다도 오른손 엄지손가락을 세워 답했다. 수술실 한구석에서 사람들이 소리 없이 쾌재를 불렀다.

출입문이 열리고 수술대에 있던 기요토가 밖으로 실려 나갔다.

쓰쿠다는 자이젠 그리고 야마사키와 악수를 나눈 후, 눈물을 흘리는 다치바나와 가노를 안고 등을 토닥이며 기쁨을 나누었다.

환호하는 사람들에게서 조금 떨어진 곳에 사쿠라다가 멍한 얼굴로 우두커니 서 있는 것이 보였다. 수술 후 뒷정리가 시작된 수술실 구석에서 사쿠라다는 홀로 조용히 울고 있었다.

"로켓에서 이번에는 인체라."

수술실에서 나오자 자이젠이 물었다. "어디까지 모험을 계속 하실 겁니까, 쓰쿠다 씨?"

"어디까지려나요."

쓰쿠다도 웃으며 답했다. "끝은 또 다른 시작이니까요. 꿈이 없는 일은 그냥 돈벌이에 지나지 않습니다. 그래서는 재미없어요. 안 그렇습니까?"

**3**

"방금 전에 연락이 왔는데, 의료기기 제조를 승인받았습니다."

임상시험을 마치고 약 반년 후, 이치무라가 고대하던 소식을 전해주었다.

"정말 긴 싸움이었네요. 축하드립니다, 쓰쿠다 씨."

이치무라의 기쁨이 전화기에서 넘쳐흐를 듯했다.

가우디는 일본, 아니 전 세계에서 심장판막증 등으로 괴로워하는 수많은 환자들의 목숨을 구하고 꿈과 희망을 안겨줄 것이 틀림없다.

그러기 위한 첫걸음을 지금 이 순간 내디딘 것이다.

"저야말로 멋진 경험을 했습니다."

전화를 끊은 쓰쿠다는 도노무라와 영업부에 기쁜 소식을 전하고 나서 기술개발부가 있는 3층으로 뛰어올라갔다.

"이봐, 요스케, 아키."

두 사람은 작업 책상에서 이마를 맞대고 무슨 도면을 열심히 들여다보고 있었다.

"후생노동성에서 승인해줬어. 가우디가 인가받았다고."

다치바나는 무심코 벌떡 일어나기는 했지만 얼떨떨한 얼굴로 쓰쿠다를 쳐다보았다. 잠시 후에야 평소 성격답게 절제된 동작으로 주먹을 불끈 쥐었다. 가노의 얼굴에 웃음꽃이 만발했다.

"야호, 드디어 해냈구나!"

영업부에서 에바라가 뛰어올라왔다. 도노무라도 숨을 헐떡이며 에바라를 쫓아왔다.

"축하해."

야마사키가 다가와 두 사람과 악수를 나누었다. 기술개발부 직원들도 차례차례 다가왔다.

축제다.

다치바나와 가노가 작업 공간에 붙여둔 아이들의 사진이 이 모습을 내려다보고 있었다.

개중에는 마지막 임상시험 대상이었던 기요토도 있었다. 요전에 이치무라가 보내준 사진이다. 그때 병상에서 축구공을 기쁘게 끌어안았던 소년이 지금은 사진 속에서 유니폼 차림으로 팔짱을 낀 채 오른발을 축구공 위에 얹고 있다.

아주 어엿한 표정이구나.

속으로 중얼거린 쓰쿠다는 직원들이 각자 자리로 돌아간 후 진심으로 다치바나와 가노의 노고를 치하했다.

"자네들, 아주 잘했어."

"그건 그렇고, 사장님. 이것 좀 봐주시겠어요?"

다치바나가 스케치 한 장을 보여주었다. "이치무라 교수님께 혈전 분쇄기에 대한 조언을 받고 떠오른 이미지를 그려봤어요. 심장 바이패스 수술에 사용하는 스텐트• 같은 느낌인데요."

쓰쿠다는 저도 모르게 쓴웃음을 지었다. 벌써 다음 일을 시작하다니.

회사는 작지만 꿈은 크다.

그런 게 인생 아니겠는가. 자기가 하고 싶은 일을 하며 살면 인생은 그리 나쁘지 않다.

내가 바로 그렇다.

쓰쿠다는 다치바나의 이야기에 귀를 기울이며 밀려오는 충족감에 감싸였다.

## 4

그날 밤 사쿠라다는 귀가하자마자 유이의 영정사진 앞으로 갔다.

"유이."

유이는 17세의 봄을 맞이한 그때와 다름없이 웃는 얼굴로 맞아주었다. 병으로 약간 야위었지만 어렸을 적과는 달리 섬세한 감

• 혈관을 넓혀주는 그물망 모양의 지지대.

정이 깃든 눈이다.

"승인을 받았단다. 오늘 가우디를 승인받았어. 지금까지 지켜봐줘서 고맙구나. 정말…… 고마워."

소식을 알리고 합장하자 두 줄기 눈물이 뺨을 흘러내렸다.

"이제야 아빠가 널 기쁘게 해줄 수 있겠구나. 실은…… 실은 네가 살아 있을 때 해내고 싶었단다. 원통하구나, 유이. 정말 원통해. 하지만 지켜봐다오. 이제부터 너와 똑같은 병으로 괴로워하는 수많은 아이들을 구할 테니까. 구해낼 거야, 반드시."

사쿠라다는 호주머니에서 꺼낸 케이스를 열어 불단에 살짝 올렸다.

오늘 승인받은 가우디다.

사쿠라다는 가만히 두 손을 모았다.

가우디 프로젝트는 이렇게 마무리되었다. 기술자들의 싸움도 조용히 막을 내렸다.

옮긴이 **김은모**

경북대 행정학과를 졸업했다. 출판 번역가로 활동하며 다양한 작가의 작품을 소개하고자 노력하고 있다. 옮긴 책으로 우타노 쇼고의《밀실살인게임》시리즈, 고바야시 야스미의《앨리스 죽이기》,《클라라 죽이기》, 이사카 고타로의《화이트 래빗》,《후가는 유가》, 미야베 미유키의 《비탄의 문 1, 2》, 후지마루의《너는 기억 못하겠지만》을 비롯해《열대야》,《시인장의 살인》,《지푸라기라도 잡고 싶은 짐승들》,《변두리 로켓》등이 있다.

**변두리 로켓** 가우디 프로젝트

초판 1쇄 2020년 12월 16일

지은이 | 이케이도 준
옮긴이 | 김은모

발행인 | 문태진
본부장 | 서금선
책임편집 | 허문선 편집 4팀 | 박은영 허문선

기획편집팀 | 김혜연 이정아 김예원 정다이 오민정 송현경 박지영 김다혜 저작권팀 | 정선주
마케팅팀 | 김동준 이재성 김혜민 김은지 정지연 디자인팀 | 김현철
경영지원팀 | 노강희 윤현성 정헌준 조샘 최지은 김기현
강연팀 | 장진항 조은빛 강유정 신유리

펴낸곳 | ㈜인플루엔셜
출판신고 | 2012년 5월 18일 제300-2012-1043호
주소 | (06040) 서울특별시 강남구 도산대로 156 제이콘텐트리빌딩 7층
전화 | 02)720-1034(기획편집) 02)720-1024(마케팅) 02)720-1042(강연섭외)
팩스 | 02)720-1043 전자우편 | books@influential.co.kr
홈페이지 | www.influential.co.kr



ISBN 979-11-91056-35-8 (04830)
ISBN 979-11-91056-26-6 (세트)